KB248649

셜록 홈스와 베이커가 소년 탐정단

셜록 홈스와 베이커가 소년 탐정단

ⓒ들녘 2011

초판 1쇄 발행일 2011년 8월 19일
초판 2쇄 발행일 2012년 4월 20일

지 은 이 마나세 모토
옮 긴 이 지세현
펴 낸 이 이정원

출판책임 박성규
편집책임 선우미정
디 자 인 김지연
편   집 김상진 · 이은 · 한진우 · 조아라
마 케 팅 석철호 · 나다연 · 도한나
경영지원 김은주 · 김은지
제   작 이수현
관   리 구법모 · 엄철용

펴 낸 곳 도서출판 들녘
등록일자 1987년 12월 12일
등록번호 10-156
주   소 경기도 파주시 교하읍 문발리 출판문화정보산업단지 513-9
전   화 마케팅 031-955-7374 편집 031-955-7381
팩시밀리 031-955-7393
홈페이지 www.ddd21.co.kr

I S B N 978-89-7527-911-9 (04830)
           978-89-7527-900-3 (세트)

값은 뒤표지에 있습니다. 잘못된 책은 구입하신 곳에서 바꿔드립니다.

셜록 홈스와 베이커가 소년 탐정단

큐피드의 눈물 도난 사건

마나세 모토 지음
지세현 옮김

들녘

차례

• **이브**
리암의 옆방에 사는 열 살짜리 소녀.
눈이 안 보이지만 영감이 뛰어나 예
언을 잘한다.

• **밸 레이**
홈스의 일을 돕는 소년.
아랍인의 피가 흐르는 정열적인 외모가
특징. 예의 바르고 부지런하다.

• **앤디**
금발 머리에 개구리를 닮은 소년.
늘 돈 벌 궁리만 한다.

• **에드워드 콜린스**
열세 살. 기품을 갖춘 미소년.

• **잭**
항상 새로운 정보를
찾아다니는 정보통.
돈에 눈이 멀었다.
구겨진 사냥 모자를
쓴 키다리 소년.

• **호레이쇼**
스패니얼 종

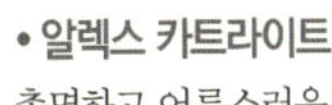

• 알렉스 카트라이트

총명하고 어른스러운
열두 살짜리 소년.
리암의 절친한 친구.

• 위긴스

이레귤러스의 리더.
가장 나이가 많은 15세 소년.
홈스에게 충성한다.
베이커가 소년 탐정단 중에서 키가
제일 크고 싸움도 제일 잘한다.

• 디&댐

얼굴뿐 아니라 목소리까지 닮은
쌍둥이. 항상 배가 고프다.

• 리암 메건 (주인공)

빨간 머리에 초록색 눈을 가진
장난꾸러기 소년. 특기는 소매치기.
아버지와 둘이서 산다.

그림 양세은

• 마이클 메건······ 리암의 아버지. 소매치기.

• 나이절 오라일리 신부······ 성 안나 교회 주임신부. 20대.

• 셜록 홈스······ 런던 제일의 명탐정.

• 존. H. 왓슨······ 홈스의 친구. 의사. 병원을 개업하기 위해 미국으로 감.

• 레스트레이드 경감······ 런던 경시청 형사.

• 허드슨 부인······ 홈스의 하숙집 주인.

• 베키······ 홈스가 사는 하숙집의 가정부.

• 흑장미단······ 런던을 떠들썩하게 한 보석 도둑.

가계도

• 윌리엄 하디 (고인) ······ • 앨리스 부인

• 빅토리아 하디
(언니)

• 매리 앤
(여동생/헨리의 아내)

파린토시 가문

• 헨리 파린토시
(형/파린토시 저택 주인)

• 찰스 파린토시
(동생)

• 윌리엄

파린토시 저택

고용인

• 존 브라이언 (집사)
• 바턴 부인 (가정부)
• 매기 브라운 (요리사)
• 제인 애덤스 (심부름꾼)
• 폴 (하인)

오후 4시. 빅벤이 시각을 알렸다.

늦가을 런던은 자욱한 안개 바다다. 이곳 본드가에서도 한껏 치장한 부인과 신사들이 안개 속으로 자취를 감추곤 했다. 인력거와 승합마차, 화려한 사륜마차들이 엉금엉금 기어 다녀서 교통 체증이 심했다. 시간은 멈추고 낭랑한 종소리만 허공을 가르고 있었다. 무시무시한 폭발음이 천지를 뒤흔들기 전까지는……

"다이너마이트다!"

누군가가 소리쳤다.

뿌옇게 번진 안개 속으로 불꽃이 튀었다. 귀금속 상점과 화랑에 늘어선 상품과 진열대가 일순간에 박살나자 사방이 공포로 물들었다.

폭파된 것은 승합마차였다. 마차는 전복되고, 주위에 있던 말들은 폭발소리에 놀라 이리저리 날뛰기 시작했다. 거리는 순식간에 대혼란에 빠졌다. 도와달라는 비명과 절규가 천지를 흔들었다. 경찰이 출동했으나 소란은 쉽사리 가라앉지 않았다.

"또 아일랜드 테러리스트들 짓이야?"

"아일랜드 놈들, 불만 있으면 자기네 땅으로 갈 것이지 왜 여기까지 기어 나와 우리 영국 사람들 일자리를 빼앗고 테러를 저지르는 거야!"

"한심해. 경찰들이 너무 무능해. 올해 들어 벌써 이게 몇 번째야?"

멀찌감치 모여 웅성거리는 사람들 틈을 한 남자가 빠져나갔다.

"올해만 일곱 번째입니다."

남자는 한마디 툭 던지고 그림자처럼 조용히 발길을 옮겼다. 그리고 말없이 생각에 잠겼다.

'일거리를 빼앗은 자들은 너희 영국 놈들이고, 우리가 빼앗긴 건 일뿐만이 아니다. 토지, 교육, 식량, 그리고 자긍심. 너희는 오랜 세월 동안 행복의 원천이 되었던 모든 것을 앗아갔다. 우리 아일랜드 사람들은 정당한 권리를 돌려받기 위해 싸우고 있다.'

평범한 모양새의 낡아빠진 트위드 재킷과 중산모 차림의 40대 전후. 연한 금발에 푸른 눈. 180센티미터 남짓한 키, 다부진 체격.

남자는 사람들에게서 떨어져 동쪽으로 발길을 돌렸다. 그는 채링크로스 역에서 대형 호텔과 역을 뒤로하고 작은 카페 안으로 들어갔다.

9개월 전쯤에는, 즉 1884년 2월에는 채링크로스 역도 아일랜드 독립운동가들의 테러 표적이었다. 다이너마이트 시한폭탄이 장착된 서류가방이 역 임시 수하물 센터에 맡겨졌다. 다행히 폭탄은 터지지 않았다. 그러나 빅토리아 역에서는 같은 폭탄이 수하물 센터와 역 대기실을 가루로 만들었다.

패딩턴 역과 러드게이트힐 역에도 폭탄이 설치되었으나 불발로 끝났다. 동시 다발적 테러가 계획되었던 것이다. 더욱이 5월에는 런던 경시청 건물과 성 제임스 광장의 저택 및 주니어 칼튼 클럽의 일부에서 테러가 벌어져 부상자가 나왔다.

가을 초부터는 주요 거리에서 폭탄을 이용한 암살이 속출해 런던 시민들을 공포로 몰아넣고 있었다. 2주일 전쯤인 11월 5일, 가이 포크스 축제 때에도 거리에서 일어난 폭발 때문에 더블린 수도 경찰서에서 파견된 사복경찰이 사망하는 사건이 있었다.

카페에 들어선 남자는 카운터에서 흑맥주를 주문했다. 남자는 갈증이 심했는지 단번에 잔을 비웠다. 임무를 마치고 나서 맥주를 들이켜는 것은 그에게 교회의 예배의식과도 같은 것이었다.

잔을 내려놓은 남자 곁에 오른쪽 눈에 검은 안대를 한 늙수레한 사나이가 다가왔다. 사내는 냄새가 지독한 싸구려 담배를 물고 있었다. 사내가 주인에게 흑맥주 두 잔을 주문하더니 한 잔을 남자에게 권했다. 잔을 들고 두 사람은 누가 먼저라 할 것도 없이 카운터에서 멀리 떨어진 구석 자리로 갔다.

애꾸눈 사나이는 주머니에서 두꺼운 지갑을 꺼내 탁자 위에 올려놓았다. 남자는 순식간에 지갑을 가로채 자신의 윗주머니에 넣었다. 애꾸눈 사내는 희미한 미소를 지으며 허스키한 목소리로 남자에게 말했다.

"잘했어!"

"그까짓 것쯤이야."

"대단한 솜씨야."

애꾸눈 사내는 격려하듯 남자의 오른손을 잡았다. 남자는 멈칫하며 손을 뺐지만 애꾸눈 사내는 신경 쓰지 않았다.

"폭발에 어린아이가 희생된 것 같은데."

남자는 흠칫 눈을 치켜떴지만 어깨를 살짝 움츠릴 뿐 말이 없었다.

"아이들은 귀찮아. 하지만 이런 사건은 어른보다 아이가 희생되는 게 효과가 좋지. 불행한 사건이 터졌을 때 동정심을 불러일으키는 건 아무래도 아이니까……. 그래도 아이들은 역시 골칫덩어리야. 당신 아이는 어떻소?"

말을 들은 남자가 경계하는 듯한 표정을 지었다. 그리고는 애꾸눈 사내를 노려보며 위협하듯 입꼬리를 추켜올렸다.

"당신이 알 바 아니오."

"그거야 모르지……."

애꾸눈 사내가 가볍게 받아치며 웃음을 흘렸다. 하지만 눈초리는 달랐다. 깊은 우물 속을 연상시키는 어두운 눈이었다.

"이봐, 난 당신하고 가까워질 생각 없소. 이렇게 일부러 찾아온 이유는 따로 있소. 아주 중요한 일 때문이오."

"그럼 빨리 끝내는 게 어떻소? 그래야 시간을 아낄 수 있지. 당신과 내 아들 이야기를 하고 싶지는 않소."

단호한 남자의 말투에 애꾸눈은 피식 웃어버렸다. 사내가 지독한 냄새가 나는 담배 연기를 남자에게 내뿜으며 말했다.

"미안하지만 난 당신 아들 이야기를 하러 왔는데……. 그 아이는 베이커가의 탐정과 상당히 깊이 연관되어 있거든."

"그냥 내버려둬. 이제 지쳤소. 재미 삼아 벌이는 또래 아이들의 놀이에 불과해. 용돈벌이 정도 하는 거요."

"아이들 놀이나 용돈벌이에 신경 쓸 만큼 나 역시 한가한 사람은 아니오. 마이클."

자기 이름을 듣자 남자는 눈을 치켜떴다.

"우리 애도 당신에 대해서는 한마디도 안 했소. 그러니 우리 애 때문에 이야기가 샐 염려는 없소. 걱정할 필요 없을 거요."

"아니야, 걱정이 돼……."

"탐정한테서 떼어놓자는 거 아니오? 만나지 말라고……."

"그게 아니라 충성을 맹세시키자는 말이오. 용돈벌이를 하면서 탐정의 신뢰를 얻을 정도로만 조수 노릇을 하라는 거지. 그러면서 우리가 시키는 대로 하면 두 배로 돈벌이를 할 수 있다고 가르쳐주는 거요."

남자는 거칠게 잔을 내려놓으며 애꾸눈을 증오에 찬 눈빛으로 노려보았다.

"스파이 짓을 시키자는 거군. 더 이상 말할 필요 없소. 말했다시피 우리 애를 끌어들일 생각은 조금도 없으니까."

"그렇지만 교수는 당신 아이가 탐정과 친밀한 사이라는 걸 좋게 보지 않을 텐데?"

"쓸데없는 소리 집어치우시오. 스펜서."

"당연하지. 그분은 '쓸데없는' 일에 귀를 기울일 만큼 한가하지 않아. 그건 당신이 더 잘 알잖아. 하지만 어디에나 불필요한 말을 하는 인간들은 있어. 나는 걱정이 돼. 당신 안전이 정말 걱정이 된다고. 그분은 배신을 용서치 않거든. 고의든 아니든 상관없이. 그러니까 걱정이지. 누군가가 '쓸데없는' 말을 해서 그분이 오해하게 만들지는 않을까? 당신은 걱정 안 되나, 마이클?"

"난 절대 그분을 배신하지 않소."

남자는 흥분했다. 그러나 흥분을 불러일으킨 것은 분노가 아니라 공포에서 비롯된 초조함이었다. 필사적으로 그가 말을 이었다.

"내가 얼마나 그분한테 충성을 다하고 있는지 잘 알고 있잖소. 탐정이든 뭐든 간에 그분을 배신할 이유가 없소."

애꾸눈은 비릿한 미소를 베어 물었다. 한쪽만 있는 검은 눈동자에 잔인한 기운이 감돌았다.

"그럼 그렇게 말로만 떠들게 아니라 확실하게 증명을 해보시지. 경고까진 아니라도 약간은 뜨거운 맛을 좀 보여주라고…… 런던 제일이라고 떠드는 명탐정 셜록 홈스님께!"

1. 미스터 셜록 홈스

"사건이다. 사건!"

마차의 말발굽 소리와 기선이 증기를 쏟아내는 소리를 뚫고 뿌연 공기 속으로 날카로운 목소리가 울려 퍼졌다.

리암 메건은 소리 나는 쪽을 보며 곱은 손을 비볐다. 사각탑이 우뚝 솟은 서더크 성당과 거대한 런던 다리가 안개에 싸여 희미하게 윤곽을 드러내는 템스 강변 포장도로를 키다리 소년이 달려오고 있었다. 찌그러진 사냥 모자를 쓰고 팔꿈치까지 내려오는 재킷 소매는 여러 겹으로 접어 올렸다. 양손을 버둥거리는 모습이 마치 괴상한 새처럼 보였다. 소년은 리암 일행에게 손을 흔들며 다시 한 번 큰 소리로 외쳤다.

"대형 사고다!"

리암은 별일 아니라는 듯 살짝 어깨를 으쓱하고는 '진흙 고르기' 작업을 계속했다. 템스 강변의 차디찬 진흙에 다리를 묻고 있는 동안 발끝이 감각을 잃어 움직이려면 요령이 필요했다. 아버지는 이 일을 하지 말라고 했다. 깨진 유리 조각이라도 밟는다면 상처에 세균이 침투해 썩어 들어갈지도 모른다고 겁을 주기도 했다. 그러나 리암은 아들이 이런 일을 하는 게 싫다면 아버지가 열심히 일해서 돈을 많이 벌면 되지 않느냐고 입을 삐죽거렸다.

대영제국 런던의 동쪽, 이스트엔드 또는 쓰레기 하치장이라고 불리는 빈민가에 사는 남자들이 대부분 그러하듯 리암의 아버지 역시 제대로 된 일자리를 갖지 못했다. 언제나 손에서 술병을 놓지 않는 술주정뱅이이기도 했다. 마을 아이들 대부분이 그렇듯 리암도 열 살이 되기 전부터 스스로 약간의 돈벌이를 했다. 리암은 또래 열두 살짜리 아이들에 비해 몸집은 작고 깡말랐지만 씩씩하고 활기찬 표정을 하고 있는 소년이다. 붉은 머리칼과는 대조적으로 초록색 눈동자가 반짝거리는 게 총명해 보였다.

'진흙 고르기'는 런던의 빈민들에게는 아주 훌륭한 일거리였다. '진흙 고르기'란 템스 강의 조수간만을 이용하여 물이 빠진 강변에 남아 있는 보석을 찾는 일이었다. 진흙을 속아서 석탄 부스러기나 못, 단추를 주워 모으면 몇 펜스 정도의 벌이는 됐다. 고된 작업에 비하면 벌이는 신통치 않지만 운이 좋으면 생각보다 값나가는 보물을 캐기도 하고, 때로는 동화와 은화 등을 발견하기도 했다.

리암은 지금까지 여러 가지 일을 해왔다. 구두닦이, 신문팔이, 역에서 짐 나르기와 심부름 등. 도로청소를 하고 팁을 받는 일을 하기도 했는데 구걸하지 말라며 몰아붙이는 경찰에게 붙잡힌 적도 있었다.

경찰을 적이라고 생각하면 리암에게는 할 수 있는 일이 많이 있었다. '베이커가의 소년 탐정단', 속칭 '이레귤러스'의 일원으로서 하는 일 같은 게 그랬다. '이레귤러스'는 베이커가에 거점을 둔 탐정, 셜록 홈스가 고용한 부랑아들 모임의 이름이었다. 리암과 그의 친구들은 홈스의 수사를 돕는 유격단이었다. 조사 내용과 개개인의 사정에 따라 모이는 아이들은 달라지지만 빈민가의 아이들이어서 집이 없다는 건 똑같았다. 고아들도 적지 않았다.

주요 멤버는 일곱 명이었다. 그들은 언제부터인지 모르지만 요일을 정해 베이커가 외곽 경비를 담당하고 있었다. 탐정이 지시하면 즉시 동료들을 소집하여 일을 할 수 있는 시스템을 갖추고 있었다.

리암은 지난 금요일이 당번이었다. 특별한 사정이 있지 않는 한, 멤버들은 거의 모두 행동을 같이했다. 이날도 일이 없는 멤버들이 모여 '진흙 고르기'를 하고 있었다. 물론 리암도 동참

했다.

방금 전 '사건'이라고 소리를 치고 양손을 휘두르며 달려온 아이도 '이레귤러스'의 멤버였다. 월요일의 잭, 자칭 '소식통'으로 런던에서 일어나는 모든 사건의 전말을 알아내 돈을 받고 파는 아이였다. 특히 이스트엔드에서 벌어진 일이라면 무엇이든 빠뜨리지 않고 전했다.

어제는 그 전날 본드가에서 일어난 폭탄 사건에 대해 이런저런 말을 주고받느라 얼마 안 되는 수입마저 못 올린 탓에 잭이 아무리 고함을 질러대도 모두 시큰둥한 반응만을 보였다. 돈을 내면서까지 잭의 뉴스를 살 이유가 없다는 듯 리암은 잭에게 관심을 보이지 않았다. 순간 진흙 속에 묻힌 리암의 발끝에서 보석이 반짝 빛났다.

'6펜스짜리 은화다!'

이런 횡재는 드물었다. 수입은 모두 다 같이 모아 돈으로 바꾼 뒤 일한 만큼 나누는 게 원칙이었지만 슬그머니 사심이 동했다. 리암은 모두의 눈길이 잭에게 향한 틈을 타 은화를 재빨리 주머니에 넣었다. 소매치기 실력은 이럴 때도 한몫했다. 그러나 리암의 손보다 빠른 눈을 가진 녀석이 있었다. 찢어질 듯한 고함이 날아왔다.

"리암! 슬쩍하면 못 써!"

'이레귤러스'의 맏이, 열다섯 살짜리 소년 위긴스였다. 목요

일이 당번이다. 키가 제일 커서 싸움도 가장 잘했다. 홈스에게 절대적으로 충성하는 소년이었다. 영리하고 눈치가 빨라 아이들은 위긴스를 믿고 따랐다.

"신고! 신고!"

두 아이의 목소리가 리듬을 타고 울렸다. 아직 열 살이 안 된 쌍둥이들이었다. 목요일인 오늘 당번이었지만 아침에 탐정에게서 일이 없다는 소리를 듣고 다른 아이들과 '진흙 고르기'를 함께 하고 있었다. 다른 아이들도 한마디씩 했다.

"시끄러. 지금 말하려고 했어."

리암은 얼굴이 빨개져서 아이들을 노려보고는 "6펜스 신고!"라고 투덜대며 소리쳤다.

"이봐, 리암! 그까짓 6펜스에 얼굴을 붉힐 참이면 이제부터 나하고 같은 조 하자."

화요일이 당번인 앤디가 강가의 기선 앞머리에 걸터앉아 말했다. 금발 머리에 개구리 얼굴을 한 소년이었다. 앤디는 차가운 진흙을 열심히 고르고 있는 아이들을 비웃으며 지켜보고 있었다. 그는 '시티'의 절도단에서 리암과 같은 조를 이루어 일을 한 적도 있었다.

"그 나이에 벌써 그 좋은 돈벌이를 그만두다니 멍청하군, 리암."

"멍청하다구?"

리암은 정색을 하고 되받아쳤다. 양손을 허리에 받치고 다리에 진흙을 묻힌 채 의식적으로 건들거렸다.

"왓슨 선생님이 말했어. 탐정의 조수를 하려면 다른 사람한테 민폐를 끼쳐서는 안 된다고."

앤디는 대수롭지 않다는 듯 침을 퉤 뱉었다.

"박사는 물론 탐정 선생님이 그런 데 신경이나 쓸까? 알고 싶은 걸 알아내면 그만이지. 그러니까 다시 팀을 만들자. 너 정도의 실력을 가진 애는 그렇게 흔하지 않아."

"안 돼."

리암은 숨도 쉬지 않고 대답했지만, 자신의 실력을 발휘하고 싶은 유혹을 거부하기가 쉽지 않았다. 거의 스스로 다짐하는 듯한 대답이었다.

"오라일리 신부님하고도 약속했기 때문에……."

"신부하고?"

위긴스가 코웃음을 쳤다. 오라일리 신부는 아일랜드계 사제였다. 위긴스는 가톨릭에 대한 편견과 불신감을 갖고 있었기 때문에 거침없이 말을 쏟아냈다.

"뭐야! 리암. 너 그 아둔한 신부한테 넘어갔어?"

"넘어가긴!"

리암이 쏘아붙였다.

"오라일리 신부는 나쁜 사람이 아니야. 그리고 아무리 아둔

해도 사제들은 다른 사람한테 폐를 끼치지 않아."

"네가 발을 빼면 내가 괴로워."

앤디가 볼멘소리를 했다.

"자, 돌아오라고. 박사는 무슨……. 상관없잖아. 탐정 선생님과의 사이도 이제 끝났고."

박사 존 H. 왓슨은 셜록 홈스와 같은 하숙집에 살던 의사다. 탐정 일을 돕긴 했지만 본업에 대한 열정이 식은 것은 아니어서 같은 일에 종사하는 의사의 꾐에 넘어가 미국에서 개업하기로 하고, 어제 런던을 떠났다.

베이커가의 탐정 주변 사람에게 왓슨은 믿음직한 인물로 통했다. 실내에서 사격 연습을 하는 일도 없었고 바이올린으로 괴상한 곡을 연주하지도 않았기 때문이다. 왓슨은 탐정에게는 없는 상식과 양식 그리고 배려를 두루 갖추고 있었다.

"그러고 보니 오늘이 출항이었네."

위긴스가 말하자 쌍둥이가 탄식을 했다.

"안 돌아올까?"

"아마도."

앤디가 대답했다.

"탐정 선생님과 같이 사는 게 쉽진 않았을 거야."

'음!' 하며 쌍둥이 중 하나가 큰 소리로 인정했다.

"고통이지."

"박사님이 열심히 노력은 했지만……."

"노력했지."

어린 쌍둥이는 얼굴뿐만 아니라 목소리도 똑같았다. '디와 댐'이라는 별명으로 불리지만 구분하기가 어려웠다.

"이봐, 이봐. 너희!"

쌍둥이의 재잘거림을 자르며 소식통인 잭이 모두의 시선을 끌어모았다. 앤디가 걸터앉아있던 기선으로 뛰어오르더니 발을 구르며 떠들었다.

"오늘은 특종이 있어! 흑장미단에 대한 소식이야. 디아즈우드 후작 가문이 흑장미단에 포상금을 걸었어. 잃어버린 루비 '새벽의 처녀'에 천 파운드!"

"역시 귀족은 달라. 씀씀이가 다르네."

리암도 놀라 눈을 동그랗게 떴다.

흑장미단! 지난달 두 번에 걸쳐 메이페어에 있는 고급 저택에서 값진 보석을 훔친 괴도들의 별칭. 그 누구도 흑장미단의 정체를 알지 못했다. 다른 좀도둑들과 달리 그들은 범행현장에 한 장의 카드를 남겨놓아 사람들의 이목을 끌었다.

카드에는 아무런 글자도 없고 검은 튜더 장미만 그려져 있었다. 그 때문에 그들은 '흑장미단'이라 불리며, 사람들의 주목을 받았다. 닥치는 대로 돈을 빼앗는 것이 아니라 표적으로 삼은 보석만 훔쳤다. 그것도 최고급 보석만을 훔쳐가기에 도둑이지만 보는 눈이 있다며 호평을 받기도 했다.

멍하니 입을 벌리고 얼굴을 마주 본 쌍둥이가 리암의 셔츠를 확 잡아당겼다.

"천 파운드가 '새벽의 처녀'라는 루비보다 비싸?"

"멍청아!"

앤디였다.

"루비가 더 비싸지. 천 파운드를 내놓으면서까지 루비를 찾으려고 하는 거 보면 모르냐!"

"천 파운드면 빵을 몇 개나 살 수 있을까?"

"우리 어제부터 아무것도 못 먹었어."

"누가 먹다 버린 사과라도 먹고 싶다."

"빵 먹고 싶다."

'햐' 하며 쌍둥이가 괴이한 소리로 한숨을 쉬었다. 뱃속에서 꼬르륵하는 반주소리가 들렸다.

위긴스는 힐끔 쌍둥이들을 노려보았다.

"먹고 싶으면 입 말고 몸을 움직여!"

"네에!"

쌍둥이는 합창을 하고 진흙을 뒤집기 시작했다. 그리고 못하나를 찾아 환성을 지르며 통 속에 집어던졌다.

"흑장미단은 여자야!"

앤디가 알 만하다는 표정을 지으며 말했다.

"여장을 하고 저택에 잠입해 청소 같은 걸 하면서 보석이 있는 장소를 찾아내 훔치는 도둑이야."

"정말이야?"

리암이 진흙투성이 손을 휘두르며 몸을 앞으로 내밀었다.

"밸 레이가 그랬어."

쌍둥이가 또 끼어들었다.

"맞아, 맞아. 밸 친구가 봤대."

"시끄러워, 쌍둥이! 누가 말했든 상관없어!"

앤디는 짐짓 근엄하게 말했지만 얼굴 자체가 개구리를 닮아 쌍둥이의 비웃음을 샀다.

"밸 레이 녀석."

위긴스가 눈썹을 찡그렸다.

"건방진 녀석! 아는 사람이 괴도를 보았다는 건 거짓말일 거야."

밸 레이는 홈스의 심부름을 하는 소년이다.

홈스가 들어오기 전까지 하숙은 주인인 허드슨 부인과 하녀인 베키 둘이서 꾸려나갔었다. 탐정은 규칙적인 생활과는 거리가 먼 사람이어서 한밤중이나 이른 새벽에 자질구레한 일을 부탁하기도 했으므로 허드슨 부인과 베키는 늘 피로에 시달려야 했다. 허드슨 부인은 하숙하는 사람들과 상의한 끝에 홈스가 하숙비를 올려주고 허드슨 부인이 잡무를 할 일꾼을 더 고용하는 걸로 결론을 냈다.

밸은 한 달 전에 그만둔 빌 대신에 고용됐다. 열다섯 살 나이답지 않게 또래의 다른 아이들보다 의젓하고 예의 발랐다. 일도 알아서 척척 해내 허드슨 부인과 베키에게 좋은 평판을 얻었다.

리암은 자기보다 나이가 위인 위긴스를 비웃었다.

"밸이 베키의 신망을 받고 있기 때문에 위긴스가 질투하는 거야!"

"뭐라고!"

위긴스는 신음을 흘리며 한 발 앞으로 나왔다. 리암보다 머리 하나는 크고 체격도 당당해서 위협적이었다.

그러나 리암 역시 물러서지 않았다. 두 주먹을 불끈 쥐고 싸울 태세를 취했다.

"죽여버려! 겁대가리 없는 놈!"

앤디가 휘파람을 불며 분위기를 띄웠다.

잭은 관심 없다는 표정을 하고 발을 굴렀다.

"너희, 정말 나한텐 볼일 없어? 그럼 난 간다."

"기다려, 나도 이제 가야 돼."

리암을 노려보며 위긴스가 말했다. 그러면서 리암과의 거리를 한 발 좁혔다. 싸움에 이골 난 녀석이라 다가오는 것만으로도 위협감이 느껴졌다. 녀석이 틈을 두지 않고 휙 하고 팔을 뺐었다. 리암은 재빨리 피했지만 팔소매를 붙잡혔다.

"혼나기 싫으면 알아서 행동해."

'때린다!'

리암은 눈을 질끈 감았으나 아무리 기다려도 주먹이 날아오지 않았다. 피식피식 웃는 소리에 눈을 살짝 떠보니 아이들이 온몸을 바싹 움츠리고 있는 리암의 우스운 꼴을 보며 웃고 있었다. 얼굴이 벌개져서 주위를 노려보았지만 웃음소리는 더 커졌다.

위긴스는 이미 리암에게서 떨어져 있었다. 신발 끈을 묶어 목에 걸고 있던 신발을 다시 신으며 아이들에게 가자고 소리쳤다. 나이도 어리고 몸집도 작은 리암을 상대로 정말로 싸울 생각은 없었다. 예전에 리암을 보기 좋게 두들겨 준 적이 있었지만, 그때는 리암이 '이레귤러스'에 들어오기 전이었다.

"쳇."

리암이 혀를 찼다. 지금은 위긴스를 리더로 인정하지만 아직도 전에 얻어맞았던 일을 생각하면 오금이 저렸다. 이번에도 분명 등을 걷어 채일 거라고 생각했는데 위긴스는 딴전만 피웠다. 위긴스는 리암의 생각을 알아챘다는 듯 피식 웃고는 뒤에 있는 쌍둥이에게 말을 건넸다.

"야, 너희도 올라가. 물이 들어올 때가 됐어."

"네."

쌍둥이가 합창을 했다.

"너희가 일한 몫이다. 먼저 받아."

위긴스가 쌍둥이에게 1실링짜리 은화를 던져주었다. 둘은 받은 돈을 한 사람당 6펜스씩 나누었다. 평소에 받던 몫보다 많았다. 쌍둥이는 신이 나서 물 밖으로 뛰어 올라갔다. 위긴스는 쌍둥이에게서 시선을 돌려 리암을 바라보며 말했다.

"6펜스면 되지……. 리암! 우리는 잡화상한테 물건을 팔러 갈 테니까 쌍둥이를 돌봐. 고집쟁이 영감한테 뺏기기 전에 밥부터 먹여."

"알았어!"

쌍둥이는 자기가 벌어온 돈을 굴뚝 청소를 하는 할아버지에게 빼앗기고 있었다. 할아버지가 아는 굴뚝 청소부에게 불려가 일을 하다가 화상을 입는 경우도 허다했다. 둘 모두 천사처럼 순진하고 나이에 비해 여려서 위긴스는 특별히 신경을 썼다.

리암은 근처 포장마차로 쌍둥이를 데려가 뜨끈뜨끈한 장어와 감을 먹여 보냈다. 그리고 안개가 자욱한 틈을 타 매러번 지역으로 가는 2층 승합마차 뒤꽁무니에 매달려 베이커가로 갔다.

리암은 왓슨이 떠난 이후로 홈스가 의기소침해졌을 거라 생각했다. 탐정은 자기감정을 솔직히 드러내는 성격이 아니라

서 곁으로 봐선 왓슨이 자기 곁을 떠났다는 걸 언짢게 생각하는지 아닌지 알 수 없었다.

타고 내리는 승객들로 붐비는 리젠트가 중간에서 마차를 내려 가벼운 발걸음으로 북쪽을 향했다. 번화한 옥스포드가를 피하여 위그모어가 쪽으로 돌았다. 위그모어가에서 서쪽으로 가면 베이커가와 만난다. 길모퉁이에 멋진 마차 한 대가 서 있었다. 쌍두마차였다. 마차를 모는 사람은 화려한 제복을 입고 있었다. 창문 밖으로 검은 망토를 늘어뜨려 문에 그려진 문장을 가리고 있었다. 리암은 무슨 일인가 싶어서 마차를 찬찬히 살펴보다 마부한테 혼나기 전에 발길을 옮겼다. 발걸음이 빨라진 건 우체국 앞에서 말쑥하게 차려 입은 검은 머리의 소년을 발견했기 때문이었다. 홈스의 하숙집에서 일하는 밸 레이였다. 리암은 허리를 숙여 밸 레이 옆에 앉아있는 검은 개를 바라보았다. 털이 많고 귀가 축 늘어진, 멋진 스패니얼 종이었다. 귀밑을 간질이듯 쓰다듬자 기분이 좋은지 눈을 가늘게 떴다.

"밸!"

리암이 말을 걸자 밸은 따뜻한 눈길을 보냈다. 그는 순수 혈통의 영국인이 아니고 아랍계였다. 옅은 갈색에 윤곽이 뚜렷한 얼굴에는 정열적인 아름다움이 넘쳤다.

"어이, 리암!"

밸의 나지막한 목소리가 들리고 곧바로 앞에 있던 화려한 마차 안에서 "이리 와!" 하는 차가운 목소리가 울렸다.

스패니얼 개는 목소리를 듣고는 날랜 몸놀림으로 마차 쪽으로 뛰어갔다. 개가 안으로 들어가자마자 마차가 움직이기 시작하더니 모퉁이를 돌아 사라졌다.

리암이 물었다.

"아는 사람이야? 저 마차에 탄 사람?"

"천만에!"

큰 소리로 대꾸하며 벨은 소리 내어 웃었다.

"아니야. 그냥 저 개가 귀여워서…… 난 개를 좋아하거든."

"데려다 키우고 싶을 만큼 탐나는 개였어!"

"그런데 여긴 무슨 일로 왔어? 홈스 씨는 손님을 만나고 있고, '이레귤러스'에는 특별히 일이 없는 듯하던데. 쌍둥이도 오늘은 일이 없다고 했고."

"알고 있어. 그냥 홈스 씨가 기운이 없어 보여서. 왓슨 박사님도 떠나시고……."

"응, 넌 홈스 씨가 아주 좋은 모양이구나."

"좋다고 해야 할지……."

대영제국 제일의 탐정을 자기 같은 어린아이가 걱정한다는 게 우스워서 리암은 가볍게 바닥을 찼다. 리암은 정색을 하고 말했다.

"그분을 존경해."

밸은 부드럽게 웃었다.

"그 기분 알겠다. 하지만 걱정 마. 홈스 씨는 아무렇지도 않아. 오히려 활기가 넘치셔."

런던 북서쪽, 베이커가! 옥스포드가에 가까운 포트만 광장에서 리젠트 공원을 향해 이어지는 이 길에는 갈색 기와로 만든 조지아식 테라스하우스가 늘어서 있다. 그중 221-b, 2층에 리암이 존경하는 탐정의 사무소가 있다.

리암이 밸과 이야기하고 있을 때 홈스는 방에서 손님을 만나고 있었다. 탐정은 여느 때처럼 프록코트를 입고 난로 옆 팔걸이의자에 앉아 있었다. 검은 머리에 회색 눈. 마른 얼굴에는 날카로움과 나른함이 뒤섞여 있었다. 홈스는 양손을 깍지 끼고 손님의 이야기를 듣고 있었다. 손님은 낡은 회색 셔츠를 입고 몸을 웅크리고 있다. 나이는 30대 전후로 홈스와 동년배처럼 보였다. 자세가 바르고 각진 얼굴에 멋스러운 수염을 기른 게 군인처럼 보였다. 이름은 피터슨. 아일랜드 문제를 다루기 위해 작년에 설립된 공안부, 스페셜 아이리시 지부에 소속된 경찰이었다. 아일랜드의 독립을 위해 싸우는 비밀조직인 '피니언'을 감시하고 그들의 테러 활동에 대한 대책을 세우는 일을 맡고 있었다.

홈스가 베이커가에 탐정 사무실을 연 것은 3년 전인 1881

년이었다. 홈스가 탐정일을 시작하기 전에도 아마추어 탐정은 많았지만, 그는 시작부터 여느 탐정들과 달랐다. 탐정과 경찰들이 손을 든 사건에 조언을 하는 컨설턴트 일, 즉 자문 탐정일을 했다. 여러 가지 어려운 사건을 해결하면서 이름이 알려졌고, 지금은 유럽 여러 나라의 왕실로부터 상담을 받기에 이르렀다. 최대 고객은 런던 경시청 조사과였다. 피터슨이 찾아온 건 공안부 역시 그에게 관심을 갖기 시작했다는 뜻이었다.

아일랜드 문제는 어제오늘의 일이 아니었다. 아일랜드 국민들은 16세기 헨리 8세 때 영국 통치하에 들어가면서부터 압제의 고통에 시달리기 시작했다. 우선 종교가 문제였다. 왕의 이혼문제 때문에 일어난 종교개혁에 따라 영국은 가톨릭의 총본산인 바티칸과 관계를 끊고 성공회를 설립했다. 아일랜드인 대부분은 가톨릭 신앙을 포기하지 않았기 때문에 영국법에 의해 많은 권리를 박탈당하게 되었다. 그들의 저항은 열매를 맺지 못했다. 1829년의 가톨릭교도 해방령도 아일랜드에 도움이 되지 않았다. 그러던 중 1845년 감자 기근 때 기아와 역병이 퍼지면서 수십만 명의 사망자가 나오자 절망적인 빈곤을 벗어나기 위해 많은 사람들이 고향을 등지게 되었다. 이렇게 미국에 건너간 동포들의 지원을 받기 시작한 아일랜드 독립운동은 점차 과격해지기 시작했다.

이 날 피터슨이 홈스를 찾은 이유도 하루 전 11월 18일 오후 올드본드가에서 발생한 폭발사건 때문이었다.

"사망자 중에 공안부 직원이 있었습니다. 조직에 잠입해 들어가 있던 요원이었는데, 저들의 목표는 아마도 그 요원이었던 것 같습니다."

"보복과 동시에 메시지를 남기고 있군요. 스파이가 누군지 알고 있다고……."

홈스의 말에 피터슨은 괴로운 표정을 지으며 고개를 끄덕였다.

"막대한 자금이 미국으로부터 흘러 들어오고 있는 사실은 변함이 없는데 범행의 수법이 바뀌고 있습니다. 누군가 뒤에서 조종을 하고 있는 것 같아요. 현재 러시아로부터 유입되고 있는 공산주의자들도 조사 중입니다. 골치 아픈 건 그들이 어떻게 알고 그곳에 폭탄을 설치했는지를 모른다는 점입니다. 희생자 중에 테러리스트의 표적이 될 만한 사람은 죽은 요원밖에 없어요. 테러리스트가 폭파된 승합마차에 그 요원이 타고 있다는 걸 미리 알 수 없었을 텐데 말이지요. 요원이 본드가에 있었던 건 정보 전달 장소가 그곳에 있었기 때문이고……. 자세한 내용은 말할 수 없지만, 장소가 화랑이어서 그 요원은 화가지망생으로 위장하고 있었습니다. 그럼에도 상당히 재능이 있었고 그 아버님 역시 화가였는데……."

피터슨은 더 이상의 불필요한 말을 삼가며 주머니에서 수첩을 꺼내 갈피에 끼어두었던 종잇조각을 홈스에게 건넸다.

홈스는 종잇조각 상태를 면밀히 조사하더니 피터슨의 수첩보다 작은 수첩에서 찢어진 조각이라는 사실을 확인했다. 그리고 연필로 쓰인 글자를 읽었다.

'놈들이 눈치 챘다.'

그리고 뒷면에는 다음과 같은 말이 적혀있었다.

'앨런 맥밀런 육군 소위를 조사하라.'

홈스가 고개를 들어 피터슨을 바라보았을 때, 경사는 담배를 꺼내 막 불을 붙이고 있었다. 그는 불을 붙이고 성냥을 화로에 던지며 홈스가 알고 싶어 하는 내용을 말했다.

"맥밀런 소위에 대해 조사 중입니다."

"서둘러 쓴 내용이군요. 미행당하고 있다는 걸 눈치 채고 자기 목숨이 위태롭다는 걸 느꼈겠지."

"테러리스트가 요원을 미행하여 요원이 탄 마차에다 폭탄을 설치했다는 의견도 나왔소. 하지만 목격자 진술로는 마차는 서 있지 않았고 요원이 달리는 마차에 뛰어 올라탔다고 했어요. 미행을 따돌리려고 했던 것 같은데, 같이 탄 사람은 없었습니다. 그리고 다음 순간 마차가 폭발했습니다. 요원의 몸이 폭발했다고 말하는 사람도 있는데 그건 믿기 어렵고……."

"아니오. 목격자 말 그대롭니다."

홈스의 말에 피터슨이 의아하다는 눈길을 보냈다.

"요원이 폭탄을 운반하던 중이었다는 말씀인가요?"

"그럴 가능성이 없지 않지만 내 생각은 다르오. 누군가가 그 요원의 옷 속에 소형 폭탄을 설치한 것 같군."

피터슨의 눈이 휘둥그레졌다.

"그런 일이 가능합니까?"

"소매치기 달인은 상대가 눈치 채지 못하는 사이에 지갑을 빼내 돈을 꺼낸 다음 빈 지갑을 다시 상대의 옷 속에 집어넣을 수 있소. 일반인의 눈으로는 알아챌 수 없는 빠른 솜씨로. 그 기술을 응용하면 어려울 것도 없지요."

"그럴듯하기는 하지만……."

공안부 경사는 심각한 표정으로 고개를 끄덕였다. 연기를 내뿜으며 잠시 생각한 뒤 홈스를 정면으로 쳐다보며 진지하게 말했다.

"공안부에서는 당신이 이 사건의 정식 고문이 되길 원하고 있습니다."

"전에도 말했지만 고문이 되면 제 생각대로 조사하게 해주십시오."

"홈스 씨! 우리가 바라는 건 공안부의 총괄 명령자가 아니라 상담 역할입니다. 당신이 공안부 조사에 협력하는 형태란 말이오."

홈스는 눈을 가늘게 뜨며 대답했다.

"그렇다면 정식 계약을 할 수 없소. 나는 독립적으로 조사를 하고 싶소."

피터슨은 실망스러운 표정을 지었다.

"제임스 모리어티 교수에 관해서는 우리 공안부도 대충 조사해 봤지만 이상한 점을 발견하지 못했습니다. 젊은 나이에 교수가 되었으나 학내 권력투쟁에 휘말려 학교를 떠날 수밖에 없었고, 그의 재능을 시기한 사람들이 쳐 놓은 덫에 걸려들었다는 소리도 있지만 지금은 육군에서 교사 일을 하고 있습니다. 불운한 천재라고 할지……."

"그 사람은 세상이 자기를 그렇게 봐주길 바랄 거요."

"당신의 재능은 인정하지만 의심이 지나친 것 같소. 당신은 미모의 오페라 가수도 세기의 사기꾼이라고 하지 않았습니까?"

홈스는 가볍게 어깨를 으쓱했다.

"천재적인 악마성이 자라 아름답게 꽃 핀 독화지요. 최근에는 보헤미아의 황태자를 가지고 놀고 있소. 대단한 가문에 입성하긴 했는데 얌전히 물러날지 어떨지는 모르지요. 언젠가 황태자가 자신의 경박함을 후회하게 될 날이 온다고 해도 놀랄 일은 아니요."

홈스는 쓸쓸한 미소를 머금은 채 말을 이었다.

"세기의 마술사인 베르너와 염문을 뿌린 끝에 그 사람을 파멸시킨 것도 그 여자, 바로 아이린 애들러요."

"그 이야기는 공적인 장소에서 하지 않는 게 좋겠습니다. 애들러 양은 지금 런던에 체류 중이니까…… 명예훼손으로 고소를 당하면 이길 방법이 없어요. 수학교수 일은 그렇다고 치고, 당신이 말하는 '독이 든 꽃'한테는 팬이 많습니다. 경시총감도 그 여자한테 장미를 보냈다고 들었습니다만……"

"나도 애들러 양의 음악회 입장권을 구했소. 그녀가 음악가로서 재능이 있다는 건 인정하오. 범죄뿐 아니라 성악에 있어서도 일류 예술가지요."

과연 그렇다는 표정으로 피터슨 경사는 다 피운 담배를 재떨이에 비벼 끄며 일어섰다. 문 쪽으로 가던 그는 의자에 앉은 채 생각에 잠겨 있는 탐정을 돌아다보았다.

"왓슨 박사님은 벌써 출발했습니까?"

홈스는 고개를 들어 벽난로 선반 위에 있는 시계를 쳐다보았다.

"배가 사우샘프턴 항을 떠날 시간이오."

"편지 쓸 때 안부나 전해주십시오. 성공을 빈다고……"

홈스는 알았다는 말을 입 밖으로 내지는 않았으나 고개를 끄덕이며 손을 흔들어주었다. 떠나는 친구보다 중요한 생각할 거리가 남아 있다는 듯 무심한 손동작이었다.

그날 밤.

침실에서 잠을 청하던 홈스는 갑자기 눈을 떴다. 난로 불이 여전히 타고 있었다. 침대 옆 선반에서 시계를 더듬어 시각을 확인하니 밤 1시를 지나고 있었다.

시계를 내려놓다가 날카로운 눈길을 돌렸다. 사무실 옆방에 누군가가 와있었다. 홈스는 조용히 일어나 침대를 빠져나왔다. 열쇠구멍으로 엿보니 움직이는 소년이 보였다. 불빛도 없는 방에서 램프를 손에 들고 책상 서랍을 뒤지고 있었다.

홈스는 몸을 내밀고 손잡이를 천천히 돌렸다.

"밸 레이!"

그의 목소리와 동시에 탁하고 문이 잠기자 소년은 화들짝 놀랐다.

"홈스 씨!"

비명과 동시에 말문이 막혀 장승처럼 서 있는 밸 레이를 보고 홈스가 물었다.

"뭘 찾는 거니?"

"전…… 그…… 단추를……."

소년은 홈스의 물음에 더듬더듬 변명했다.

"낮에 단추를 떨어뜨렸는데 저기…… 몰래 들어와선 안 된다고 생각했지만……."

속이 뻔히 들여다보이는 거짓말이었다. 밸 레이는 일 잘하는 총명한 소년이긴 하지만 연기는 형편없어 곧잘 실수를 했다. 홈스가 갖고 있는 정보를 캐내고 하고 있는 수사의 내용을 알아내기 위해 이 하숙집에 잠입해 있다는 사실은 이미 홈스도 알고 있었다. 처음에 홈스는 비밀 조직에서 염탐을 위해 밸 레이를 보낸 거라고 생각하고 지켜보고 있었는데, 최근 들어 사태를 잘못 파악하고 있다는 것을 깨달았다. 밸 레이는 조직과는 별개로 움직이는 것처럼 보였다.

"단추라면 낮에 찾는 게 나을 텐데."

가운을 입고 거실 등을 켜고 나서 홈스는 책상 앞으로 성큼성큼 다가섰다. 꽉 닫히지 않은 서랍을 다시 열었다가 닫고는 소년을 유심히 살펴보았다.

"죄송합니다."

꾸뻑 머리를 조아리고 밸은 도망치듯 방을 나갔다.

홈스는 홀로 남자 가늘게 한숨을 내쉬었다. 잠기운이 달아났다. 또다시 잠 못 이루는 긴 밤이 기다리고 있었다. 선반 서랍에서 모로코가죽 케이스를 꺼내 난로 옆 팔걸이의자에 몸을 파묻고 마주 보이는 의자를 바라보았다.

불과 이틀 전만 해도 이 팔걸이의자는 동료가 쉬던 장소였다. 여기서 그와 사건에 대해 나누던 토론은 굉장한 자극이 되었다.

왓슨은 결코 뛰어난 탐정이 아니었고 좋은 토론 상대인지조차 솔직히 의문스러웠지만, 대화 상대로는 최고였다. 그에게 말하는 사이 사건의 요점이 명확해지고 평균적인 영국신사의 상식으로 사건을 어떻게 생각할지를 가늠할 수도 있었다.

홈스가 왓슨과 만난 것은 3년쯤 전이다. 당시 홈스는 대영 박물관에서 가까운 몬태규 거리의 좁은 방에서 혼자 살고 있었다. 범죄의 역사를 연구하는 한편 탐정 일도 보고 있었다. 런던 경시청의 레스트레이드나 그렉슨과는 당시부터 알게 되었다.

지금 살고 있는 하숙을 알게 된 것은 우연이었는데 당시 수입으로 얻기에는 조금 과분했다. 그래서 아는 사람에게, 함께 살면서 하숙비를 나누어 낼 적당한 사람을 소개해 달라고 부탁했다. 함께 살려고 하는 사람을 찾기가 쉽지는 않았다. 관청에서 일하는 형, 마이크로프트가 팰맬에 살고 있었는데, 형과는 같이 살고 싶지 않았다. 똥 묻은 개가 겨 묻은 개를 흉보는 이야기가 되겠지만 형만큼 이상한 사람도 또 없었다.

그러던 와중에 성 바르톨로뮤 병원에서 알게 된 수술실 조수, 스탠포드가 아프가니스탄 전장에서 막 돌아온 왓슨을 소개해주었다. 군인으로 전쟁터에 나갔다가 부상을 당해 귀국했다고 했다. 같이 살기 시작할 당시 왓슨은 안정을 찾지 못해 약간 신경질적이었다. 전선에서의 잔혹한 체험이 상처와 병이 되어 정신적으로 약해져 있었다.

상처가 낫고 몸이 좋아지면서 친구는 원래의 활기와 진실하고 성실한 본래의 성품을 되찾았다. 왓슨은 사건 수사에 협력을 아끼지 않았다. 건전한 정의감에 바탕을 둔 탐구심과 호기심은 흐뭇할 정도였다. 사건을 풀어나가는 홈스의 방법에 때때로 회의적인 태도를 취할 때도 있었지만 결국은 이해와 경의를 표하고 칭찬을 아끼지 않았다.

그렇지만 우정을 빙자한 참견은 다소 거추장스러웠다. 의사가 지닌 직업병인지 부탁하지도 않았는데 건강상태를 관리하려들고 생활태도와 기호품에까지 잔소리를 했다. 홈스는 한번 사건 해결에 돌입하면 해결될 때까지 식음을 전폐하고 빠져들곤 했다. 일에 열중한다는 표시도 뭐도 아니지만, 실제로 잠 한숨 안 자고 식사마저도 나중으로 미뤘다. 정리정돈은 물론 일체의 청소도 하지 않았다. 그리고 사건이 해결되면 긴장이 풀어져 긴 의자에 누워 곯아떨어지곤 했다. 반면 적당한 수수께끼를 안겨주는 사건을 만나지 못할 때는 무료해했다. 뇌와 정신이 항상 긴장되어 있기를 원하는 그는 종종 인위적인 방법으로 긴장감을 보충했다.

모로코가죽 케이스를 열었다. 안에는 주사기와 농도 7%짜리 코카인 용액이 든 병이 있었다.

왓슨의 잔소리가 뇌리를 스쳤다.

"홈스, 약은 끊도록 해. 자네를 위해서 하는 소리야. 그 정도 농도의 코카인 용액을 쓰는 게 위법은 아니지만, 계속 그러다 몸 상한다고, 이 친구야."

왓슨은 마약의 폐해에 대하여 분명하게 말했다. 늘 홈스가 마약에 중독될까 봐 걱정했었다. 사용하다 보면 자신도 모르게 중독되어 헤어날 수 없는 게 마약이었다. 마약을 사용하는 것이 아니라 마약의 지배를 받게 된 중독자들이 허다했다. 강인한 정신력을 가진 사람에게 나약한 사람들을 예로 설득하는 것은 모욕이라고 못을 박아 두었으나 왓슨은 고집을 꺾지 않았다. 왓슨은 홈스의 천재적인 재능에 경의를 표하면서도 코카인은 그의 재능을 망가뜨려 육체를 무너뜨린다는 충고를 멈추지 않았다. 왓슨에 한정된 이야기는 아니지만, 사랑과 우정은 항상 똑같아 겉과 속에 한 치의 여유를 두지 않는다. 홈스는 이러한 아둔한 감정이 참을 수 없을 만큼 성가시다고 생각했다.

홈스는 한동안 코카인 병을 손에 쥐고 주물럭거렸다. 그러다 결국 뚜껑을 열지 않고 도로 케이스에 넣었다. 가볍게 어깨를 으쓱하고는 이미 떠나버린 친구를 향해 중얼거렸다.

"자네 설득에 넘어간 게 아니라네. 오늘 밤은 무료함을 달랠 수 있는 문제가 있기 때문이네. 그래도……."

눈길은 비어 있는 팔걸이의자로 갔다.

"자네의 빈자리가 작지 않군, 왓슨!"

2. 금요일 밤의 살인사건

금요일 아침에 리암은 베이커가로 나갔다. 전날 밸과 헤어진 후 홈스와는 만나지 못하고 집으로 돌아왔다. 지금 탐정의 기분은 어떨까?

테라스하우스의 2층 창을 올려다보니 창가를 스쳐가는 키 큰 남자의 실루엣이 보였다. 셜록 홈스였다. 아침 8시 종이 울린 직후라 탐정이 평소 활동하는 시간보다 좀 이른 때였다. 혹시 밤을 꼬박 지새운 걸까.

"리암 메건!"

빗자루를 손에 든 깡마른 하녀가 현관에서 소리를 쳤다. 베키였다. 집주인인 허드슨 부인도 그랬지만 그녀는 '이레귤러스' 단원들이 하숙집에 드나드는 것을 달가워하지 않았다. 평균적인 상식과 도덕을 지닌 하녀에게 일터에 더러운 몰골의 부랑아들이 당당히 드나든다는 건 악몽 같은 일이었다.

"홈스 씨가 절 부르셨어요!"

리암은 춤을 추는 듯한 발걸음으로 베키의 곁을 스쳐지나 갔다.

필히 사건 때문에 부른 것이리라. 탐정 일을 곁에서 지켜보는 건 꽤나 짜릿했고, 일을 도우면서 용돈도 벌 수 있으니 일석이조였다.

"잠깐, 항상 하는 말인데 신발에 묻은 진흙이라도 좀 털고 가라."

리암은 베키의 잔소리를 들은 체 만 체 계단을 뛰어 올라가 탐정 사무실로 들어갔다. 그런데 그곳에는 기대하던 긴박감과 열기가 없었다. 셜록 홈스는 아침식사는 손도 안 대고 아무렇게나 의자에 몸을 파묻은 채 담배를 피우고 있었다. 옷차림은 제대로 갖췄지만 나른한 모습이었다.

리암은 탁자를 돌아 난로 속에서 빨갛게 피어오르는 불꽃을 등지고 섰다. 힐끔 벽을 보니 총탄의 흔적으로 빅토리아 여왕을 의미하는 'VR'을 그려놓은 것이 눈에 들어왔다. 탐정이 사격 연습을 한답시고 벽에다 총질을 한 흔적이었다. 그 당시 리암은 아직 '이레귤러스'의 일원이 아니었으나 이 총질 때문에 허드슨 부인이 화가 나서 탐정에게 달려들었다는 이야기를 나중에 전해 들었다.

탐정은 양손을 목 뒤에 포개고 난로의 온기를 만끽하며 쉬고 있었다. 리암은 조심스럽게 탐정에게 말을 건넸다.

"탁자 좀 정리하는 게 좋겠는데요."

홈스는 살짝 어깨를 움츠렸다. 리암은 그 행동을 긍정의 대답으로 받아들이고 민첩하게 탁자를 치웠다. 토스트와 정어리로 만든 샌드위치를 한입 가득 물면서 껍질을 까지 않은 삶은 달걀을 주머니에 챙겼다.

"오늘은 무슨 일이죠?"

"일?"

탐정은 의아하다는 듯 되물으며 그제야 리암에게 눈길을 주었다.

"아, 아니다. '이레귤러스'에게 부탁할 일이 있어서 너를 부른 게 아니다. 사실은 물어보고 싶은 게 있다. 네 아버지……."

그때 방문을 두드리는 소리가 들렸다.

뒤도 돌아보지 않는 방주인 대신 리암이 집사인 척 방문을 열었다. 하지만 리암은 진짜 집사를 본 적이 없었기 때문에 어딘지 모르게 행동이 어색했다.

허드슨 부인에게 안내를 받아 찾아온 사람은 상복을 입은 50대 전후의 여자였다. 중년임에도 살집이 붙지 않아 날씬했고, 야윈 얼굴은 주름이 두드러졌지만 젊었을 때는 뛰어난 미모를 자랑했을 법했다. 상복을 입은 옷매무새와 상중임을 드러내는 값진 보석 등을 볼 때 상류층 미망인 같았다. 단, 구두가 약간 지저분하고 장갑 가장자리에도 때가 묻어 있었다. 미망인은 리암을 보고는 놀라 멈칫하며 불쾌하다는 듯 눈썹을 찡그렸다.

"전보를 드렸는데."

여자는 발길을 옮기며 날카롭게 말했다.

"당신이 홈스 씨죠?"

"네, 제가 홈스입니다만!"

탐정은 일어나 아침 일찍 찾아온 의뢰인에게 의자를 권하며 자신은 여느 때와 마찬가지로 팔걸이의자에 앉았다. 그리고 리암에게 나가 있으라는 눈짓을 했다.

리암은 방을 나왔다. 그러나 새로운 의뢰가 무엇인지 궁금해 귀에 온 신경을 집중했다.

"명성은 딸아이에게서 들었습니다. 실은……."

문이 닫히자 의뢰인의 목소리가 멀어졌다.

리암은 달걀을 넣어 부풀어 오른 주머니를 만지며 계단을 내려갔다. 그러다 문득 좋은 생각이 떠오른 듯 발걸음을 멈추고 신발을 벗었다. 발소리를 죽이며 계단을 올라가 탐정 방문에 몸을 가까이 대고 귀를 바싹 붙였다.

이야기하고 있는 사람은 의뢰인인 부인이었는데 말소리가 잘 들리지 않았다. 소곤거리는 소리가 이따금씩 들릴 뿐이었다.

"오팔로 만든 티아라…… 비너스 왕관……."

"하녀가 습격을 당해……."

"흑장미단이라는 도적이……."

'흑장미단!' 리암의 눈이 반짝 빛났다. 셜록 홈스가 드디어 수수께끼 괴도들과 대결할 날도 머지않았다!

리암은 기대감에 부풀어 문에 귀를 바싹 냈다. 그 순간 누군가 리암의 뒷덜미를 강하게 잡아채 강제로 문에서 떼어냈다.

'우웩!' 개구리 신음 소리를 내며 돌아서자 두 눈에 허드슨 부인의 화난 모습이 가득 찼다.

"도대체 몇 번을 말해야 알아듣겠니!"

계단을 내려오자마자 허드슨 부인은 정나미가 떨어졌다는 표정으로 리암을 노려보았다.

"잠깐 정도는 괜찮잖아요. 아무한테도 폐 끼치지 않았고, 아직 홈스 씨 일이 끝나지 않은 상태라……."

그러나 리암은 여지없이 밖으로 내쳐졌다.

"젠장! 망할 놈의 아줌마!"

리암은 허드슨 부인에겐 안 들릴 정도로 나지막이 투덜댔다. 허드슨 부인에게 대들어서 좋을 것이 없다는 사실을 '이레귤러스'에 들어와 1년이 채 안 되는 사이에 몸으로 익힌 상태였다.

반 시간 정도 지나자 탐정과 상담을 끝낸 미망인이 거리로 나왔다. 뛰어난 탐정에게 걱정거리를 부탁했지만, 안심이 되지 않는 모양이었다. 오히려 표정이 착잡해 보였다. 리암이 거리를 어슬렁거리고 있는데도 미망인은 리암에게 눈길조차 주지 않았다. 더러운 것에 눈길을 두지 않고 머릿속에서 그 존재마저도 완전히 지우는 고상한 습관이 골수에 배어 있는 것처럼 보였다. 그러한 미망인의 태도가 화가 나기도 하고 미망인에게 화를 내고 있는 자신이 바보스럽게 느껴지기도 했지만 '이레귤러스'의 일원이 되어 활약하고부터는 그러한 자질구레한 일은 신경 쓰지 않게 되었다.

품위 있는 미망인은 리암의 앞을 지나면서 일말의 경계심도 느끼지 않고 혼잣말을 했다.

"실망이야!"

리암은 깜짝 놀라 눈을 깜빡였다. 명탐정을 찾아온 의뢰인이 할 말이 아니었다.

"핀츨리가, 파린토시 저택으로……."

미망인은 대기하고 있던 마부에게 목적지를 말하며 마차에 올랐다. 의자에 앉아 손에 들고 있던 지팡이 머리를 창문으로 내놓고 마차 천장을 두드리자 마차가 천천히 움직였다.

잠시 뒤 홈스가 밖으로 나왔다. 리암은 그에게 달려갔다.

"흑장미단에 대한 의뢰인가요?"

"흑장미단 사건을 맡을 생각은 없다. 그보다 마차를 불러

오너라."

그렇게 말을 했지만, 탐정은 때마침 모퉁이를 돌아 나오던 마차를 직접 붙잡아 마부에게 '빅토리아 역'이라고 한마디 던지며 마차에 올라탔다.

리암은 무시당한 것 같아 기분이 나빴다. 아무리 탐정을 존경하고 이런 취급에 익숙해졌다고는 하지만 화가 나는 건 어쩔 수 없었다. 그렇다고 이렇게 멍하니 있을 수만도 없었다.

홈스가 외출한 이상 베이커가에 있을 필요가 없다. 일거리를 찾으러 가려다 문득 좋은 생각이 떠올랐다. 머릿속으로 생각을 하자마자 리암은 뛰기 시작했다. 전속력으로 베이커가 북쪽을 향해 뛰었다.

리젠트 공원에 다다랐을 즈음 앞서 간 의뢰인의 마차가 보였다. 미망인이 마부에게 알린 목적지인 핀츨리가는 공원 북쪽 성 존스 숲에 있다. 공원 근처가 혼잡한 틈을 타 순식간에 마차를 따라잡아 고양이처럼 날쌔게 마차 뒤에 있는 짐칸에 올라탔다.

흑장미단이 또 일을 벌였다는 정보는 없었으나 이 미망인의 보석이 도난당했다면 큰 뉴스거리였다.

'탐정이 잡을 생각이 없다면 이 손으로 직접 범인을 잡아주지!' 리암은 의기양양하게 마차에 따라붙었다.

"흑장미단이 훔친 보석에는 엄청난 상금이 걸려 있을 거야.

물론 내가 상금을 타는 건 쉬운 일이 아니지만 사건은 그 자체만으로도 흥미진진해. 미망인의 집에 가보면 단서를 찾아낼 수 있을지 몰라. 그 단서만으로도 용돈을 벌 수 있을지도 모르고."

리암은 기대에 부풀어 혼잣말을 중얼거리며 시간을 보냈다.

"저 미망인이 실망한 건 홈스 씨가 의뢰를 거절했기 때문이야. 안타깝다. 근데 왜 홈스 씨는 흑장미단을 피하려는 걸까?"

공원을 벗어나자 마차는 속도를 높여 성 존스 숲으로 향했다. 리암은 주의 깊게 거리 이름을 주시하다가 마차가 속도를 줄일 때 살짝 뛰어내렸다.

핀츨리가다. 경쾌한 발걸음으로 뒤를 쫓아가보니 마차는 하얗게 석회를 바른 저택 앞에 멈춰 섰다. 돈 있는 사람들이 사는 고급저택이었다. 초라한 모습의 소년이 어슬렁대다가는 금방 눈에 뜨일 것 같았다.

리암은 뒷길로 들어가 저택 뒤에 숨어야겠다고 생각했다. 잠시 후 부엌문이 열리고 기름이 잔뜩 밴 앞치마를 두른 여자가 불쑥 나왔다. 주방의 열기를 식히려고 나온 요리사였다. 나이는 30대 전후로 보였다. 여자는 발갛게 달아오른 얼굴을 손수건으로 훔치며 한숨을 푹 내쉬었다.

리암은 주머니에 손을 찔러 넣고 태연자약하게 여자 가까이 다가갔다. 여자는 담배에 불을 붙이고 콧노래를 부르며 뼈

끔뻐끔 연기를 내뿜었다. 음정은 살짝 빗나가 있었지만 예능계의 떠오르는 스타인 다니엘라 트레이시가 잘 부르는 유행가였다. 다니엘라의 팬이라고 생각하는 순간 좋은 아이디어 하나가 떠올랐다.

리암은 잰걸음으로 다가가 말을 걸었다.

"다니엘라 트레이시를 좋아하세요?"

여자는 리암을 힐끔 보더니 고개를 돌렸다.

"전 리암이라고 하는데, 부탁할 게 있어서요."

"동냥은 다른 데 가서 해라."

"그런 게 아니에요."

리암은 여자의 앞으로 다가가 다니엘라의 노래에 맞춰 경쾌하게 춤을 추었다. 여자의 표정이 환해지며 리듬을 맞춰주었다.

"전 다니엘라 누나하고 가족처럼 지내는 사이예요. 여기에 온 것도 다니엘라 누나 부탁 때문이에요. 다니엘라 누나의 여동생 이브 일로요."

리암은 입에서 나오는 대로 지껄였다.

"이브는 원래 왓슨이라는 의사 밑에서 일했는데 박사님이 이번에 미국으로 떠나서 일자리를 잃었어요. 그래서 새로운 일자리를 찾고 있는데…… 다니엘라 누나는 이브를 아주 소중하게 생각하거든요. 여기 일자리를 소개 받았는데 괜찮은지 어떤지 알고 싶다고 해서 제가 대신 알아보려고 왔어요."

"됐다, 됐어."

요리사는 미심쩍은 눈초리를 바꾸지 않았지만 자리를 떠나지도 않았다. 옳다구나 싶어서 리암은 계속 미끼를 던졌다.

"다니엘라 서명이 들어간 손수건 갖고 싶지 않아요? 이브를 위해 여러 가지 알려줬다고 하면 답례를 할 것 같은데…… 이름이 뭐예요?"

"브라운. 여기 요리사야."

퉁명스럽게 말하고 여자는 살짝 덧붙였다.

"사인은 '매기'로 넣어달라고 해줘."

"음, 알았어요, 매기!"

리암은 얼간이처럼 순진한 표정으로 환하게 웃었다.

그 모습을 보고 매기는 괜히 경계했다는 듯 표정을 부드럽게 바꾸었다.

"근데 뭐가 알고 싶은데? 말해두지만 난 요리사야. 하녀들 일까지는 잘 몰라. 일이 너무 힘들다는 소리는 종종 듣지만."

"에, 그럼……"

조급한 마음을 억누르며 리암은 그녀의 말을 가로챘다.

"일에 대한 푸념 말고 다른 말썽은 없나요?"

"말썽?"

"예를 들어 부인이 굉장히 좋은 보석을 갖고 있는데 보석 도둑이 들었다든가?"

매기는 어리둥절한 표정을 지었다. 자신이 일하고 있는 저
택이 흑장미단의 표적이 되어 긴장하고 있다는 느낌은 전혀
찾아볼 수 없었다.

"보석이 있긴 해. 사실 주인님은 멋을 잘 안 내는 분이지만
사모님이 볼품없어 보이도록 놔두시는 분도 아니지. 그럼 주인
체면이 안 서잖아. 사모님은 애 엄마이긴 해도 아직 젊고 아름
다운 분이셔. 주인님은 아름다운 사모님을 보석으로 치장시켜
주고 싶어하시지."

"젊고 아름답다……."

요리사가 말하는 부인의 모습은 베이커가에 온 초로의 부
인과는 어딘지 모르게 달랐다.

"저기, 여기 주인마님이 나이 지긋하신 부인 아닌가요? 상
복을 입고 있었으니까 아마도 미망인이실 거고……. 지금 막
돌아오셨을 텐데."

"네가 말하는 분은 하디 가문의 큰 마님인 레이디 앨리스
님인 것 같은데. 우리 마님의 어머님이셔."

"아, 그래요?"

생각해보니 자기 집에 돌아오는데 마부에게 주소를 말할
이유가 없었다.

"부인은 좋은 분이신데 하디가의 사람들은 여기 주인보다
지체가 높은 걸 자랑으로 알고 있어……. 특히 하디가의 큰마

님은 백작 가문 출신이라 위세가 대단하지. 몰락해서 이곳 주
인님의 도움 없이는 마차 하나 갖지 못하면서 파린토시 가문
을 업신여기지. 그래서 주인님이 싫어하셔. 돌아가신 전 주인
님은 우리처럼 가난한 사람이었는데 자수성가해서 공장을 크
게 일으켰거든.”

“공장이요?”

“염료 공장. 화학 염료인데 아름다운 보라색을 만드는 방법
을 발견해서 엄청 부자가 됐지. 근데 너 하디가 큰 마님과 아
는 사이니?”

리암은 이 상황에서는 오히려 진실을 말하는 것이 상대의
흥미를 끌 것이라 생각했다.

“탐정 사무실에서 나오는 모습을 봤어요. 무슨 문제가 생겼
나 싶어서요.”

“탐정? 하디가의 큰마님이?”

괴성을 내며 여자는 몸을 뒤로 젖혔다.

“아니, 그 교만한 마님이 탐정 사무실 같은 곳을 다녀오다
니 믿을 수가 없네.”

“말해두자면 단순한 탐정이 아니라 대영제국 제일의 명탐
정이에요.”

“유명한 사람이니?”

리암은 자랑스럽다는 듯 자기가 존경하는 탐정의 이름을 말

했다.

“셜록 홈스 씨예요!”

“셜록 홈스? 처음 듣는 이름인데…….”

“설마요……. 굉장히 유명한 탐정인데.”

리암은 실망스러워 하며 여자를 노려보았다.

매기는 셜록 홈스라는 탐정보다 주인의 친정어머니가 탐정에게 다녀왔다는 이야기에 흥미를 보였다.

“하디가의 큰마님이 왜 탐정을 찾아갔을까?”

“저도 잘 모르지만 흑장미단이라는 도둑들의 표적이 되고 있다는 거 같던데…….”

“그 도둑들 얘기라면 들은 적이 있어.”

매기는 깊은 관심을 갖고 있다는 듯 말했다.

“찰스 도련님이 우리 주인집도 놈들의 표적이 되고 있다고 끈질기게 떠들어대다가 우리 주인어른하고 싸운 적이 있었지. 아, 참! 찰스 도련님은 주인어른의 남동생이야. 브라이언 씨가 문단속을 잘하라고 말했다던데 문단속 잘하라는 소리에 바턴 부인이 불평을 하며 화를 냈어.”

“바턴 부인이라면?”

“가정부. 브라이언 씨는 집사고……. 보석 도둑이라면 우리 주인집도 관계가 없지는 않은데…….”

“무슨 말이에요?”

리암은 솔깃해서 브라운 부인에게 바싹 다가갔지만 안에서 들려온 고성이 두 사람의 대화를 방해했다.

"브라운 부인! 언제까지 노닥거리고 있을 거야?"

여자는 깜짝 놀라 안쪽을 돌아보았다.

"바턴 부인이야. 가봐야 돼."

"저기 잠깐만요. 보석 도둑하고 관계 있다는 소리는 무슨 소리예요?"

리암은 요리사를 붙잡으려고 앞치마 끈을 잡았지만 브라운 부인이 너무 완력이 세서 소용이 없었다. 여자는 앞치마 끈을 다시 묶고 어색한 미소를 지으며 리암을 다시 한 번 아래위로 훑어보았다.

"묻고 싶으면 다니엘라의 사인을 먼저 가져와. 가져오면 이야기해주지."

"쳇! 튕기기는……."

요리사가 안으로 들어간 후 리암은 한참을 파린토시 저택 주위를 어슬렁거렸다. 하지만 아무런 수확도 얻지 못했다. 일이 있어 저택을 찾아온 상인에게는 무시를 당했고, 순찰을 도는 경찰들은 리암을 의심스러운 듯 바라보았다. 베이커가로 돌아와 봤지만 홈스는 아직 돌아오지 않은 상태였다. 얼마 동안 주위를 맴돌다가 결국 포기하고 집으로 향했다.

11월 중순을 넘기자 해가 빨리 떨어졌다. 안개도 심했다. 안개는 마을의 난로에서 지핀 석탄 매연 때문에 연두콩 스프처럼 누런색을 띠었다.

집에 돌아왔을 때는 이미 밤이 되어 있었다. 런던 빈민가의 대명사인 이스트엔드의 한복판 화이트채플에 리암의 집이 있었다.

가스등이 띄엄띄엄 켜져 있었지만 안개 때문에 불빛이 탁했다. 연기에 거렇게 그을린 마을은 음습하고 냄새도 고약했다. 쓰레기와 분뇨가 내뿜는 악취가 코를 찔렀다. 돌아올 때마다 느끼지만 냄새가 아주 역겨웠다. 그래도 너저분하고 좁은 골목을 몇 걸음 정도 가면 코가 마비가 된 듯 무감각해져서 상관은 없었다.

오후 5시, 부자들은 차를 마시기 위해 탁자에 둘러앉을 때이지만 리암에게는 저녁 먹을 시간이었다. 꼬르륵 소리가 나는 배를 쓰다듬으며 리암은 집으로 발길을 재촉했다.

연기에 그을린 벽으로 둘러진 하숙과 셋방에는 대체로 방 하나에 한 가족이 살았다. 여섯 식구가 방 하나에 사는 일도 흔했다. 이 동네에서는 잘 곳이 있는 것만으로도 운이 좋은 편이었다. 집이 없는 부랑자들이 도처에 널려 있었다.

리암 부자는 볼품없는 테라스하우스의 3층 방에서 살고 있었다. 얇은 벽 하나로 나뉜 옆방은 어머니와 딸 둘, 파린토시가의 요리사에게 이야기를 듣기 위해 미끼로 썼던 다니엘라

트레이시의 가족이 살고 있었다.

매기에게 한 이야기가 전부 거짓말은 아니었다. 다니엘라에게는 이브라는 여동생이 있고 두 자매와 리암 부자는 아주 친했다. 다니엘라는 가냘픈 용모와 사랑스런 목소리를 무기로 뮤직홀 무대에서 공연을 했다. 화려한 가수가 될 날이 머지않았다고 생각했으나 돈을 버는 족족 어머니의 술값과 도박 빚을 갚아야 했기 때문에 좀처럼 형편이 피지 않았다. 어머니는 타락한 매춘부로 술에 찌들어 살았다.

여동생 이브는 열여섯 살이었다. 언니에 뒤지지 않을 만큼 예뻤지만, 어렸을 때부터 눈이 안 좋더니 여덟 살 때 완전히 실명을 했다.

리암은 계단을 두 칸씩 뛰어올라 자기 방이 있는 3층으로 갔다. 페인트가 벗겨진 문을 열었다 닫았다 하면 삐걱거리는 소리가 났다. 자물쇠는 걸어두는 법이 없었다. 문 여는 데도 요령이 있어서 리암 부자가 아닌 다른 사람이 열려면 5분 정도 시간을 빼앗겨야 했다.

방에 들어서서 문을 닫자 삐걱거리는 소리가 났다. 리암은 문 옆에 있는 초를 찾아 불을 켰다. 좁은 방 안의 단출한 침대와 책장 그리고 탁자가 살풍경한 모습을 드러냈다. 그나마 난로가 있어서 집세가 동네의 다른 집보다 비쌌다.

방 안쪽에 어울리지 않게 초록색 문이 붙어 있었다. 옆방과 연결되는 문이었다. 열쇠 구멍으로 안을 들여다보니 아름다운 금발을 짧게 깎은 마른 소녀가 서 있었다. 이브였다. 동네 정도는 돌아다닐 수 있는데도 어머니는 맹인 딸아이가 방황하는 모습이 꼴사납다며 늘 이브를 방 안에다 가둬두었다.

리암은 걱정이 되어 물었다.

"아주머니는?"

"없어."

기운이 넘치는 소리가 들려왔다.

"잠깐 기다려. 문 열어줄게. 홈스 씨가 준 선물이 있어."

리암은 윗주머니에 꽂아둔 머리핀을 꺼내 열쇠 구멍에 넣었다. 익숙한 솜씨로 손을 움직이자 찰칵 소리와 함께 자물쇠가 열렸다.

이브는 가벼운 발놀림으로 사뿐사뿐 리암의 방으로 건너왔다. 맨발이었다. 엊그제는 다니엘라가 사다 준 구두를 신고 있었는데 또 아주머니가 팔아치운 모양이었다. 리암은 화가 났다.

저녁이 되면서 한층 날씨가 추워지자 리암은 며칠 전 길에서 주워온 석탄 부스러기들을 난로에 넣고 불을 피웠다. 주전자에 물을 끓이며 둘은 작은 불꽃 앞에 앉아 손을 녹였다.

몸이 조금 더워질 즈음에야 소녀는 살며시 미소를 지으며 리암에게 양손을 내밀었다.

"선물 줘봐. 삶은 계란이지? 배고파!"

"아참, 기다려!"

리암은 하루 종일 굶은 이브의 손에 계란을 올려놓았다. 처음에는 미인인 다니엘라의 관심을 끌려고 이브를 도와주기 시작했는데, 지금은 이브와 친구가 되었다.

"계란인 줄 어떻게 알았니?"

"가져올 수 있는 거라야 빵 아니면 계란이지. 네가 자신 있게 말해서 계란인 줄 알았어."

이야기하는 사이에도 이브는 계란을 입에 넣고 오물거렸다. 급히 먹다 목에 걸린 계란을 홍차로 삼키고 작은 주먹으로 가슴을 치며 재잘댔다.

"저기, 리암! 너 상관없는 일에 나서지 않는 게 좋아. 검은 개는 불길한 징조야."

"무슨 소리야, 그게?"

이브는 때때로 유령에게 들었다느니 꿈에 미래를 보았다느니 하는 꿈같은 말을 했다. 이브의 예견을 믿는 다니엘라는 새 계약을 하기 전에 이브와 상의하곤 했다. 하지만 리암은 이브가 미래를 볼 수 있다고 생각하지 않았기 때문에 늘 그러듯 대수롭지 않게 머리를 긁적였다.

이브는 심각한 얼굴로 말을 이었다.

"눈이 반짝반짝 빛나고 양쪽 귀는 땅에 닿을 정도의 거대

한 검은 개 한 마리가 크레센치오 추기경의 방으로 뛰어 들어
와 그가 편지를 쓰고 있던 책상 아래에서 잠들었어……. 이 개
는 저승사자가 보낸 거야. 그래서 추기경은 얼마 후 죽었고.”

“……뭐야, 그게.”

“브라우닝의 시. 다니엘라 언니가 읽어줬어. 주운 시집을 갖
다준 적이 있었잖아.”

“시집이었니, 그게?”

공원 벤치에서 주운 멋진 가죽 표지 책이었다. 팔면 돈을
꽤 받을 수 있을 것 같았지만 리암은 책을 좋아하는 다니엘라
에게 가져다주었다.

“넌 늘 내게 정말 친절하니까 알려주는 거야.”

“뭘?”

“위험 신호! 게다가 누군가가 널 걱정하고 있어. 여자야. 빨
간 머리에 초록색 눈을 하고 있어. 다니엘라 언니 정도는 아니
지만 상당히 미인이야.”

믿고 싶진 않았지만 그 순간 리암의 뇌리 속에 어렸을 때
돌아가신 어머니의 모습이 떠올랐다.

사진 한 장 없기 때문에 기억은 아련하지만 빨간 머리에 초
록색 눈동자를 가진 미인이라는 기억만은 남아 있었다. 웃을
때가 특히 아름다웠다. 그러나 어머니는 좀처럼 웃는 일이 드
물었다. 한겨울에 맨발로 집을 나간 후 한동안 행방이 묘연했

으나 일주일 뒤 템스 강에서 사체로 발견되었다.

멍하니 있는데 이브가 신음을 흘렸다.

"엄마가 오고 있어."

"발소리는 아직 들리지도 않는데……."

말을 마치기도 전에 리암의 귀에 또각또각 거친 발소리가 들려왔다. 술에 취해 흐트러진 발소리. 술주정뱅이 아줌마가 틀림없었다.

'젠장.' 리암이 일어서려는 순간 문이 열렸다. 화려하게 치장한 중년여자가 어둠 속에서 나타났다. 머리는 산발에 눈은 빨갛게 충혈되어 비틀거리며 걸어 들어오고 있었다. 이미 고주망태가 되어 있었다. 이브의 어머니는 리암과 이브를 보자 주먹을 휘두르며 비틀비틀 방으로 들어왔다.

"이 나쁜 놈! 우리 애하고 놀지 말랬지! 혼이 나봐야 말귀를 알아듣겠어?"

트레이시는 앞니 빠진 입을 벌리고 고래고래 소리를 질렀다.

"뒈져 버려! 아일랜드 쥐새끼 같은 놈!"

"시끄러워! 망할 여편네!"

리암은 화풀이로 손에 들고 있던 계란 껍질을 여자 눈에 던졌다. 리암은 눈을 못 뜨고 휘청대며 몸을 기대는 여자를 옆방으로 세차게 밀어버렸다. 여자가 보기 좋게 엉덩방아를 찧은 틈을 타 문을 닫고 자물쇠를 잠갔다.

쾅쾅 문 두드리는 소리가 들리더니 한참 동안 욕지거리가 들려왔다. 그러다 어느새 술기운에 잠이 들어버린 듯했다.

"젠장! 못된 여편네 같으니라고."

리암은 거칠게 말했다.

이브 역시 그런 리암을 이해했다. 머지않아 난로 불이 꺼지고 이브는 추위에 몸을 떨었다. 맹인이라는 것을 느낄 수 없을 만큼 자연스러운 동작으로 침대에 기어올라가 시트를 덮고 몸을 둥글게 웅송그렸다.

리암은 침대에 걸터앉아 발을 흔들었다. 배가 고팠다. 조금 있으면 아버지가 돌아올 것이다. 술을 마시지 않을 경우 아버지는 항상 6시쯤 집에 돌아와 리암의 식사를 챙겨주었다. 교회 종소리가 5시 반을 알릴 즈음 삐걱대는 경첩 소리가 났다. 음정박자가 맞지 않는 휘파람 소리가 들렸다. 북아일랜드의 국가, '런던데리의 노래'였다.

돌아보니 키가 큰 남자가 어슬렁어슬렁 방으로 들어오고 있었다. 나이는 40대 전후, 금발을 짧게 쳐올려 정갈한 모양새였지만, 오랫동안 잘 먹지 못해 지쳐 있었다. 특히 지나치게 술을 마셔서 건강이 좋지 않아 보였다. 낡은 트위드 재킷 안주머니에는 둥글게 말린 신문이 들어 있었고 오른쪽 주머니는 위스키통 때문에 부풀어 있었다.

리암의 아버지, 마이클 메건. 젊었을 때는 육군 하사였다.

군복을 입고 당당히 선 옛 사진 속의 그는 남자다웠다.

"어이, 아들!"

신문을 옆에 있는 탁자 위에 내려놓으며 마이클은 이브를 보고 밝게 웃었다.

"옆집 아가씨가 어쩐 일이지?"

"아주머니가 들어왔어. 이브가 아주머니한테 시달릴 것 같아서 오늘 밤은 여기 있게 하려고. 괜찮지?"

"물론!"

마이클은 흔쾌히 대답했다. 아기부터 할머니까지 여자에게는 무조건 친절한 남자였다. 윗주머니에서 묵직한 지갑을 꺼내 대충 소블린 금화를 집어서 리암에게 던져 주었다. 금화 하나가 240펜스나 되었다. 리암이 오늘 번 돈의 40배 쯤 됐다.

"좋은 돈벌이가 생겼어. 외식을 할까 했는데, 아가씨가 있으니 시켜 먹는 게 좋겠다."

"오늘 작업 좀 했나봐."

리암은 금화가 소매치기 말고 제대로 된 날품팔이 일로 벌 수 있는 액수가 아니라는 것을 잘 알고 있었다.

마이클 메건의 솜씨는 예술이었다. 잠깐 스쳐 지나가는 사이, 신사의 안주머니에 있는 가죽 지갑 꺼내기는 식은 죽 먹기였다. 돈다발만을 빼고 지갑을 상대 주머니에 다시 넣는 일도 가볍게 해치울 수 있었다. 그러나 아무리 돈을 벌어도 금세 빈

털터리가 되었다. 리암이 돈을 다 어디에 썼냐고 물으면 마이클은 태연하게 도박에 탕진해버렸다고 말하며 웃곤 했다.

리암은 근처에 있는 음식점에 가서 맛있는 음식을 사가지고 왔다. 토끼고기 파이에 참치구이, 뼈 붙은 소시지에, 식초를 듬뿍 친 구운 감자, 빵과 햄 그리고 사과와 흑맥주까지 사 왔다. 혼자서 들지 못해 데리고 간 이브까지 먹을거리를 한 아름 안고 돌아왔다. 석탄까지 사 왔다.

난로에 불을 세게 지피고 세 사람은 작은 연회를 열었다.

"오늘은 뭘 했니? 아직도 그 아마추어 탐정한테 빠져 있는 거냐?"

마이클의 말투에 홈스에 대한 불신과 모욕감이 묻어 있다는 것을 안 리암은 시큰둥하게 대꾸했다.

"홈스 씨는 뛰어난 탐정이라고. 사건의 의혹을 해결해줄 뿐 아니라 상대를 보기만 해도 무슨 일을 하는 사람인지 단번에 안다니까. 어떤 때는 이름까지 맞춰. 마법을 부리는 것 같지만 정확히 관찰하고 나서 추리하는 거야."

"점쟁이를 하면 돈 좀 벌겠구나."

마이클은 씁쓸하게 미소를 지으며 아들의 영웅을 비아냥거렸다.

"그런 사람을 위해 일하는 건 시간 낭비다. 돈도 안 되고 네 인생에 도움 될 것도 없어. 그 사람하고 관계를 끊어!"

"싫어! 세상에서 제일 훌륭한 탐정이라고. 어떠한 악마도 상대할 수 없는 대단한 분이야."

마이클은 묘한 표정을 지었다.

"악마하고 싸울 사람은 없다. 왜인 줄 아니?"

"그런 거 알아서 뭐해."

"악마란 이름이 알려지면 힘을 잃어버리거든. 그래서 아무도 놈의 이름을 몰라. 이름을 모르기 때문에 어디 있는지도 모르지. 달콤한 소리에 이끌렸을 땐 그 작자가 악마라는 사실을 깨닫지 못해. 정신을 차렸을 땐 이미 악마의 포로가 되어 있지. 그래서 이길 수가 없는 거야."

"홈스 씨는 달라. 그분의 관찰력이라면 악마의 정체도 금세 꿰뚫어볼 수 있다고."

"그래, 그래서 위험한 거다."

리암은 탄식하는 아버지를 노려보았다.

"내가 볼 때 인생을 낭비하고 있는 건 아버지 같은데."

"함부로 말하지 마라."

마이클은 아들의 머리를 기볍게 쥐어박았다. 화가 난 것이 아니었다. 입가에는 오히려 미소가 번져 있었다. 악마 이야기를 할 때 스쳤던 묘한 표정도 사라졌다.

"좋아, 리암! 명성과는 관계없지만 나는 네 탐정 선생이 갖고 있지 못한 보물을 가지고 있다."

“그게 뭔데?”

리암은 뽀로통해서 아버지의 커다란 손을 밀쳐냈다. 두 사람의 눈이 마주쳤다. 리암을 응시하는 아버지의 눈동자는 맑았다. 술에 찌든 혼탁한 기운은 어느새 사라지고 진실된 사랑과 자랑스러움이 가득 차 있었다. 목소리 역시 그랬다.

“우리 아들. 나의 보석.”

“칫, 바보 같아.”

리암이 투덜대는 건 겸연쩍은 마음을 감추고 싶기 때문이란 걸 아버지는 알고 있었다. 아버지는 만면에 호방한 미소를 지으며 맥주잔을 들었다. 시원스럽게 맥주를 들이켠 후 진지한 표정으로 말을 이었다.

“자, 나는 내 보물, 자랑스러운 아들이 공부를 열심히 해줬으면 좋겠다. 글쓰기 연습은 했니?”

“바빴어. 조사할 사건도 있었고.”

“수고했다. 하지만 그것도 오늘이 마지막이다.”

마이클은 천천히 일어나 산수 문제집을 놔두고 낡은 표지의 책을 침대 위에 집어 던졌다.

“내일부터 저걸 읽어라!”

찰스 디킨즈가 쓴 『크리스마스 캐럴』이었다. 디킨즈는 아버지가 즐겨 읽는 작가지만, 리암은 전혀 관심이 없었다. 리암은 반항 섞인 목소리로 되받아쳤다.

"이런 게 무슨 도움이 된다고."

"성서보다는 좋아. 얻을 것도 있고. 인생에 보탬될 게 없으니 어쨌든 탐정하고는 관계를 끊어라. 엄마가 있었다면……."

"적어도 아버지한테서 술병은 빼앗았겠지."

마이클의 얼굴에 씁쓸한 미소가 떠올랐다.

"난 아무래도 괜찮다. 네가 문제지. 학교에 보내도 도망치거나 사고를 쳐서 얼마 못 가 쫓겨나고……."

"내 잘못이 아니야. 학교 애들이 최악이었어!"

"학교는 그렇다고 치자. 하지만 교양은 쌓아야지."

마이클은 빈 잔을 밀쳐놓고 진 병을 집어 들었다. 그리고 침대에 털썩 주저앉아 점잖게 말을 이었다.

"아들아! 공부가 하기 싫으면 하지 않아도 된다. 그건 네 인생이니까. 그렇지만 나는 참담한 마음을 억누를 수가 없구나. 아들이 바르게 크지 못하는 건 아버지 책임이기도 하니까."

'구구구' 하는 새끼 비둘기 소리 같은 웃음소리가 들렸다. 이브였다. 햄 기름이 묻어 윤이 나는 입에 부지런히 빵을 우겨넣으며 리안 부자의 실랑이를 재미있게 구경했다.

"웃지 마!"

"이상해. 맞다, 그래. 너를 걱정하고 있는 빨간 머리 미인이 아버지도 걱정하고 있어."

"빨간 머리? 그게 누구냐?"

마이클의 눈썹이 살짝 올라갔다.

"이브의 점이야."

리암이 대답했다. 자기가 점 같은 것은 전혀 믿지 않기 때문에 아버지 역시 안 믿을 거라고 생각했다.

한참 동안 아이들은 먹는 데만 열중했고 마이클은 묵묵히 담배를 피우며 아들을 위한 새로운 문제집을 만들기 시작했다.

"맞아, 홈스 씨가……"

아버지 일로 무슨 할 말이 있는 것 같다고 말하려 했지만 마이클은 그 이름조차 듣기 귀찮다는 듯 말을 잘랐다.

"그 홈스의 친구 왓슨은 어디로 갔다고?"

"……미국."

"미국이라고. 상당히 멀리 도망쳤군."

마이클은 피식 웃으며 냄새 지독한 싸구려 담배를 연방 빨아 댔다. 얼마 동안 조용히 생각에 잠겨있다가 천천히 일어났다.

"미국! 그것도 미국!"

또렷한 목소리로 되뇌고는 손뼉을 치며 춤추듯 스텝을 밟았다. 놀란 눈으로 쳐다보는 아들의 손을 붙잡아 일으켜 세워 방 안을 빙빙 돌았다.

"리암, 우리도 신천지로 가자!"

"신천지? 그게 어딘데?"

"미국! 진 골목에서 맥주 골목으로 이사하는 거다. 너희 엄마도 분명히 좋아할 거다. 그래, 엄마는 진 골목으로 전락하는 것만은 피해달라고 했지. 난 어쨌든 너만큼은 제대로 된 생활을 하게 하고 싶다."

리암은 신나서 천장을 올려다보며 시키는 대로 빙글빙글 돌았다. 하지만 미국은 제정신으로는 갈 수 없는 곳이었다. 술김에 하는 소리겠거니 생각할 뿐이었다.

마이클이 갑자기 정색을 하고 뒤를 돌아보았다. 침대에서 이브가 작은 몸을 웅크리고 색색거리며 자고 있었다. 마이클은 두리번두리번 주위를 둘러보더니 조심스레 걸음을 뗐다. 이브를 깨우지 않기 위해 조심하는 줄 알았는데 아니었다. 마이클은 마치 벽 반대편에 누군가가 숨죽이고 자기를 관찰하고 있다는 듯 가장자리를 한 바퀴 돌고 리암에게 바싹 다가와 소곤소곤 속삭였다.

"좋아, 지금 이야기는 누구한테도 말하면 안 된다. 내가 준비를 다 끝마치기 전까지 한 마디도 해선 안 돼."

아버지 표정이 너무 진지해서 리암은 겁이 덜컥 났다. 아버지의 벌건 얼굴을 들여다보니 장난치던 때와는 표정이 너무 달랐다. 가슴속 깊이 불안감이 엄습해 오면서 심장이 뛰었다.

"난 안 가."

"가야 돼."

"왜 미국 같은 데를……."

소리를 지르며 반항하려는 순간 마이클의 손이 입을 틀어막았다.

"큰 소리 내지 마."

칙칙하고 성난 소리에 깜짝 놀라 리암은 몸을 움츠렸다. 평상시의 아버지에게서는 상상도 할 수 없는 박력이었다. 위세에 눌려 꼼짝도 할 수 없었다.

마이클은 안심한 듯 금세 온화한 얼굴이 되었다.

"알았다."

"아, 알았다니?"

마이클은 떠듬떠듬 되묻는 아들에게 살짝 미소를 지었다. 방금 전의 험악한 눈초리와 성난 목소리를 씻어내려는 듯 애정이 듬뿍 담긴 얼굴로 말했다.

"아니, 전부 농담이라고."

마이클은 진을 병째 마시며 껄껄댔다. 그리고는 커다란 손으로 리암의 머리를 쓱쓱 쓰다듬었다.

"정말인 줄 알았냐? 애송이!"

"뭐야, 머리 만지지 말라고."

리암은 아버지 손을 털어냈다. 화난 표정을 지었으나 아버지가 보통 때처럼 돌아온 것에 안도했다.

평상시와 같은 밤이었다. 마이클은 취할 때까지 마시다 이브와 리암 사이에 비집고 들어와 천둥소리처럼 크게 코를 골기 시작했다. 리암은 오랜만에 포만감에 젖어 자기도 모르는 사이 잠에 빠졌다. 하지만 달콤한 잠은 잠깐이었다.

"으악!"

누군가 귀를 세게 잡아당기는 바람에 리암은 비명을 지르며 일어났다. 옆에서 들리던 코고는 소리도 잠깐 멈췄지만 잠시 후 다시 우레 같은 코고는 소리가 좁은 방 안에 울려 퍼졌다. 잠시 후 속삭이는 목소리가 들려왔다.

"나야!"

이브였다. 캄캄한 어둠 속에서 리암은 졸린 눈을 비비며 짜증 섞인 대꾸를 했다.

"뭐야, 이브! 배라도 아픈 거야?"

"배 아픈 게 아니야."

이브는 어눌하게 대답했다.

"나, 꿈 꿨어."

"꿈이라고?"

말끝이 하품에 잠겼다.

"무서운 꿈이라도 꾼 거야?"

"내 꿈은 다른 사람들 꿈과는 달라."

"그래, 알아."

리암은 맞장구를 쳤다. 이브의 어깨에 얹은 작은 손에 가느다란 떨림이 느껴졌다.

“왜 그래?”

리암은 신경질을 냈다. 아버지의 코고는 소리는 잦아들어 있었다. 잠들었는지 평온한 숨소리가 들려왔다. 이브는 경직된 목소리로 말을 이었다.

“지금 꾼 꿈에 네가 나왔어. 네 미래에 대한 꿈이야.”

“제발 살려주라.”

리암은 신음처럼 중얼거렸다.

“어떻게 내 꿈을 꾸는데? 날 만났을 때 이미 넌 날 볼 수 없었는데.”

“보이지 않으면 여기에 네가 없다고 말할 셈이니? 나는 널 알고 있어. 네 목소리를 듣고 네 움직임을 느껴. 얼굴 정도는 알 수 있지.”

“그럼 꿈속에서 내가 어떤 얼굴이었는데?”

“네 얼굴이었지 뭐.”

이치가 맞지 않다고 생각했으나 너무 자신만만하게 말하는 바람에 리암은 말문이 막혔다. 한숨을 크게 내쉬며 물었다.

“무슨 꿈이었는데?”

“왕자와 거지, 그리고 검은 개가 나왔어.”

“동화잖아.”

리암은 입을 쭈뼛거렸다. 못마땅했지만 가만히 듣고 있었던 이유는 여자에게는 친절하게 대하라고 어렸을 때부터 귀에 못이 박히게 들었기 때문이었다. 피곤한 기색을 숨기고 '그래서?'라고 되물었다.

"왕자와 거지와 네가 악마를 쳐부수는 여행을 떠났어."

이브는 가녀린 목소리에 흥분을 실어 이야기를 계속 이어 갔다.

"빨간 머리에 아름다운 여인과 도중에 만나는데 너를 염려하고 있는 사람일지도 몰라. 얼굴이 닮았어. 그런데 여자는 피를 많이 흘렸어. 그래서 어떻게 해야할지 모르겠어. 그 여행을 그만두라고 말해야 하는 건지, 아닌지."

"난 또 뭐라고!"

하품 섞인 말투로 적당히 맞장구를 치고는 다시 깜빡깜빡 졸다가 리암은 이브가 내뱉은 한 마디에 정신이 번쩍 나서 눈을 떴다.

"하지만 넌 검은 장미를 찾아서……."

"흑장미?"

리암은 벌떡 일어났다.

"흑장미단을 말하는 거니?"

"글쎄, 곧 닥쳐올 것 같은 느낌이었으니까 사건이 벌어지면 알게 되겠지."

"곧?"

"오늘 밤 아니면 내일."

"그렇게 빨리?"

믿고 싶지 않았지만 리암은 자신도 모르게 되물었다.

"장소는 어디지?"

"그런 건 내가 알 도리가 없지."

이브는 입을 씰룩했다. 그러더니 고개를 갸우뚱하고 얼굴을 리암 가까이 대고 냄새를 맡았다.

"너한테서 꿈속의 그 장소와 같은 냄새가 나. 처음 맡아보는 냄새인 걸로 봐서 네가 오늘 처음 간 곳이야. 그곳에 가면 뭔가 알 수 있을지도 모르지. 하지만 위험하니까 안 가는 게 좋을 수도 있어. 이번 꿈은 어딘지 명확하게 알 수가 없단 말이야."

오늘 처음 간 장소.

어둠 속에서 리암은 말똥말똥 눈을 뜨고있었다. 어깨 양쪽에서 이브와 아버지가 씩씩하게 코를 골고있었지만 리암은 좀처럼 잠들 수가 없었다. 잠기운이 완전히 달아나 영 돌아올 생각을 안 했다.

파린토시 저택이다. 홈스 씨에게 흑장미단 이야기를 한 그 할머니가 간 곳이고, 그녀의 딸이 그곳의 주인마님이고……. 어쩌면 그 집이 오늘 밤 흑장미단이 노리는 곳일지 모른다.

'미래를 예측하는 꿈이라니 믿을 수가 없다. 그런데 오늘 밤 파린토시 저택에 흑장미단이 나타난다면? 만일의 경우라는 것도 있다. 아무것도 안 하고 있다가 사건이 벌어지고 난 뒤에는 후회해도 소용없다. 내 손으로 그 도적들을 잡을 수만 있다면…….' 상상의 날개는 끝을 모르고 펼쳐졌다.

리암은 도저히 가만히 있을 수 없어 살그머니 방을 빠져 나왔다. 문이 끼익거리며 심하게 소리를 냈으나 아버지는 코를 계속 골았고, 이브 역시 하고 싶은 말을 다 하고 나서 완전히 잠에 떨어져 있었다. 아무도 리암의 모험을 알아채지 못했다.

저녁 식사를 사고 남은 잔돈이 있어 지하철을 갈아타고 서쪽으로 향했다. 지하철을 타면 어딘지 기분이 상쾌하지 못했다. 지상으로 나오자 어둠보다 짙게 깔린 안개가 시야를 가로막았다. 추위도 한층 더해져 괜히 나왔다는 생각도 들었지만 그대로 돌아가고 싶지는 않았다.

핀츨리가에 도착하자 10시 반 정도가 되었다. 리암은 기억을 더듬어 파린토시 저택을 향해 걸었다. 성냥을 켜서 어디쯤 왔는지 확인해 보려 했으나 작은 불빛으로는 도저히 짙은 안개 속을 밝힐 수가 없었다.

가끔씩 마차들이 오가고 있었다. 멀리서 교회 종소리가 들리고 돌바닥을 차는 말발굽 소리가 일정한 속도를 유지하며 다가오고 있었다. 사륜마차였다. 마차는 천천히 멀어져 갔다.

잠시 후 그 마차가 사라진 쪽에서 도로에 무엇인가 툭하고 떨어지는 소리가 들렸다. 리암은 주변을 살피며 걷다가 열 걸음도 채 옮기기 전에 무엇인가를 밟고 미끄러졌다.

위태롭게 넘어질 뻔하다 겨우 중심을 잡고 발아래를 보니 신문으로 겉을 싼 무언가가 뒹굴고 있었다. 주워 보니 묵직했다. 리암은 정신을 번쩍 차렸다. 어쩌면 보석일지도 모른다. 서둘러 신문을 펼쳐 보니 가늘고 단단한 것이 쏟아졌다. 잽싸게 물건을 잡아채려는 순간 손끝에 통증이 느껴졌다.

단검이었다.

피로 물든 손가락을 빨면서 다른 한 손으로 조심스럽게 신문을 펼쳐들고 가스등 아래로 갔다. 칼자루는 순금이었다. 짐승의 뿔이 조각되어 있었다. 칼날은 아주 날카로웠다. 게다가 피가 흥건히 묻어 있었다. 손가락을 살짝 베인 정도가 아니라 누군가의 몸을 온전히 관통할 정도의 피였다.

리암은 정신을 차릴 수가 없었다. 단도를 떨어뜨렸을 법한 집을 올려다보았다. 이스트엔드와는 너무도 다른 훌륭한 저택의 담장이었다. 눈을 비비고 자세히 보니 2층 창문 옆 물받이 홈통에서 줄사다리 같은 것이 내려져 있었다. 보통 사다리 같지 않았다.

"아니, 파린토시 저택 아니야!"

리암은 자신도 모르게 소리를 질렀다. 그러자 안개 저쪽에서 낮은 목소리가 들려왔다.

"누구냐?"

리암은 깜짝 놀라 돌아보았다. 들려온 소리는 남자인지 여자인지 분간이 안 가는 목소리였다. 눈을 크게 뜨고 살펴보았으나 안개 때문에 목소리의 주인공을 발견할 수 없었다. 침을 꿀꺽 삼키고 리암은 두려움에 떨며 되물었다.

"너야말로 누구냐?"

목소리의 주인은 리암이 되묻는데도 아랑곳하지 않고 명령하듯 다른 물음을 던졌다.

"무얼 들고 있냐?"

"별 볼일 없는 거!"

단검을 신문으로 싸면서 대답하자 상대는 음습한 웃음을 흘렸다.

"별 볼일 없는 거라면 필요치 않겠군? 이리 내놔라."

"싫은데."

두려움이 밀려들었다. 모습은 보이지 않지만 살인범과 마주하고 있을지도 모른다. 그러나 일말의 자신감과 호기심이 공포심을 눌렀다. 주춤주춤 뒤로 물러나면서도 안개 저편의 실루엣을 뚫어지게 응시했다.

그러자 정체불명의 실루엣이 움직였다. 축축한 공기를 날카롭게 가르며 순간 무엇인가가 날아왔다. 손가락 끝에 통증이 느껴졌다. '슈욱' 하는 소리와 함께 단검이 사라졌다. 놀라 올려다보니 찢어진 신문 위로 드러난 칼끝이 가스등 빛을 받아 번쩍이다가 안개 속으로 툭 떨어졌다.

리암은 몸을 숙여 더듬거리며 단검을 찾으려고 했다. 코앞으로 갑자기 검은 물체가 다가왔다.

"아악!"

'도깨비인가!'

몸을 웅크리는 찰나 휘파람 소리가 들렸다.

검은 물체가 가스등 아래를 지나가는 모습이 보였다. 칠흑처럼 검은 스패니얼 개가 단검의 손잡이를 물고 안개 속으로 사라졌다.

"기다려, 이 녀석!"

리암이 일어나 쫓아가려 하자 휙 소리가 또다시 공기를 갈랐다. 리암은 눈을 부라렸다.

'채찍이다!' 소리를 낸 건 마부가 사용하는 긴 채찍이었다. 채찍이 살아 있는 생물처럼 달려들어 리암의 발을 보기 좋게 잡아챘다. 떨쳐버리려고 발버둥 쳤으나 리암의 작은 몸뚱이는 균형을 잃고 넘어지고 말았다.

그대로 돌바닥에 몸을 찧으니 숨이 턱 막혔다. 조금도 몸을 꼼짝할 수 없었다. 쓰러져 있는 리암 곁에 마차가 다가와 멈춰섰다. 재빠른 몸놀림으로 누군가가 올라탔지만, 짙은 안개에 가려 검은 그림자만 알아볼 수 있었다.

리암은 신음을 흘리며 몸을 웅크리고 얼마 동안 가만히 있었다. 일어났을 때는 냉정을 잃은 후였다. 마차는 멀리 사라졌지만 리암은 안개 속을 헤치며 마차를 쫓기 시작했다. 그러다 장신의 남자 복부에 머리를 부딪치고 튕겨나갔다. '아야' 하는 비명이 새어나왔다. 곧이어 격노한 목소리가 들려왔다.

"야, 너 여기서 뭐하고 있어?"

넘어진 상태에서 올려다보니 리암이 부딪힌 사람은 중년의 경찰이었다. 짙은 감색 제복을 입은 경찰이 벨트에 끼고 있던 '황소의 눈'이라는 손전등이 탁한 빛을 발했다. 리암은 일어나자마자 화가 나서 소리쳤다.

"그쪽이야말로 손전등 좀 깨끗이 닦고 다녀요."

"뭐라고! 이 건방진 녀석!"

경찰이 휘두르는 주먹을 살짝살짝 피하면서 리암은 더 크게 소리쳤다.

"이 근처에서 사건이 벌어졌다고요."

"뭐라고?"

"피가 묻은 단검이 떨어졌어요. 그걸 누군가가 빼앗아서 도망갔어요."

경찰은 콧방귀를 끼며 주먹을 쥐고 을러댔다.

"말도 안 되는 소리로 경찰을 놀리면 돼지우리에 쳐 넣는다."

리암이 입술을 삐쭉거렸다. 어른들의 이런 대응은 흔히 있는 일이었다. 빈민가 아이들은 경찰 입장에서 보면 모두가 예비 범죄인이었다. 경찰이 믿지 않는다 해도 말해야만 한다고 생각하고 다시 말하려는 순간이었다.

"살인 사건이다!"

가까운 곳에서 비명이 들려왔다.

"누구 없어요? 경찰 좀 불러줘요."

흥분한 목소리로 소리치며 쏜살같이 달려오는 사람은 풍채가 좋았다. 하인복을 입은 걸 보니 종복인 듯 싶었다.

"경찰입니까? 이리 와봐요! 부랑아와 노닥거릴 시간 없다고요. 살인이라고!"

"살인? 대체 누가, 어디서요?"

"파린토시 씨 댁입니다. 살해된 사람은 주인님의 동생인 찰스 파린토시 도련님이고……. 어쨌든 빨리 와요!"

"알겠소!"

리암은 경찰 앞에서 펄쩍 뛰었다.

"그거 봐요, 제가 말한 단검이 흉기라고요."

'단검을 빼앗은 의문의 도적이 살인범이다! 흑장미단일지도 모른다! 흉기를 그런 식으로 빼내다니 역시 대단해!'

흥분한 리암은 경찰에게 목덜미를 붙잡힌 채 하인을 올려다보았다.

"저기, 찰스라는 분, 칼에 찔려 살해됐죠?"

“어, 어어, 그래. 근데 너는 누구냐? 어떻게 알지?”

“어떻게라니…… 그건…….”

주운 단검과 단검을 빼앗아 간 도적에 대해 설명하려 했으나 당황한 하인은 자신이 물어놓고도 더 이상 들으려하지 않고 경찰을 재촉했다.

“어쨌든 빨리 와봐요! 빨리!”

저택 앞에는 사륜마차가 정차해 있고 그 옆에는 상아색 외투를 입은 여자가 얼어붙은 듯 서 있었다. 젊은 하녀가 하얀 앞치마에 양손을 문지르며 그 여자에게 상황을 열심히 설명하고 있었다.

“마님! 큰일 났어요. 큰일! 마님 방에서 무시무시한 일이……. 이게 무슨 일이야, 대체…….”

마님이라 불린 여자는 언뜻 보면 20대 중반 정도로 보였다. 계란형 얼굴이 금발에 살짝 가려 제비꽃 같은 가련함이 묻어나는 인상이었다.

“남편은요?”

“찰스 도련님 시신 옆에…….”

여자의 숨소리가 가빠졌다. 가늘게 떨리는 목소리로 여자가 되물었다.

“찰스가 살해됐다니! 거짓말이죠?”

“마님, 사실이 아니라면 얼마나 좋겠습니까?”

"왜 그런 일이……. 믿을 수가 없어요. 왜 이런 일이……."

"경찰을 데리고 왔습니다."

젊은 부인은 금방이라도 혼절할 것 같이 비틀거리며 겨우 두 발을 내딛고는 멈춰 서서 하인을 쳐다보았다. 하인 뒤에 선 제복 입은 경찰을 보고는 안심이 됐는지 크게 가슴을 쓸어내렸다.

여자는 떨리는 목소리로 중얼거렸다.

"어쩌면…… 그 남자가……."

"그 남자라면…… 그게 누굽니까, 부인?"

"마차 안에서 가스등 한쪽에 서 있는 이상한 그림자를 봤어요. 얼굴에 복면 같은 걸 쓰고……."

"나도 봤어요!"

리암이 소리쳤다.

"수상한 놈이 있었어요. 단검이 떨어지고 내가 그걸 주우려고 하자 채찍과 개를 써서 빼앗아갔어요!"

"채찍이라고? 게다가 단검?"

부인은 리암을 돌아보고는 찬찬히 살피면서 눈을 깜빡였다. 그리고 동요하는 눈빛을 띠더니 당혹스러워했다. 경찰에게 시선을 돌리고 물었다.

"이 아이는 대체 누구죠?"

"부랑아예요, 부인! 경황없으신데 혼란스럽게 해드려서 죄송합니다."

서둘러 대답한 경찰은 리암을 위압적으로 노려보더니 목덜미를 호되게 붙잡아 낚아채면서 꾸짖었다.

"입 닥치고 있어, 이 자식아!"

리암은 혀를 찼다.

'바보 얼간이 같은 경찰!' 리암은 속으로 욕을 하면서 동시에 경찰의 정강이를 세게 걷어찼다. 순간 목덜미가 편해졌다. 경찰이 잡고 있던 손을 놓았다.

"이놈이 어디서!"

경찰이 리암을 붙잡으려 했지만 이미 늦었다. 리암은 바람처럼 뛰쳐나갔다.

행선지는 물론 베이커가다.

3. 큐피드의 눈물

베이커가 221-b의 현관에서 리암을 맞이한 사람은 하녀 베키였다. 이미 잠잘 준비를 마친 그녀는 취침용 모자를 쓰고 덧옷을 걸치고 있었다.

"홈스 씨는 안 계시는데!"

묻기도 전에 하품을 하면서 그녀는 서둘러 문을 잠그려했다. 리암은 황급히 문꼬리를 붙잡았다.

"큰일 났어! 안에서 기다릴게."

"잠깐, 문 좀 놔봐. 너 같은 애들을 안에 들이면 허드슨 부인한테 혼나."

"그럼, 밸을 불러줘."

"없어!"

"왜?"

“그만둔 것 같아. 일 잘하는 아이였는데, 금세 그만둬버렸어. 역시 외국인들은 애나 어른이나 안 돼.”

베키는 무뚝뚝하게 대답했는데도 계속 물고 늘어지는 리암에게 듣기 싫은 소리를 퍼부었다.

“난 네 술주정뱅이 아버지와는 달리 열심히 일하는 사람이야. 내일 아침 6시에 일어나 부엌에 불을 지피고 현관 청소를 해야 한다고. 노닥거릴 시간 없어.”

“나 역시 당신 같은 인간하고 떠들 시간 없어!”

‘여자한테는 친절하게!’ 아버지 말씀이 뇌리를 스쳤지만 베키 같은 못된 상대한테까지 웃어주고 싶진 않았다.

리암이 힐끔 다른 쪽을 보는 사이 베키는 턱을 당기며 문고리를 확 잡아당겨버렸다. ‘철컥’ 하고 문이 닫혔다.

차가운 북풍이 몰아치는 가운데 리암은 주머니에 손을 찔러 넣고 발을 굴렀다. 2층 창문을 올려다보았으나 불빛은 꺼져 있고, 사람 그림자도 보이지 않았다. 다시 한 번 벨을 울리고 베키에게 전할 말을 남길 수도 있었지만 싫은 소리만 들을 것이 뻔했다. 그렇더라도 살인사건이다! 커다란 사건이었다. 직접 탐정에게 전하고 싶었다.

“좋아, 결정했어! 기다리자!”

큰 소리로 자신에게 기운을 북돋우며 리암은 양발을 모으고 돌계단을 펄쩍펄쩍 뛰어내렸다.

‘운이 좋으면 홈스 씨가 금세 돌아올 수도 있다.’

낙관적으로 생각했지만 기다리는 건 생각처럼 쉽지 않았다. 이내 추위가 몸을 파고들었고 정신은 몽롱해졌다. 리암은 밤거리를 이리저리 어슬렁거렸다. 부랑자들이 피워놓은 모닥불을 쬐기도 하고 벽에 기대 잠든 사이 경찰의 발에 채이기도 했다. 그러는 동안 거리는 어둠이 채 가시기도 전에 꿈틀꿈틀 살아나고 있었다.

여전히 가스등이 켜져 있는 어둠 속으로 짐마차가 지나갔다. 외곽에서 온 마차는 야채와 우유를 싣고 시장으로 향했다. 먼 곳으로 일하러 가는 노동자들도 움직일 준비를 시작했다. 오래지 않아 하인들이 일어나 난로에 불을 지핀 후 현관을 청소하기 시작했다.

리암은 지붕 위로 연기가 나오는 굴뚝 수를 헤아리며 탐정사무실로 돌아왔다. 몸은 얼어붙어 있었고 재채기가 멈추지 않았다. 잠시 뒤 양동이와 걸레를 들고 베키가 안에서 나왔다. 리암을 발견하자 눈을 둥그렇게 뜨고 잔소리를 쏟아냈다.

“뭐야, 너 아직 있었니?”

리암은 연방 재채기를 했다. 옷소매로 콧물을 훔쳐내자 베키가 얼굴을 찡그리며 문을 닫아버렸다.

“이봐!”

다시 나온 베키는 손에 놋쇠 컵을 들고 있었다. 코가 막혀 있는데도 집안에서 풍기는 소고기 굽는 냄새를 맡을 수 있었다. 컵을 받아 들자 따뜻한 기운이 감돌았다.

"빨리 마셔! 난 시간이 없다고 그랬잖아!"

"고마워!"

"바보 아니야? 이런 날씨에 길에서 밤을 새다니!"

"큰일이 벌어져서 그래!"

"대체 무슨 일인데?"

"살인사건이 일어났어. 홈스 씨 의뢰인의 딸 집에서. 무조건 알려야 되는 일이야!"

"내 알 바 아니야."

베키는 놋쇠 컵 손잡이를 문지르며 대수롭지 않다는 듯 대답했다. 그러나 호기심이 발동 한 듯 몸을 휙 돌리며 물었다.

"정말로 살인사건이 일어났어?"

"정말이야. 그렇지 않으면 집에 가서 잠이나 잤지."

피로와 흥분이 뒤섞인 채로 리암은 손짓발짓을 해가며 설명했다.

"흑장미단이 저지른 일일지도 몰라! 보석을 훔치려고 침입한 도둑과 맞닥뜨려서 대적하다가…… 찰스 파린토시는 제대로 싸워 보지도 못 하고 단검에 찔려 살해되었어."

뒷부분은 리암이 멋대로 짜맞추어 지껄였다.

"어머, 무서운 사건이네."

베키는 이야기에 깊은 관심을 보였다. 순간 '정말 실망시키지 마라.' 하고 미끈거리는 유리처럼 고운 목소리가 뒤에서 날아왔다. 돌아보니 길에 세워둔 짐마차 안에 금발의 소년이 앉아 있었다.

리암은 목소리를 듣고는 눈을 크게 뜨고 깜빡거렸다. 소년의 목소리에서 익숙한 자신의 일상과는 동떨어진 평온함이 느껴졌다. 목소리의 주인은 리암보다 조금 나이가 많은 소년이었다. 금발에 파란 눈, 거리의 뙤약볕이나 세상의 추악함과는 전혀 상관없어 보이는 얼굴은 인형이라고 착각할 만큼 아름답고 맑았다. 미소녀를 빼닮은 조각상을 떠올리게 했다. 낡은 외투를 걸치고 있었지만 리암과는 사는 세계가 다르다는 것을 한눈에 알 수 있었다. 장갑과 구두는 고급 가죽제품이고 셔츠 가장자리도 깨끗했다. 고운 얼굴과는 정반대로 소년의 입에서 나오는 소리는 오만하면서도 거침이 없었다.

"여기가 탐정 사무실이라고 들었는데 부랑자들까지 탐정 흉내를 내나? 쓸데없는 소리만 늘어놓고 추리라고 떠드네. 탐정의 실력도 의심스러워지는데?"

리암은 앞으로 한 발 나가 주먹 쥔 오른손을 흔들어댔다.

"뭐라고!"

"요약하자면 형편없는 추리라고."

소년은 웃으며 가벼운 몸놀림으로 땅으로 내려왔다. 입가에는 미소를 머금은 채 허리를 뒤로 젖혀 기지개를 켜면서 화가 나 있는 리암을 내려다보았다.

어리둥절하게 서 있던 베키가 품평회를 하듯 소년에게 한마디 했다.

"어머, 너 대단하구나! 왕자라도 되는 모양이지?'

"왕자라니?"

소년은 베키를 보며 빈정거리는 투로 되받아쳤다.

"왕자는 아니지……. 너희는 유쾌한 존재들이로군! 홈스 씨를 만나는 것도 즐겁겠어."

"홈스 씨한텐 무슨 일인데?"

"홈스 씨와의 볼 일이니까 홈스 씨한테 이야기하지."

"이런 이른 시간에 찾아오는 건 예의 없는 행동이라고 생각하지 않니?"

베키가 적절하게 일침을 놓았으나 소년은 냉랭한 미소만 지었다.

"당신한테 부탁할 생각 없어. 난 밸런타인하고 잘 아는 사이야. 그 애한테 부탁할 거야."

"밸런타인?"

리암은 되물으면서 알아차렸다.

"밸?"

"그렇게 말하니까 들어본 것 같아."

"넌 누구냐?"

"다른 사람 이름을 물을 때는 먼저 자신의 이름부터 말해야 하지 않나?"

"리암이다!"

"리암 군! 잘 부탁한다."

소년은 미소를 지으며 이름을 말했다.

"나는 에드워드 콜린스야."

리암은 순간 눈썹을 추켜세웠다.

소년의 말투가 몇 시간 전에 안개 속에서 만났던 도둑과 너무도 흡사했다. 그렇지만 목소리는 분명히 달랐다. 게다가 도둑질에 살인까지 저지른 자가 탐정을 만나러 올 리 없었다.

"이봐, 리암!"

길 건너편에서 소리가 들려왔다. '이레귤러스'의 동료인 위긴스였다.

토요일에는 정해진 당번이 없어서 시간이 나는 사람이 순찰을 돌게 되어 있었다. 디와 댐 쌍둥이를 데리고 온 위긴스는 지나다니는 마차들을 재주껏 피해 길을 건너오더니 건방진 소년의 머리 너머로 인사 대신 질문을 던졌다.

"오늘은 무슨 일이 있는 것 같은데?"

"그게……"

리암은 그 사이 벌어진 사건에 대해 이야기하려 했으나 에드워드의 얼굴을 보고 말을 얼버무렸다.

위긴스 역시 새로운 인물에게 신경이 쓰이는 눈치였다.

"누구야, 저 아인?"

수상쩍은 눈길로 퉁명스럽게 물었다.

"누더기를 걸친 왕자님!"

리암의 조롱 섞인 대답을 흘려들으며 소년은 우아하게 어깨를 으쓱했다.

"너희가 날 몰라도 놀랄 일은 아니지. 난 밸런타인한테 이미 너희에 대해 들었다."

위긴스가 눈살을 찌푸렸다.

"그래, 무슨 말을 들었는데?"

"너희는 셜록 홈스 씨의 수사를 돕고 있는 탐정단원들이지. 멤버는 그때그때 늘었다 줄었다 하지만 고정 멤버는 일곱 명. 우선 너!"

소년은 위긴스를 손가락으로 가리켰다.

"금발에 푸른 눈. 좋은 체격에 근력도 강해 보이고…… 팀의 리더인 위긴스 군이지. 아아, 그렇게 인상 쓸 거 없어. 난 너희 단원이 될 생각은 없으니까. 외부인한테 그렇게 적대적인 태도를 보이다니 밸런타인이 너에 대해 제대로 설명한 것 같군."

피식피식 웃는 소년의 눈에는 불쾌한 기색이 역력했다. 위긴스가 함부로 지껄이는 욕지거리를 무시하고 소년은 쌍둥이를 가리켰다.

"쌍둥이! 굴뚝 청소 일이 어렵지?"

그리고 리암을 보았다. 파란 눈이 번쩍 빛났다.

"리암 군! 너는 말이 많은 아일랜드 꼬마지. 손재주가 남다르다고 들었다."

리암은 양미간에 주름을 세웠다. 되받아치려는 순간 먼저 쌍둥이가 입을 열었다.

"와, 꼬마라고 말했다!"

"꼬마라고!"

리암의 안색을 살피며 부추기듯 소란을 떨었다. 리암은 몸을 돌려 디와 댐을 노려보았다.

"닥쳐, 쌍둥이!"

쌍둥이는 앞 다퉈 덩치 큰 위긴스 뒤로 몸을 감췄다.

에드워드가 푸시시 웃었다.

"키 작은 게 뭐 어때서 그래……. 머슴이 될 생각이 아니라면 사는 데 큰 지장은 없잖아!"

"경찰도!"

쌍둥이들이 쓸데없는 소리로 가로막고 나섰다.

"경찰 역시 키가 작아도 할 수 있어!"

"넌 경찰이 되고 싶니?"

소년은 눈을 크게 뜨고 말똥말똥 리암을 쳐다보았다. 악의는 없어도 신기한 장난감을 보는 듯한 눈초리가 기분 나빴다.

"아니! 경찰 같은 거 안 해!"

리암은 탐정이 되고 싶다고 말하려다 꿀떡 삼켰다. '이레귤러스'의 구성원들, 특히 위긴스 앞에서 셜록 홈스 같은 탐정이 되고 싶다고 말한다면 웃음거리가 되는 것은 물론이고 바보 취급을 받을 것이다.

낡은 옷을 입은 건방진 왕자는 어깨를 으쓱했다.

"네가 어떤 미래를 꿈꾸든 내 알 바 아니야. 자, 이제 웬만하면 안으로 들어가지. 사무실은 2층이지? 안내는 필요 없어. 밸런타인이 가르쳐줬으니까."

소년은 당연한 권리를 주장하듯 거침이 없었다. 당당한 체격은 정말 왕자를 연상시켰다. 단단한 베키의 장벽도 쉽사리 뚫고 지나가버렸다.

"저기, 이것 봐요! 기다려요! 홈스 씨는 지금 안 계시다구요."

베키가 황급히 뒤를 따라갔다.

멍하니 당하고 서 있는 '이레귤러스' 소년들을 남겨두고 문이 잠겼다. 한참이 지나고 나올 시간이 지났는데 베키도, 소년도 나오지 않았다.

"뭐야, 저 자식!"

위긴스는 맘에 안 든다는 듯 혀를 끌끌 찼다.

"진짜 밸하고 친구일까?"

쌍둥이 중 하나가 고개를 갸웃하자 다른 하나도 따라 했다.

"정말 친구일까?"

"유유상종. 잘난 체하는 놈들…… 짝짜꿍이지 뭐!"

예전부터 밸을 싫어했던 위긴스는 탐탁지 않은 모양이었다.

잘난 체하는 것을 제외해도 밸과 소년과는 분명히 공통점이 있었다.

"밸 레이, 이놈. 처음부터 이상하더라니. 그 자식 시골에 있는 저택에서 일했다고 하던데 누구 저택인지 아는 사람 있어?"

쌍둥이는 동시에 고개를 저었다.

"밸은 열심히 일했어! 땡땡이치는 건 본 적이 없어. 수상쩍긴 해도 어쩔 수 없지!"

리암이 감싸주자 위긴스는 입술을 샐쭉하며 웃어버렸다.

"쓸데없이 노닥거리지 않았으면 저 자식이 어떻게 우리 일을 알겠어!"

"늘 수다를 떠는 건 우리였고, 밸은 얌전히 듣고만 있었잖아!"

"얌전히 듣고 있었다고? 그렇지만 아까 그 자식한테는 상당히 수다를 떨었던 모양이던데. 그 자식, 스파이일지도 몰라!"

"우리를 염탐해서 뭐에 쓰게?"

"멍청아! 목표는 우리가 아니지. 뻔하잖아. 놈들이 노리는 건 홈스 씨야!"

위긴스는 팔짱을 낀 채 그럴듯하게 떠들었다.

"홈스 씨가 우리한테 여러 가지 조사를 시키듯 악당들이 똑같이 행동한다고 해서 이상할 건 없잖아!"

리암 역시 팔짱을 끼고 조용히 몸을 세우며 되받아쳤다.

"홈스 씨는 그렇게 허술하지 않아. 악당들의 밀정을 옆에 두겠어?"

"얼간아!"

"얼간이, 얼간이 하지 마!"

"얼간이니까 어쩔 수 없잖아. 홈스 씨는 이미 알고 있어. 알고 있으면서 내버려두고 지켜보는 거야. 악마의 꼬리를 잡기 위해서."

"악마? 누굴 말하는 거야?"

"멍청이! 예를 든 것뿐이야! 이제부터 놈을 잘 감시해야겠어."

"신경 써봐야 늦었어. 밸은 하숙집 일을 그만뒀다고."

"하하! 홈스 씨한테 들켰군! 그래서 꼬리를 말고 도망친 거야. 저 자식도 곧 홈스 씨한테 꼬리를 잡히고 말 거야."

위긴스는 던지듯 말을 뱉고 쌍둥이를 데리고 가버렸다.

"스파이라고 하기에는…… 저 자식 부자인 것 같았는데."

홀로 남겨진 리암은 여전히 팔짱을 낀 채 중얼거리고 있었다.

"스파이가 그렇게 돈을 잘 버나? 아 참! 그보다……."

리암은 정신이 번쩍 나 벌떡 일어났다. 중요한 사건, 파린토시 저택 주변에서 있었던 일과 살인사건을 위긴스에게 말하지 않았다.

"위긴스 자식, 분명히 나중에 화낼 거야. 그래도 내가 잘못한 게 아니야. 내가 말하기 전에 먼저 급하게 가버린 게 잘못이지."

리암은 이렇게 문제를 정리했다.

그러고 나서 반 시간쯤 지났을까, 현관문이 열리고 베키가 얼굴을 내밀었다. 불안한 표정으로 현관 밖으로 몸을 내밀고 거리를 두리번두리번 살폈다. 리암을 발견하자 오라는 손짓을 했다.

"너만 있니? 위긴스는?"

"일거리 찾으러 갔어!"

리암이 말을 채 끝내기도 전에 베키가 다그쳐 물었다.

"그 건방진 아이 나왔어?"

"누더기 왕자?"

"응, 그래!"

베키는 여느 때와 달리 앞치마를 만지작거리며 안절부절못했다.

"내가 그 아이를 지하 부엌에서 기다리고 있었는데 잠깐 한

눈판 사이에 없어졌어.”

“도둑맞았어?”

“부엌은 아무 일 없어. 살펴봤는데 거실과 마님 방도 무사해. 홈스 씨 방도……. 뒷문을 통해 나간 것 같은데……. 이거 받아.”

베키는 두껍게 썬 햄을 넣은 토스트를 리암에게 건넸다.

“뭐야?”

“누더기 왕자 일을 비밀로 해줘. 홈스 씨한테도!”

리암은 재빨리 햄 샌드위치를 품속에 감췄다. 손에 묻은 기름을 빨면서 솔직하게 말했다.

“허드슨 부인은 몰라도 홈스 씨한텐 거짓말 안 해.”

“너 정말 최악이다!”

“최악이래도 할 수 없어.”

두 사람이 서로를 노려보고 있는데 마차 한 대가 도착했다. 낯익은 키다리 신사가 내리더니 운전자에게 요금을 지불하고 두 사람 쪽을 보았다.

‘셜록 홈스다!’

“홈스 씨!”

리암은 탐정에게로 달려갔다.

“중요하게 할 이야기가 있어요. 살인사건이에요. 파린토시가의…….”

홈스는 힐끗 리암을 보며 가볍게 고개를 끄덕거렸다. 리암
은 눈을 크게 뜨고 홈스를 따라 현관으로 들어갔다. 베키의
뜨거운 눈총을 받으며 계단을 올라 서둘러 핀츨리가에서의
일을 설명했다.

방에 들어가기 전까지 홈스도 리암의 이야기를 흥미롭게
듣는 듯했다. 몇 가지 질문도 던졌다. 리암이 대답할 수 없는
질문도 있었다. 가령, 단검을 싸고 있었던 신문의 종류와 날짜
등이었다.

"신문은 읽는 사람의 계급과 사상을 알려주는 실마리가 된
다."

"신문의 종류는 몰라요. 어두웠고 게다가……."

모자걸이에 실크 모자를 걸고 거실에 발을 들여놓자마자
홈스는 한 손으로 리암의 이야기를 가로막았다. 가볍게 눈썹
을 추켜세우고 방 안을 둘러보며 물었다.

"내가 없는 동안 너희 중 누가 내 방에 들어왔니?"

"왜요?"

"누군가 들어온 흔적이 있으니까."

"허드슨 부인이나 베키가 청소하러 들어왔나?"

"그런 흔적이 아니다."

리암은 한 손으로 머리를 쓸어 넘기며 누더기 왕자에 대해
이야기했다. 베키가 녀석을 안으로 들인 것에 대해서는 입을

다 물었다.

"홈스 씨한테 일이 있다는 아이가 이 부근을 어슬렁거렸는데 눈 깜짝할 사이 없어졌어요. 이 방에 몰래 들어왔을지도 몰라요. 그 녀석, 옷은 낡았는데 아무리 봐도 부자처럼 보였어요. 말투도 거침이 없었고 양 볼이 장미색이었어요. 매일 맛난 것만 먹는 모양이에요."

리암은 맘에 안 드는 놈이라며 입을 샐쭉했다. 홈스 씨는 듣고 있는 것인지 아닌지 모를 정도로 방 안을 서성댔다. 서랍을 열어보기도 하고, 실험도구들이 진열되어 있는 책상을 살펴보기도 했다. 책꽂이에 꽂혀 있는 책을 꺼내 훑어보다가 벽난로 위 선반에서 파이프 담배를 집어 들고 파이프에 불을 붙였다. 홈스는 담배를 피우며 생각에 잠겼다.

리암이 이야기를 이었다.

"그리고 밸의 친구라고 했어요. 밸의 이름을 확실하게 알고 있었고 밸한테 제 이야기를 들었다고 했어요."

위긴스와 쌍둥이에 대해 한 이야기를 전하는 순간 허드슨 부인이 들어왔다.

"홈스 씨! 잘 다녀오셨어요? 켄트 쪽은 공기가 맑죠?"

허드슨 부인은 리암을 힐끔 보고는 홈스에게 시선을 고정했다. 그리고는 아침 인사를 하고 식사 준비를 했다. 현관에서 문 두드리는 소리가 나자 내려가더니 곧바로 작은 봉투를 올

려놓은 은접시를 들고 돌아왔다. 준비해놓은 아침식사가 헛수
고가 될까봐 한숨을 내쉬며 말했다.

"마차를 보내왔네요. 함께 안 오시더라도 대답을 해주셨으
면 한다고요."

홈스는 편지봉투를 뜯고 내용을 확인했다. 회색 눈동자에
매서운 빛이 떠올랐다. 리암이 까치발을 들고 편지 내용을 들
여다보려 하는데 홈스가 편지를 건넸다.

발신인은 앨리스 부인이었다. 어제 왔던 그 의뢰인이었다. 리
암이 편지 내용을 보는 사이 홈스는 파이프를 내려놓고 이제
막 벗어놓은 장갑을 다시 끼고 모자를 고쳐썼다.

비너스의 왕관을 둘러싸고 드디어 무시무시한 일이 벌어졌습
니다. 찰스가 살해되었어요. 당신의 도움이 필요합니다. 파린토
시가로 한시라도 빨리 와주시기 바랍니다.

편지를 읽자마자 리암은 한 손으로 모자를 빙빙 돌렸다.

"제가 맞닥뜨린 자가 범인이에요. 그리고 제가 본 단검이 흉
기구요!"

"결론을 내리기엔 아직 이르다."

홈스가 냉정하게 대꾸했지만 리암의 귀에는 들리지 않았다.
리암은 기세등등하게 방을 빠져나가 계단을 뛰어내려갔다. 이

번만은 가만히 앉아서 당하지 않겠다고 결심했다. 어쨌든 리암 자신이 이 사건의 목격자였다. 사건 관계자였다.

핀츨리가는 경계가 삼엄했다. 파린토시 저택 앞에는 마차 한 대가 정차해 있고, 현관 앞에는 제복을 입은 경찰이 부동자세로 서 있었다.

리암 일행을 태운 마차가 도착하자마자 저택에서 나온 제복 차림의 중년 남자는 런던 경시청의 레스트레이드 경감이었다. 족제비를 닮은 경감은 경찰치고는 체구가 작은 편이었다.

경감은 저택 앞에 서 있던 사체 운반용 마차에 다가가 관계자인 듯한 남자와 이야기를 주고받았다. 잠시 후 경찰들이 집 안에서 하얀 천으로 덮은 들것을 들고 나와 마차에 실었다.

홈스는 타고 온 마차에서 내리자마자 시체가 있는 마차 쪽으로 갔다. 리암도 황급히 뒤를 따랐다. 레스트레이드 경감은 재빨리 홈스를 바라보았다. 입에는 비굴한 미소를 띠고 적의도 호기심도 아닌 애매한 감정이 실린 눈빛으로 홈스를 지켜보면서 말을 걸었다.

"소식이 빠르네요 홈스 씨!"

"아하, 경감!"

홈스는 희미하게 미소를 지어 보였다.

"수사는 진척이 있소?"

"물론이죠."

신속한 수사 활동을 과시하려는 듯 경감은 가슴을 쫙 폈다. 자신의 관할이라는 점을 암시하며 탐정을 견제했다.

"탐정 선생님이 여기까지 나오실 필요는 없었는데요. 누구한테 듣고 오셨습니까?"

"파린토시 부인의 어머니이신 앨리스 부인 때문이오. 그 부인에게서 신경 쓰이는 이야기를 들어서. 살인사건에도 도움을 드릴 수 있을지 모르겠군요."

이야기하면서도 홈스는 가만히 있지 않았다. 운송 마차 뒷문을 열고 들것 덮개를 단번에 열어젖혔다.

사망자는 구릿빛 머리에 보통 체격의 성인 남성이었다. 잘 다려진 양복에 보랏빛 애스컷 타이를 매고 있었다. 옅은 색 조끼에 진홍빛이 번져 상처 위치를 짐작할 수 있었다.

레스트레이드 경감이 눈썹을 찡그렸다.

"홈스 씨! 멋대로 행동하는 건 곤란합니다."

"3분 정도면 됩니다."

말을 하면서 홈스는 마차에 올라탔다. 양손을 비비며 사체의 정수리부터 발톱 끄트머리까지 샅샅이 살펴보았다.

"심장을 찔려 즉사한 것이오?"

"네, 아마도……. 의사가 그렇게 말하더군요."

"오팔 티아라는 도난당했소?"

경감은 작은 눈을 이리저리 굴렸다.

"도둑질은 미수에 그쳤습니다. 당신이 말하는 것이 '비너스의 왕관'이라면. 하지만……"

"그 '비너스의 왕관'은 다른 어떤 것보다 가치 있는 보물이요. '큐피드의 눈물'이라는 이름이 붙은 블랙 오팔이……"

리암은 마차 바닥에 손을 짚고 몸을 앞으로 내밀어 탐정의 얼굴을 뚫어지게 응시했다. 얌전히 있을 생각이었는데 입이 간지러웠다. 리암은 궁금증을 참지 못하는 성격이었다. 혼날 것을 각오하고 대화를 가로막고 나섰다.

"블랙 오팔이라면 새까만 오팔을 말하나요?"

"아니, 그렇지 않아. 블랙 오팔은 검은색과 회색 바탕에 유색 효과를 낸 거야."

사체에서 눈을 떼지 않은 채 홈스가 대답해주었다.

"유색효과란 기본이 되는 바탕에 빨강, 파랑, 초록 그 밖의 다양한 색이 나타나는 현상으로 '반'이라고도 하지. 그중에서도 빨강 반이 형성되는 데는 다른 색보다 많은 시간이 걸리기 때문에 빨간색이 들어간 보석은 특히 귀하지. '비너스의 왕관'의 블랙 오팔은 색도 아름답지만 제일 아름다운 부분은 가운데 선명하게 자리잡고 있는 하트 모양의 반이야. 이름에 대한 유래 때문에도 그렇고 반이 아름답기도 해서 갖고 싶어하는 호사가들이 많단다."

레스트레이드 경감이 야릇한 눈길을 주었다.

"상당히 자세히 알고 계시네요."

"4년 전에 이 티아라 도난 사건을 다룬 적이 있소. 사건이 해결된 뒤에도 오팔은 특별히 기억에 남더군. 시간이 필요한 데…… 경감, 우선은 어젯밤 일을 듣고 싶소."

능숙하게 자신에게로 주도권을 가져온 탐정은 한 손에 확대경을 들고 사체의 손을 세심하게 조사했다.

"경감, 빨리 부탁하오!"

재촉을 받은 경감의 관자놀이에 핏대가 섰다. 그러나 탐정의 안하무인격인 행동을 하루이틀 겪은 그가 아니기에, 경감은 대적하기를 포기하고 불쾌해하며 사건을 설명하기 시작했다.

"살해된 사람은 찰스 파린토시로 스물 두 살. 집 주인인 헨리의 남동생입니다. 집주인은 선대의 가업을 이어 염료 회사 일을 해오고 있는데 피해자는 일은 하지 않고 부모 때부터 이 집에서 지내고 있어요. 미혼이면서 특별히 사귀고 있는 사람도 없다고 형 헨리가 말하더군요. 사망 추정 시간은 어젯밤 10시 반 정도. 사체 발견 시간과 거의 비슷합니다. 물론 자세한 검시는 나중에 있을 예정입니다. 오늘이 토요일이니 월요일이나 화요일쯤 하겠죠."

"흉기는?"

"날카로운 단검입니다."

리암은 어젯밤 의문의 도적에게 뺏긴 단검을 머릿속에 떠올렸다. 그러나 이어지는 경감의 말에 놀라 눈을 동그랗게 떴다.

"가슴에 찔린 채 발견됐습니다. 보시겠습니까?"

'물론이오!'라고 홈스가 말하기도 전에 리암이 먼저 소리를 질렀다.

"그럴 리가 없어요!"

레스트레이드 경감이 고개를 돌려 리암을 바라보았다.

"그럴 리가 없다고? 무슨 뜻이냐?"

"그게……. 제가 봤어요."

리암은 목소리에 힘을 주어 어젯밤 일을 설명했다. 경감은 조용히 듣고 있었지만 우호적인 눈초리라고 할 수 없는 눈으로 리암을 내려다보았다.

"그래, 도둑이 떨어뜨린 단검을 주웠는데 도로 그걸 빼앗겼다고?"

"그래요. 검은 개를 데리고 있었어요. 그리고 채찍을 사용해서 제가 들고 있던……."

"아니!"

경감은 리암의 이야기를 듣다 말고 옆을 지나는 부하 사복 경찰을 불렀다.

"흉기를 갖고 와봐. 그리고 펭 순경도 불러!"

"펭 순경?"

석연찮은 느낌이 들어 리암이 되물었다.

"어젯밤 이 부근을 순찰하던 순경인데 사건이 일어났을 시각에 이상한 부랑아를 붙잡았던 것 같아요. 그 아이가 피가 묻은 칼과 의문의 도둑 이야기를 하면서 순경한테 폭언까지 하고 도망쳤다는군요."

"난 사실을 말한 것뿐이라고요."

리암이 강하게 주장했으나 경감은 들어주지 않았다. 홈스는 이 상황에 눈길조차 주지 않고 사체에 온 주의를 기울이고 있다가 문득 고개를 들어 질문을 했다.

"단검의 출처는?"

"파린토시 부인 것으로 찰스 씨가 스페인에서 사다 준 선물입니다. 부인 침실에 있는 금고 선반에 둔 모양이던데……"

그때 경감의 부하가 문제의 단검을 가져왔다. 날카로운 단검은 크기, 감촉 그리고 순금 손잡이에 새겨진 동물의 뿔 모양 모두가 어젯밤 리암이 길에서 발견한 것과 흡사했다. 하지만 같은 시간 이 단검은 찰스 파린토시의 가슴에 박혀 있었다.

"저기, 사체는 이것뿐인가요?"

"무슨 말을 하고 싶은 거냐?"

"진짜로 전 피범벅이 된 단검을 봤어요. 그렇다면 또 다른 곳에 그 단검에 찔린 사람이 있지 않을까요? 동일범 짓일지도! 그렇다면 연쇄살인이에요!"

“닥쳐, 말도 안 되는 소리 지껄이지 마!”

“그래도 그렇잖아요. 아!”

리암은 경감 뒤에서 걸어오는 덩치 큰 중년의 경찰을 발견했다. 어젯밤 자신을 부랑아 취급했던 경찰이었다.

“펭 순경입니다.”

레스트레이드 경감 앞에 부동자세로 선 경찰은 리암을 보자 적의에 찬 눈길을 보냈다.

“펭 순경! 어젯밤 자네가 이 근처에서 만난 아이 말인데, 이 소년이…….”

경감은 리암의 팔소매를 붙잡아 앞으로 밀었다.

“틀림없지?”

“예, 틀림없이 이 아이입니다. 보고 드린 대로 살인사건과 관계가 있는 것 같습니다. 부인이 목격한 괴한도 이 아이가 아닐지…….”

“난 살인과는 아무 상관 없어요. 수상한 사람이 있다고 알려줬는데 무시해버렸잖아요.”

“이 아이는 거짓말을 하고 있습니다. 수상한 사람 같은 건 없었습니다. 이 아이 이외에는.”

“당신 눈은 아무 짝에도 쓸모없는 장식용이야!”

“뭐라고!”

경감이 기침을 했다. 펭 순경이 부동자세를 취하며 다시 경감을 쳐다보았다.

경감이 순경에게 말했다.

"수고했네! 그만 가 보게. 집에 가서 쉬어도 돼."

순경은 한숨 놓인다는 표정을 짓다가 리암을 다시 한 번 노려보고 자리를 떠났다. 리암은 순경의 등 뒤에다 혀를 날름거렸다. 그리고 경감과 탐정에게 마구 떠들어댔다.

"전 거짓말 안 했어요. 그때는 콩 스프처럼 짙은 안개 때문에 바로 앞에 있는 사람도 알아볼 수 없었다고요. 저 경찰이 못 본 거라고요."

"아, 그래! 네가 무슨 생각을 하고 있는지 나중에 충분히 들어줄게. 이봐!"

경감은 펭 순경과 교대한 순경에게 명령했다.

"이 소년을 잡아 두게."

"그럴 필요 없소."

홈스의 목소리가 허공을 갈랐다.

"그 아이는 나를 도와주기 위해 왔소. 내가 책임질 테니 놔주시오!"

"실없는 소리를 믿고 있는 건 아니죠?"

홈스는 리암도, 경감도 보지 않은 채 냉정하게 대답했다.

"증거로 판명된 사실 이외는 믿을 생각이 없고, 증거에 의해 부정되지 않는 이상 아무리 바보 같은 이야기라도 참고할 거요. 대단치도 않은 일을 떠들 시간이 있으면 사체에 대한 정보와 사체 발견 시의 상황을 좀 알려줬으면 좋겠소.”

기계처럼 빈틈없고 정력적인 탐정은 목적 달성에 도움이 되지 않는 일에는 관심도 없고, 타인의 감정을 고려하지도 않았다. 대다수 사람들은 홈스를 만나면 당황했다. 그래서 때로는 불필요한 마찰이 일어나기도 했다.

‘이레귤러스’의 멤버들은 왓슨의 인내력이 대단하다고 감탄했다. 레스트레이드 경감 역시 탐정의 별난 성격을 참을성 있게 견뎠다. 경감에게는 참을성에 대한 대가가 있었다. 홈스는 해결한 사건에 대한 공을 기분 좋게 경찰 쪽에 양보했다. 대신 레스트레이드 경감은 외부에 알려지면 안 되는 사건을 홈스에게 의뢰했기 때문에 서로가 이득이었다. 왓슨의 말대로 둘은 ‘상부상조의 관계’였다.

경감은 투덜거리면서도 수첩을 보며 탐정에게 사건에 대해 설명했다.

“사체가 발견된 곳은 2층 침실입니다. 찰스 씨 침실이 아니라 형수인 파리토시 부인 침실입니다. 부인은 외출 중이었고 아까 말씀하신 ‘비너스의 왕관’이 사체 옆에 뒹굴고 있었습니다. 여기에 의미를 부여해보면……”

“경감! 생각은 됐소. 사실만 필요하오!”

“알겠습니다. 사체 발견 시 방은 닫힌 상태였습니다. 문은 잠겨 있었고, 두 개의 창문 역시 잠겨 있었습니다. 실내 선반에 설치되어 있던 금고가 파괴되어 부인의 보석 상자가 흐트러져 있었고, 오팔 티아라도 여기서 꺼낸 것입니다. 다른 보석들엔 손을 대지 않았고 사체는 엎드려 있었는데 집사가 몸을 일으켜 세워 가슴에 단검이 찔린 것을 확인했습니다. 머리와 옷이 형클어져 있는 걸로 보아 범인과 격투가 있었던 걸로 추측됩니다. 찰스 씨 윗도리 안주머니에서 그 방 침실 열쇠가 발견됐는데, 집사의 집무실에서 분실된 여분의 열쇠인 것 같습니다. 사체를 발견한 사람은 집사와 하인입니다. 벨이 울려서 하인이 달려갔지만 방이 잠겨 있었습니다. 그때 집사가 이상하다는 생각이 들어 달려와 열쇠구멍으로 안을 들여다보고 사망 사실을 알았습니다. 그 뒤 가정부의 열쇠를 빌려 현장에 들어가 사체를 발견했습니다. 그리고 주인한테 알렸다고 합니다."

레스트레이드의 보고를 들으며 탐정은 찰스의 옷을 살펴보다 안주머니에서 무엇인가를 빼들었다. 리암은 경감의 눈을 속이고 탐정이 그것을 안주머니에 넣는 것을 보았다.

홈스 역시 리암이 보고 있다는 사실을 알았다. 회색 눈동자에 야릇한 표정을 지으며 검지로 입을 다물라는 시늉을 했다. 그리고 레스트레이드 경감에게 물었다.

"살아있는 찰스 씨를 마지막으로 본 사람은 누구요? 저녁 식사할 때는 어땠는지?"

"어젯밤 찰스 씨는 저녁식사를 하지 않았다고 합니다. 몸이 안 좋다고 하면서 방에 일찍 들어갔습니다. 집사가 찰스 씨 방에서 인기척을 들었다고 하는데 그 시간이 저녁 7시경입니다. 그 이전인 6시 반경 찰스 씨가 헨리 씨한테 와서 몸 상태가 좋지 않아 식사는 안 하고 채무 일로 이야기할 것이 있으니 10시 반쯤 서재에서 보자고 했답니다. 파린토시 부인은 오후 6시 반쯤 외출했는데 하녀가 옷 갈아입는 걸 도와주었답니다. 그때까지 특별히 이상한 점은 없었다고 합니다. 그리고 8시 반경 네 살짜리 애가 어머니 방에 갔는데 아이를 찾으러 간 보모의 이야기로는 방 안에 엄마가 있다고 보채기에 방문을 두드려보니 아무런 응답이 없었다고 합니다. 열쇠가 채워져 있었답니다. 10시 반경 집사가 인기척을 느끼고 방 안에 들어갈 때도 방문이 잠겨 있었다고 합니다. 식사를 하고 나서 헨리 씨는 서재에서 동생을 기다렸는데 찰스 씨는 오지 않았고 대신에 하녀가 참극을 알리러 왔던 겁니다."

경감의 설명이 이어졌다.

"찰스 씨는 3년 전 돌아가신 부친이 나름대로 유산을 남겨줬는데도 카드 도박에 손을 대 거액의 빚을 지고 있었습니다. 때때로 채권자들이 쳐들어왔다더군요. 형 헨리 씨가 변제를 떠맡을 상황이었죠. 헨리 씨가 동생에게 금전적인 도움은 줄 수 없다고 한 것 같은데 제가 생각하기에는……"

홈스는 손을 저으며 경감의 이야기를 가로막았다.

"생각이나 억측은 불필요하오. 방해만 될 뿐이오."

홈스는 볼일이 끝났다며 일어나 마차에서 내려 저택 쪽으로 발길을 옮겼다. 현관 앞 돌계단을 올라가는 그의 뒤를 따라붙은 경감은 시큰둥한 표정을 지었다.

홈스는 저택 안으로 들어가 집사에게 모자와 지팡이를 맡기고 명함을 건넸다.

"앨리스 부인에게 전해주시오!"

집사가 전하기 전에 앨리스 하디가 현관에 모습을 나타냈다. 그녀는 기다렸다는 듯 홈스에게 다가와 질문부터 했다.

"도둑은 잡았나요?"

"범인은 아직 잡지 못했습니다."

홈스는 중년 귀부인의 얼굴을 예의 주시하며 말을 이었다.

"부인은 흑장미단이 범인이라고 확신하고 계시죠?"

"그래요. 어제 당신한테 얘기했던 그대로예요. 그런데 사돈이 그런 일을 당하고 말았어요."

"끔찍한 일을 당하셨습니다."

"네, 어처구니가 없어요."

몸을 떠는 부인에게 홈스는 동정 어린 긍정을 했다. 대화에 끼어들지 못한 경감이 불쾌한 듯 고개를 내밀었다.

"흑장미단이란 말을 그냥 지나칠 수 없군요. 도대체 무슨 이야기입니까?”

“앨리스 부인!”

홈스는 경감을 힐끗 보고 의뢰인에게 말했다.

“상황이 상황이니만큼 제게 말씀하신 내용을 경감에게도 설명해주는 게 좋지 않겠습니까?”

“상관없습니다만 제 의뢰를 받아들여준다는 조건하에서에요. 그 티아라를 지킬 수만 있다면……”

“알겠습니다.”

홈스의 답에 만족한 듯 부인의 얼굴에 미소가 떠올랐다. 그녀는 경시청 경감과 사립탐정 중 어느 쪽이 이야기 상대로 적합한지 결정하기 어려운 모양이었다. 하지만 이내 신사적인 풍모와 태도를 갖춘 홈스를 상대로 이야기를 이어나갔다.

“여기서는 조금 불편하니까 응접실로 가시죠. 경감님도 같이 가세요. 저로서는……”

그 순간 앨리스 부인의 말을 가로채는 사람이 있었다.

“셜록 홈스? 사립탐정 따윈 부른 적이 없는데!”

불쾌해하는 목소리가 들리며 시끄러운 발소리와 함께 풍채 좋은 신사가 계단을 내려왔다. 금발에 파란 눈 그리고 턱수염을 기른 각진 얼굴이 위엄 있어 보였다.

“헨리 파린토시 씨 입니다!”

경감이 등 뒤에서 속삭였다.

집주인은 동생의 죽음을 슬퍼하고 있다는 걸 겉으로 드러내지 않았다. 오히려 살인이라는 불상사가 집 안에서 벌어졌다는 게 부끄러워 어떻게 하면 체면을 지킬 수 있을지 필사적으로 궁리하는 것처럼 보였다. 집주인은 현관홀에 서자마자 자신에 찬 눈초리로 홈스를 노려보았다. 탐정이 왔다는 소리를 집사에게서 들은 모양이었다.

유쾌하지 못한 소리를 듣고도 홈스의 표정은 변화가 없었다. '탐정'이라는 직업을 불신하는 사람이 헨리만 있는 것도 아니고, 실제로 엉터리 같은 아마추어 탐정도 적지 않았다.

태연자약한 홈스의 태도는 헨리를 더더욱 격앙시켰다. 불쾌한 감정의 화살이 레스트레이드 경감에게 향했다.

"경감! 당신 부하한테 명령하시오. 집 안을 휘젓고 다니는 짓을 그만두라고."

"파린토시 씨, 이 사건이 살인사건이라는 사실을 잊지 말았으면 합니다."

상대가 사회적 지위가 있는 자산가지만 경감도 지지 않았다.

헨리 파린토시는 불쾌한 기색이 역력했다. 리암을 보자 흥분한 목소리로 물었다.

"이 아이는 뭡니까? 수도 경찰은 탐정뿐 아니라 부랑아들한테도 수사 협조를 받습니까?"

"아닙니다. 그럴 리가 있나요."

강한 어조로 말하는 경감 옆에 서 있던 리암도 고개를 끄덕거렸다.

"저는 부랑아가 아니고……."

"함부로 입 놀리지 마라."

경감은 리암을 다그치며 홈스에게 불평했다.

"홈스 씨! 사건현장은 놀이터가 아니니 수사와 관계없는 아이를 데리고 오면 안 됩니다."

"알고 있소. 모든 책임은 내가 지겠다고 말했는데……."

"그럼, 왓슨 박사 대신에 이 아이를 조수로 쓸 작정이십니까?"

곤란한 상황이었지만 홈스는 냉정한 표정으로 경감을 보며 거침없이 말했다.

"잘못 생각해서는 곤란하오, 경감! 왓슨 박사는 조수가 아니오. 고용한 일도 없고 왓슨은……."

'친구지'라고 리암이 속으로 생각하는데 홈스의 냉철한 목소리는 예측을 비껴나갔다.

"협력자라고 할 수 있소."

"네, 알겠습니다!"

레스트레이드 경감은 마음에도 없는 대답을 했다.

"헨리! 자네와 이제야 만나게 되는구면."

앨리스 부인이 잠깐의 틈을 타 파린토시 가의 주인을 향해 말했다.

"찰스 일은 정말 유감이네."

"장모님, 일부러 오시게 해서……."

"매리 앤한테서 어젯밤 통보를 받았네. 그리고 그 아이를 따라오지 않으면 안 된다고 생각했어. 끔찍한 일이야. 온몸의 털이 바짝 설 일이라네. 어제 낮에 들렀을 때는 이런 일이 일어날 줄 꿈에도 생각지 못했어. 아니 물론, 이상한 도둑의 협박 이후 사건이 일어날 것 같은 예감은 있었는데 설마 이런 일이……."

부인은 가늘게 몸을 떨며 자신이 받은 충격을 드러내었다. 그리고 비난하는 듯한 어투로 이야기했다.

"역시 그때 곧바로 경찰에 알려야했네, 헨리!"

정중한 태도를 취하고 있지만 헨리는 장모에 대한 떨떠름한 감정을 감추지 않았다. 그러나 부인은 전혀 신경 쓰지 않았다. 사위가 대답을 하기 전에 경감을 보고 이야기하기 시작했다.

"그 티아라는 원래 내 거예요. 그래서 지난주 월요일 우리 집 하녀인 글래디스 존스가 도둑에게 습격을 받았답니다. 다행히 상처는 입지 않았는데, 글래디스는 우체국에 편지를 부치러 갔다가 돌아오는 길에 안개 속에서 칼로 목을 찌르겠다는 남자에게 위협을 당했어요. 남자가 '우리는 흑장미단이다'라고 속삭이며 '비너스의 왕관'을 감춰 놓은 곳을 털어놓으라고 협박했답니다."

부인은 치를 떨며 말을 그쳤지만, 곧 자랑스러운 표정을 지었다.

"아시는지 모르겠어요. '비너스의 왕관'에는 '큐피드의 눈물'이라는 커다란 오팔이 박혀 있는데 이 돌은 중앙에 하트 모양의 빨간 반이 보이는 훌륭한 물건이랍니다."

"아, 네. 그건 조금 전에 들었습니다만……."

"여러분이 그 보석의 진정한 가치를 알 수 있을지 모르겠네요. 오팔은 정말 대단한 보석이지요. 빅토리아 여왕도 좋아했고, 고대 로마시대에는 신의 돌이라고 불렸지요. 빨간색이 희망과 행복의 상징이었던 탓에 신이 큐피드의 눈으로 만들었다는 이야기도 있어요. 장난이 심해서 징벌을 받게 된 큐피드가 어머니인 비너스의 마음을 달래려고 반성의 눈물로 만든 왕관이라는군요."

부인은 처음으로 그 티아라를 손에 넣고 어머니로부터 전설을 전해들을 때와 같은 아련한 표정을 지었다. 입가에 미소가 떠돌았다. 그러나 곧 그 미소는 불만스런 표징으로 바뀌었다.

"5년 전 딸아이인 매리 앤이 시집 갈 때 물려줬는데 딸아이는 마음에 안 들어했어요. 한 번도 사용한 적이 없었죠. 그런 까닭에 최근에 우리 집에 온 글래디스는 티아라에 관한 이야기를 몰랐어요. 도둑은 결국 그 아이를 내버려두고 도망쳤죠.

도둑의 인상착의를 물어봤지만 안개가 너무 짙어서 얼굴은 모른답니다. 복면 같은 걸로 얼굴을 가리고 있었던 것 같다는데 그것조차도 분명하지 않아요. 키가 어느 정도인지도 모르고 단지 오렌지가 어떻다든가 등 의미 없는 것들만……."

부인은 헨리를 쏘아보며 불만에 차서 목소리를 높였다.

"내가 경고했을 때 자네는 장난일 거라며 괜히 떠들어서 집안 망신시키지 말자고 했지? 그 보석은 단순히 값비싼 보석이 아니란 말일세. '큐피드의 눈물'은 우리 고조할머니이신 맨스필드 공작부인이 프랑스 국왕인 루이 15세에게서 하사 받은 거야. 그걸 물려받은 증조할머니가 티아라를 만들었을 때 나폴레옹 1세 황제로부터 격찬을 듣기도 했지. 여러분은 이러한 역사적 가치를 제대로 이해하지 못하는 것 같습니다. 그 티아라는 4년 전에도 도둑맞은 일이 있는데……."

앨리스 부인은 홈스에게 원망스러운 눈길을 보냈다.

"홈스 씨! 당신은 글래디스를 협박한 자들이 흑장미단이 아니라고 말했는데, 어제 의뢰를 받아들여 수사를 시작했더라면 이런 비극은 막을 수 있었을지도 모르잖아요."

홈스는 반론을 제기하지 않았으나 부인의 의견을 부정하고 있는 게 분명했다.

헨리는 큰 소리로 장모에게 반론을 폈다.

"우리 가문의 지위와 재산은 아버지 때 쌓은 것입니다. 역사가 짧지요. 하지만 역사와 전통을 내세우면서도 그걸 유지할 힘이 없다면 그것 또한 별 볼일 없다는 것을 명심했으면……."

"뭐라고!"

앨리스 부인은 눈을 치켜뜨고 사위를 노려보았다.

리암은 요리사인 매기에게서 들은 이야기를 떠올리며 흥미진진하게 두 사람이 다투는 모습을 지켜봤다.

하디가는 명문가인 듯했다. 그에 반해 파린토시가는 아버지대에 사업이 번창해서 부자가 되었다. 파린토시가는 하디가에 재정적 지원을 하고, 하디가는 파린토시가에 상류계급에 들어갈 기회를 주었다. 말하자면 가문과 돈의 결합이었다. 그러나 실질적인 주도권은 돈을 가진 쪽이 쥔 듯했다.

부인은 되받아칠 생각 없이 시큰둥하게 턱을 치켜들며 고개를 돌렸다.

"매리 앤한테 가봐야죠. 완전히 겁에 질려 있을 텐데. 하필이면 자기 방에서 살인 사건이 일어났으니……. 불쌍하잖아요."

"지금 어디에?"

"3층 손님용 침실에 있습니다. 살인이 일어난 방은 다시는 사용하게 하고 싶지 않아요."

홈스가 끊임없이 이어질 것 같은 부인의 푸념을 가로막으며 헨리에게 물었다.

"한시라도 빨리 조사를 하고 싶습니다만……. 현장을 봐도 되겠습니까?"

"탐정한테 부탁할 생각이 없다고 말했을 텐데요."

험악한 표정으로 헨리가 경감을 응시했다.

"런던 경시청의 형사과는 자력으로 범인을 잡을 수 없다는 말인가요?"

"그럴 리가 있습니까. 수사는 순조롭게 진행되고 있습니다. 그렇지만……."

레스트레이드 경감은 키가 큰 홈스를 올려다보았다. 감정이 복잡해 보였다. 토박이 형사로서의 자긍심과 자신감이 사건에 외부인을 개입시키고 싶지 않은 듯했다. 그렇지만 과거에 경감이 해결하기 어려운 사건들을 대부분 홈스가 해결해주었다.

이번 사건이 만일 예상보다 어렵다면…….

"홈스 씨도 범죄 이론가로서는 대단한 분이십니다."

"그 말은 맞네, 헨리!"

앨리스 부인이 거만한 태도로 사위에게 말했다.

"'비너스의 왕관' 건에서는 우리 가문도 피해를 입었으니까 빨리 해결해주지 않으면……."

벌레 씹은 표정의 사위 입에서 마지못해 '맘대로 하세요.'라는 말이 튀어나왔다.

홈스는 가볍게 목례를 하고 헨리 옆을 지나 계단으로 향했다. 리암도 재빨리 홈스의 뒤를 따랐다.

빨간색 주단이 깔린 계단 벽에는 고가의 그림이 걸려 있고 복도에는 장식용 선반에 도자기가 놓여 있었다. 2층에 올라가자 형사부장이 경감을 불러 세우고 몇 통의 편지를 보여주었다. 경감은 편지를 훑어보더니 부하에게 지시를 내리고 홈스에게 설명을 했다.

"찰스 씨 방을 조사시켰습니다. 여자와 주고받은 편지를 보니 대단한 바람둥이였나 봅니다."

리암은 조용히 있었다. 입을 다물고 있으라는 명령도 있었지만 떠들 여유도 잃을 만큼 흥분하고 있었다. '이레귤러스'로서 사건의 증거와 목격자를 찾기 위해 거리를 쏘다닌 적은 있어도 홈스 씨와 함께 현장을 답사하기는 처음이었다.

게다가 사건 현장이 부자의 저택이라는 점도 흔치 않은 일이었다. 살짝 들여다본 찰스의 방은 침실과 거실이 이어져 있는 방으로 널찍한 침대와 옷장, 우아한 수공예 책상 등 눈이 휘둥그레질 만한 것들이 가득했다. 그리고 저택 안에는 꽃과 향수, 포푸리 향기가 은은하게 떠돌았는데, 악취가 나는 거리에서 살던 리암은 꿈을 꾸는 것만 같았다.

탐정은 사건 현장이 된 파린토시 부인, 즉 매리 앤의 침실로 향했다. 찰스의 방을 지나 복도 끝에 위치한 방으로, 욕실과 이어져 있었으나 욕실에서 복도로 나오는 문은 없었다.

사건의 흔적이 명확히 남아 있는 곳은 방 안쪽 흑단 선반이

매리 앤의 방

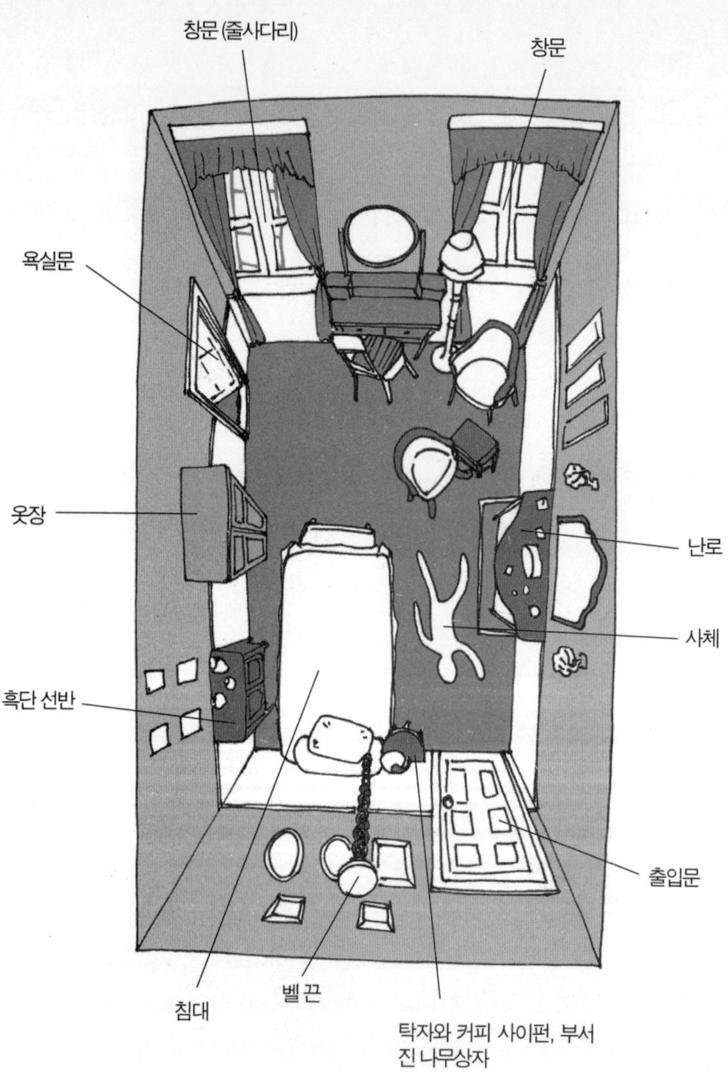

그림 나다연

었다. 양쪽으로 열게 되어 있는 문은 열려 있고, 안에 있던 금고가 나와 있었다. 금고 문도 깨져 있고 보석 상자가 무방비 상태로 방치돼 있었다.

다른 점은 부인의 방이 찰스의 방보다 아름답다는 인상을 준다는 것이었다. 벽지에 그려진 야생 장미, 자수가 들어간 덮개를 씌운 의자와 고양이 발 같은 다리가 달린 가구 때문인 듯했다. 침대는 깨끗하게 정돈되어 있었다. 지난밤 사람이 잔 흔적은 없었다.

머리맡 가까이 걸려 있는 장미색 실로 엮은 벨 끈도 보기 좋았다. 벨 끈이 있는 쪽에 우아하고 아름다운, 자그마한 장식용 탁자가 있었다. 로즈우드 제품으로 침대에서 주먹이 들어갈 만큼밖에 떨어져 있지 않았다.

탁자에 있는 물건들도 눈길을 끌었다. 독서등이 있었는데, 그 옆에 놓인 빈 식의 사이펀 커피 추출기는 어딘지 어색해 보였다. 또 물건 담는 상자가 있었고 빨간색과 노란색에 동물 그림이 그려진 아이들 장난감이 아무렇게나 쌓여 있었다. 부인이 네 살찌리 이이 엄마리고 히느데 보통 이런 장난감은 엄마 방 보다는 아이들 방에 더 잘 어울린다. 더욱이 이렇게 화려한 방에 어울리지 않게 탁자에 작은 종잇조각이 덕지덕지 붙어 있었다.

또한 자세히 살펴보니 기묘하게도 탁자 다리와 침대 다리가 편과 단단한 철사로 묶여 있었다.

"사체는 여기에……."

레스트레이드 경감은 침대 옆 탁자에서 조금 떨어진 난로 가장자리를 가리켰다.

"엎어진 채 넘어져 왼손을 오팔 티아라를 향해 뻗고 있었습니다."

홈스는 부서진 금고가 있는 선반으로 다가가 확대경을 들고 구석구석 조사하고는 창가로 갔다. 리암이 그 뒤를 따랐다. 창문을 밀어 젖히고 몸을 밖으로 내밀자 옆에 있는 홈통에 달린 줄사다리가 보였다.

홈스는 몸을 밖으로 내밀어 줄사다리를 붙잡았다. 살짝 당겼을 뿐인데 연결고리가 흔들거렸다. 범인이 밖으로 도망쳤다면 창문을 잠근 사람은 누구일까?

홈스는 아주 미세한 것까지 놓치지 않겠다는 듯 욕실을 포함한 방 안을 조사하기 시작했다. 엄청난 집중력으로 바닥에 네 발로 엎드려 증거를 찾는 모습은 사냥개를 연상시켰다. 특히 침대와 탁자를 묶은 철사를 유심히 조사했다. 철사는 두 가구 사이를 단단히 묶고 있었다.

"그 철사엔 아무런 문제도 없어요, 홈스 씨!"

레스트레이드 경감이 내려다보며 잘못된 수사 방향을 고쳐 주듯 우월감 어린 목소리로 말했다.

"파린토시 부인의 하녀 얘기로는 부인은 신경이 예민해 침대에서 탁자에 손을 뻗었을 때 조금이라도 위치가 바뀌는 걸 좋아하지 않았다고 합니다. 그래서 철사로 고정시켜놓은 모양입니다."

"가구가 그렇게 쉽게 움직일 것 같지는 않은데……."

"청소를 하다보면 조금씩 위치가 바뀌는 경우가 있지요. 문제는 그런 세세한 사실이 아니라 신경이 예민한 부인이 무엇을 어떻게 생각하는가입니다."

"그렇소, 경감!"

산뜻하게 동의한 홈스는 침대 밑으로 손을 뻗었다. 꺼낸 것은 호두나무에 산호 세공으로 장식한 화장 케이스였다. 그 바로 옆에 2인치 정도 되는 가느다란 명주실이 떨어져 있었다. 홈스는 한쪽 눈을 가늘게 떴다. 회색의 눈동자에는 다른 사람들에게 보이지 않는 무언가가 보이는 것 같았다. 시선을 돌려가며 천천히 일어나 벨 끈을 건드렸다. 장미색 끈을 풀자 바닥에 떨어져 있는 것과 똑같은 명주실이 뽑혔다.

결과가 만족스러운 듯 의미심장한 미소가 홈스의 입가에 맴돌았다. 홈스는 바닥에서 주운 실을 수첩에 끼워 넣고 탁자에 붙은 젖은 종잇조각을 주워 손수건에 쌌다. 그것들을 주머니에 넣고 사이펀 커피 추출기를 자세히 보다가 용기 뚜껑을 열어 얼굴을 가까이 대고 냄새를 맡았다.

빈 식 사이펀 커피 추출기는 천칭식 사이펀이라 불린다. 유리 용기와 도자기 용기가 좌우로 나란히 관으로 연결되어 있고 물을 넣은 도자기를 알코올램프로 가열하면 원두커피를 넣은 유리 용기에 끓는 물이 이동한다. 그러면 용기와 잘 짜맞춰진 천칭이 기울어져 램프 뚜껑을 움직여 불을 끄고 온도가 내려간 도자기 용기로 커피가 이동하는 형태로 만들어져 있다. 그러나 지금 유리 용기에는 원두커피가 들어 있지 않다. 단지 물이 약간 들어 있을 뿐이었다. 도자기 용기는 텅 비어 있고 두 용기를 연결하는 관은 빠져 있었다.

홈스는 커피 추출기를 면밀히 조사한 뒤 주머니 시계를 꺼내 시간을 확인하고 벨 끈을 세게 잡아당겼다.

마법이라고는 할 수 없지만 1분이 채 지나지 않아 하녀가 무슨 일인가 하고 달려왔다.

홈스가 물었다.

"이 벨은 밑에 있는 하인들에게 연락하는 겁니까?"

"네, 지하 복도에 벨 보드가 있습니다."

"다른 방 벨과 이 방 벨을 잘못 알아듣거나 착각하는 경우는?"

"없습니다. 벨 소리가 조금씩 다르고 방 이름이 분명히 적혀 있습니다. 이쪽은 7번 침실입니다."

"침대와 탁자를 묶는 철사는 언제부터 썼습니까?"

"2주일 전입니다. 부인이 말씀하셔서……."

질문을 마치자 홈스는 하녀를 돌려보냈다. 그리고 경감과 마주했다.

"경감의 도움이 필요합니다. 파린토시 씨와 집사인 브라이언, 하인과 종복들 그리고 방 주인인 파린토시 부인을 순서대로 불러줬으면 좋겠소."

"파린토시 부인도 이 방에?"

경감은 떠름한 표정을 지었다.

"신경을 안정시킬 약이 필요한 일은 없었으면 좋겠는데……."

"신경 안정제라면 이 화장 케이스 안에도 들어 있소."

홈스의 지적에 경감은 어깨를 으쓱하며 경찰을 불러 명령했다.

"파린토시 씨를 불러오게."

헨리 파린토시는 방에 들어오면서 달갑지 않은 눈빛으로 경감과 탐정을 쏘아보았다.

"바쁘니까 단도직입적으로 묻겠습니다."

홈스가 입을 열었다.

"아까 경감에게 말한 대로입니다."

"다시 한 번 사건에 대해 말씀해주시죠. 동생의 원한을 풀어줄 생각이시라면!"

헨리는 불쾌한 기색이 역력했다. 중얼중얼 불평을 하더니 못마땅한 투로 대답했다.

"하인이 부르러 왔었습니다. 경감한테도 말했지만 10시 45분쯤 됐어요. 아내의 침실에서 큰 사건이 벌어졌다며 와주셔야겠다고 하더군요."

"부인의 침실?"

말끝을 자르며 홈스가 일부러 되물었다.

헨리의 안색이 빨갛게 변하더니 턱수염이 움찔움찔 경련을 일으켰다.

"아내는 원래 병약했는데 출산 이후 몸 상태가 더욱 안 좋아졌습니다. 의사는 불면증에 시달리는 아내에게 혼자 쉬라고 권유했습니다. 뭐가 잘못됐습니까?"

앙칼진 반문에 홈스는 아무렇지도 않은 듯 어깨를 움찔했다.

"아닙니다……. 이야기를 계속하시죠. 하인에게 불려오면서 어떤 생각을 하셨습니까?'

"아내는 외출했는데 도대체 무슨 일인가 의아했습니다. 나는 일에 몰두하고 있으면 밖의 소리를 못 듣는 경우가 많습니다. 그래서 나도 모르는 사이에 아내가 돌아왔나보다 생각했는데 찰스가 누군가에게 살해되었다는 얘기를 듣고…… 처음엔 믿을 수가 없었습니다."

"부인 침실에는 혼자 가셨습니까? 아니면 하인과 함께 가셨습니까?”

“혼자 갔어요. 하인은 다시 종복들을 깨우러 간다고 했고. 침실에 가보니 집사인 브라이언이 있어……”

그때의 충격이 되살아났는지 헨리는 한 손으로 가슴을 진정시켰다. 목소리가 가늘게 떨렸다.

“동생은 난로 옆에 쓰러져 있었어요. 가슴에 단검이 꽂혀 있는 무시무시한 모습으로……. 너무 참혹해서 집사한테 눈을 감기게 했소.”

“동생 분이 부인 침실에 있었던 사실에 대해서 뭔가 집히는 것이라도 있습니까?”

“옆에 오팔 티아라가 뒹굴고 있었어요. 도둑이 훔치려고 했겠죠. 동생은 그걸 알고……”

쓴웃음을 짓는 헨리를 홈스는 날카롭게 응시하며 물었다.

“정말 그렇게 생각하십니까?”

“네?”

“동생이 부인의 티아라를 훔치려 했다고는 생각지 않으십니까?”

“티아라!”

헨리는 경멸에 찬 목소리로 소리쳤다.

“그 대단치도 않은 보석의 유래를 귀에 못이 박히도록 들었소. 공작부인이 몸에 치장했다든가, 어쨌다든가! 실제로는 대단한 세공품도 아니고 값어치가 있다면 한가운데 박힌 커다란 진주 정도뿐. 동생도 그 사실을 알고 있소. 만약 훔치려면 보다 거액의 현금으로 바꿀 수 있는 걸 훔치지 않았겠소! 이왕에 하는 도둑질이라면 말이오……."

헨리는 신중하게 말을 이었다.

"동생이 도둑질을 할 리가 없어. 티아라를 꺼낸 건 보석 도둑이오. 아마도 동생과 맞닥뜨려서 싸우게 됐을 거야. 창밖에 줄사다리가 있지 않습니까."

"창문은 잠겨 있었습니다."

"동생이 잠그지 않았겠소. 의사는 즉사라고 했지만 믿을 수 있겠소? 동생은 자신을 찌른 도둑이 돌아올 것을 두려워해서 문과 창문을 잠근 다음 벨을 눌러 도움을 청하고 기다렸소. 게다가 동생은 진작부터 도둑을 경계하고 있었어요. 탱커빌 클럽에서 디아즈우드 경에게 흑장미단 이야기를 들었던 모양이오."

"그렇군요!"

홈스는 질문 방향을 바꿨다.

"집사인 브라이언은 어떤 인물입니까?"

"아버님 대부터 일해 온 사람이오. 지금까지 실수 한 번 없이 하인들을 잘 부려왔소."

"도박이나 여자에 빠져 돈을 쓴 일은 없나요?"

"없소!"

"동생의 사체를 발견했을 때 집사의 행동에 이상한 점이 있었습니까?"

"없소!"

헨리는 초조한 기색을 보였다.

"여기서 시간을 보내고 있는 동안 흑장미단이든 뭐든 뒤를 쫓을 수는 없소?"

"일부러 시간을 흘려보낼 생각은 없습니다. 질문에 답해주시죠. 하인은 어떻습니까?"

"고용한 지 반년쯤 됐소. 성은 애덤즈. 이름은 모르오. 나이는 젊지만 딱히 불편하게 한 적은 없었소. 자세한 내용은 아내나 가정부한테 물어보시오. 이제 됐소? 사건이 알려져 전화와 전보가 빗발치고 있소."

홈스는 장식 탁자에 다가가 물었다.

"여기 탁자에 있는 물건들에 대해 알고 계십니까? 침실에 어울리지 않는 물건들인데……?"

헨리는 탁자에 눈길조차 주지 않았다.

"모르오. 아내한테 물어보면 될 거 아니오?"

"알겠습니다. 일단 집사를 불러주시겠습니까?"

헨리는 못마땅한 표정으로 탐정을 노려보았다. 상대가 전혀 움직일 기색이 없자 불쾌한 듯 발길을 돌렸다.

"홈스 씨!"

경감이 불만스러운 말투로 충고했다.

"여기 책임자는 나라는 점을 기억해 두십시오!"

"하지만 조사는 끝났고, 질문은 없었잖소?"

"뭐, 그렇습니다만."

"그럼 별 문제 없는 거죠."

홈스는 일방적으로 문제를 정리하고 문 쪽으로 시선을 돌리며 말했다.

"들어오시오."

4. 닫혀 있는 방에서 울린 벨

"부르셨습니까?"

방으로 들어온 키가 큰 남자가 말했다.

집사인 존 브라이언이었다. 나이는 40대 중반 정도. 다갈색 머리와 눈동자. 키가 크고 건장한 믿음직스러운 남자였다. 안색이 안 좋아 보이는 것 말고는 사건 때문에 동요하고 있다는 게 느껴지지 않았다. 노련한 하인답게 표정 없이 담담하게 조사에 응하며 사체 발견 당시 상황을 설명했다.

"어젯밤 10시 반경 이 쪽 방 앞을 지날 때 무슨 소리가 들렸습니다. 하디가의 마님과 돌아가신 찰스 도련님에게서 흑장미단이 마님의 보석을 노리고 있다는 소리를 들었기 때문에 만일의 경우를 대비해 방 안을 살펴보려고 했습니다. 그러나 방은 열쇠가 채워져 있었습니다."

“파린토시 부인은 평상시에도 방에 열쇠를 채워놓습니까?”

집사는 눈썹을 약간 치켜떴으나 흔들림 없이 대답했다.

“흑장미단 이야기를 듣고 걱정이 된 것은 아닐지요?”

“그럴 수도. 계속해보시오!”

“그래서 좀 더 자세히 방 안의 소리에 귀를 기울여봤지만 아무 소리도 나지 않아서 지나치게 신경을 써서 그런가보다 생각했습니다. 그때 종복인 폴이 스쳐 지나갔습니다. 폴은 밤 10시 반쯤 돌아다니며 저택의 불을 확인합니다. 12시 전에 제가 마지막으로 확인을 합니다만 이때 불필요한 불은 모두 끄도록 되어 있습니다. 저는 그 뒤 하인들 홀에서 일하고 있었는데 이쪽 방 벨이 울렸습니다. 호출을 듣고 존 애덤스 양이 마님 방으로 갔습니다. 아마 10시 40분 정도일 겁니다. 나도 모르는 사이에 마님이 돌아오셨나 생각하며 조금 당황했습니다. 하지만 마님이 아직 돌아오시지 않은 걸 확인하고 마님의 침실에서 벨이 울린 점을 이상하게 생각하며 올라와보니 애덤스가 방 앞에 당황한 표정으로 서 있었습니다. 호출 때문에 왔는데 방문이 잠겨 있었습니다. 불러봐도 대답은 없었습니다. 왠지 불길한 생각에 무례인 줄 알지만 열쇠구멍으로 안을 들여다봤는데 누군가 쓰러져 있는 모습이 눈에 들어왔습니다. 애덤스도 같은 구멍으로 안을 들여다보고는 찰스 도련님이라고 했습니다. 저는 애덤스를 남겨두고 집사실에서 열쇠 꾸러미를 갖고 왔습니다만, 이 방 열쇠만 없어져서 가정부인 바턴 부인에게 열쇠를 빌렸습니다. 방문을 열고 안으로 들어가 보니 방 안은 어질러져 있고 찰스 도련님이 참혹한 모습으로 이미 절명해 있었습니다. 애덤스도 사망을 확인했습니다. 애덤스가 전직 간호사여서 손을 대지 않았던 것은 다행이었습니다. 저는 애덤스한테 주인님을 모셔오라고 했습니다. 그리고 종복인 폴한테 일러 경찰을 불러오게 하고…… 주인님이 방으로 오시고…… 폴이 곧이어 경찰을 데리고 왔습니다. 그리고 같은 시각, 마님이 돌아오셨습니다.”

홈스는 보일 듯 말 듯 눈을 가늘게 떴다.

“레스트레이드 경감! 사체가 쓰러져 있던 곳에 누워 보시오!”

“예?”

“리암은 피해자보다 키가 작아서 안 되고…….”

지금까지 이런 일은 왓슨의 몫이었다. 경감은 못마땅하다는 듯 웅얼거렸다. 홈스는 복도로 나가 문을 잠그고 열쇠구멍으로 안을 들여다보았다. 경감의 모습이 시야에 들어왔다.

“수고했소, 레스트레이드 경감! 이제 됐소.”

방으로 돌아온 홈스는 또다시 집사에게 질문을 하기 시작했다.

“당신은 찰스 씨가 이 방에 있다는 사실을 알고 있었소?”

“아니요!”

“찰스 씨가 부인의 방을 자주 드나들었소?”

완곡한 표현이었으나 집사는 물음의 핵심을 정확히 이해하고 대답했다. 주인마님과 도련님 사이에 불륜 관계는 없었다고 대답했다.

“어젯밤 부인은 어디에 있었소?”

“벨그레이비어에 있는 친척 집에 계셨습니다.”

집사의 대답에 경감이 재빨리 덧붙였다.

“미리 확인해 두었습니다.”

“고맙소, 경감!”

홈스는 무덤덤하게 고개를 끄덕이며 질문의 방향을 바꿨다.

“파린토시 부인은 침실에 항상 사이펀 커피 추출기를 둡니까?”

“아닙니다. 전에는 그런 일이 없었다고 합니다. 애덤스한테 확인하는 게 가장 정확한데……”

“빈 식 사이펀은 원래부터 이 집에 있었소?”

“찰스 도련님이 사다 놓으신 겁니다. 아마도 반 년 전쯤.”

“왜 부인의 침실에? 그리고 용기 속의 물이 사용된 적은 없소?”

“죄송하지만 모르겠습니다.”

“물건을 담는 상자는?”

"도련님 것 같은데…… 보통은 도련님 방에 있었습니다."

"질문은 끝났소. 나가 봐도 좋아요. 다음은 하녀 애덤스를 이쪽으로 불러주시오."

집사는 무표정하게 인사를 하고 방을 나갔다.

"흑장미단에 대해 물어보지 않아도 괜찮아요?"

리암이 궁금증을 참지 못하고 물었다.

"그런데 그 부인의 하녀가……."

경감은 힐끗 리암을 노려보고 홈스에게 자신의 생각을 말했다.

"앨리스 부인의 하녀는 질적으로 안 좋은 함정에 빠졌던 겁니다. 현장에는 도둑의 상징인 카드도 남아 있지 않았고 만약 도둑이 범인이라면 티아라를 훔쳐갔을 겁니다. 이번 사건은 경험도 적고 머리가 나쁜 자들의 소행이라 봅니다. 예를 들어 집사와 하인이 공모해서 도둑질을 하려다 찰스 씨한테 발견되자 살해한 거죠. 줄사다리는 외부의 공범을 끌어들이기 위한 장치이고 벨은 알리바이를 위해 조작한 것이……."

"어떻게 들릴지 모르겠소만, 근거 없는 선입관은 버리는 게 좋다고 생각하는데……."

홈스가 반론을 제기하자 경감은 양손을 들어 홈스의 말을 가로막았다.

"관찰도, 추리도 좋습니다. 하지만 경험을 무시하는 건 곧

란하지요. 몇 백 건이나 사건을 다루면서 쌓아온 형사의 감도 중요하지 않겠습니까?"

'레스트레이드의 감으로 체포된다면 한심한 범인인데…….' 리암은 탐정에 대한 존경심과는 정반대로 경찰에 강한 불신 감을 느끼며 입술을 쭈볏했다. 경감은 감으로 건방진 아이의 생각을 읽었는지 노골적으로 얼굴을 찡그리며 리암을 노려보 았다.

홈스는 경감의 이야기를 더 이상 반박하지 않고 호두나무 화장 케이스를 들었다. 산호 느낌이 살아 있는 두꺼운 뚜껑 안쪽은 거울이 붙어 있고 화장품 병으로 쓰이는 투박한 자주 색 유리병이 하나, 브러시와 빗 등이 들어 있었다. 안주머니에 서 꺼낸 줄자로 상자 크기를 재고 병뚜껑을 열어 냄새를 맡았 다. 안은 비어 있었다. 그때 하녀가 들어왔다. 밤색 머리의 20 대 중반 정도 된 여자는 창백한 얼굴을 하고 주저주저하며 방 으로 들어왔다.

셜록 홈스는 평소에 여성을 대할 때 무례하다 싶을 정도로 직실직이었지만, 필요힐 때는 부드리운 대도를 보이기도 했다. 지금도 온화한 눈길과 소탈한 대화로 상대의 마음을 풀어주 었다.

하녀는 어제 처음으로 이 방에서 사이펀 커피 추출기와 상 자를 보았다고 했다.

"두 개 모두 마님이 외출하기 전에도 방에 있었어요. 그냥 내버려두라는 지시도 있었고 그다지 관심 있게 보진 않았어요. 고쳐야 할 드레스 때문에 바빠서……. 종잇조각이 없었던 건 확실하지만 용기에 물이 얼마나 들어 있었는지는 기억나지 않아요."

"사체 발견 당시를 얘기해줬으면 합니다. 탁자 상태라든가 평소와 다른 점이 있다면 작은 것이라도 좋으니 말해주시오."

"특별히 변한 건……."

하녀는 우물거리다 재촉하는 홈스의 눈빛을 보고 탁자 옆으로 다가와 대답했다.

"탁자 위가 조금 젖어 있었어요. 물을 흘린 것처럼. 그래서 종잇조각이 덕지덕지 달라붙었죠."

홈스는 예상한 듯 생선을 잡아먹은 고양이처럼 눈을 지그시 뜨고 고개를 끄덕거렸다. 그리고 침대 밑에서 발견한 호두나무로 만든 화장 케이스를 그녀에게 보여주었다.

"이게 부인의 물건인가요?"

"아니요……. 전 본 적도 없어요. 보통 사용하는 물건들은 화장대에 놓아 둬요."

하녀가 화장대에서 또 다른 화장 케이스를 가져왔다. 상아 세공 케이스의 뚜껑을 열자 라벤다 향이 은은하게 퍼졌다. 안은 산호 세공을 한 상자와 별다른 점이 없었으나 아름다운 모양을 한 색색가지 병들이 있고, 화장수가 줄어든 정도를 볼 때 이 화장 케이스가 평소에도 사용하는 물건이라는 것을 알 수 있었다.

"이상하다는 생각이 드네요."

긴장은 했지만 또렷한 목소리로 하녀는 사건 당일 밤 일을 이야기하기 시작했다.

"마님이 돌아오시기 전이라 방 안에는 아무도 없었을 텐데 벨이 울려서……."

"시간은?"

"10시 40분경이에요. 폴이 불을 확인하고 온 뒤 피곤해서 자기 방으로 돌아가 쉰다고 말하며 하인들 홀을 나간 직후였어요. 저는 마님이 돌아오시기 전까지 쉴 수 없기 때문에 그때 시계를 봤어요. 분명히요."

"부인이 돌아오지 않은 걸 알면서 벨 소리가 난다고 방으로 갔나요?"

"벨이 울렸으니까요."

당연한 대답에 홈스는 고개를 끄덕였다. 그때 경감이 끼어들었다.

"벨이 이 방 것이라고 확신할 수 있소? 하루 종일 일에 시달려 모두 지쳐 있었을 텐데…… 잘못 알아들었을 수도 있지 않나요?"

“틀림없었어요. 이상하다고 생각했으니까! 하지만 분명히 7번 방, 마님의 침실이었어요. 근데 그 소리가 좀…… 벨이 울렸을 때 집사인 브라이언 씨도 묘하다고 생각했을 거예요. 눈살을 찡그렸고…….”

홈스의 눈이 예리하게 반짝였다.

“벨이 울렸을 때 집사는 뭘 하고 있었소?”

“하인들 방에서 차를 마시고 있었는데 찬방에서 은그릇이나 닦을까 하고 말했습니다. 마님의 귀가가 늦어지면 집사도 쉴 수가 없어요. 저는 마님 침실로 갔어요. 그런데 방은 잠겨 있고 노크를 해도 아무런 대답이 없었어요. 그때 브라이언 씨가 왔어요. 제가 사정을 설명하자 방 안을 향해 마님을 불러 보고 열쇠 구멍으로 안을 엿보고는…… 저한테도 보라고 했어요. 찰스 도련님이 쓰러져 있는 모습이 보였어요. 브라이언 씨가 열쇠를 가져와서 방 안에 들어가 찰스 도련님의 시신을 발견했어요. 한눈에도 죽었다는 걸 알 수 있었지만 브라이언 씨가 손목을 만져보라고 해서 만져봤어요. 온기는 남아 있었지만 맥은 뛰지 않았어요. 그리고 나서 전 주인님을 부르러 갔어요. 폴한테는 경찰을 불러오게 했죠. 그때는 벌써 저택 전체가 다 알고 난 후였고요. 폴이 경찰을 데리고 오자마자 마님이 돌아오셨어요.”

이어서 하인과 가정부, 유모가 불려와 벨에 관한 내용을 포함해서 지금까지 나온 증인들의 증언을 뒷받침해줬다. 파린토시 부인의 침실 벨이 울린 것은 하인들 방을 나와 복도에 있던 폴이 확인했고 가정부인 바턴 부인도 그 소리는 틀림없이 부인 침실의 벨이라고 했다.

집사와 하인의 공범설은 신빙성이 없었다.

"사체 발견자들을 빼고 고용인들에 대한 조사는 이제부터 차례대로 해보면 알겠지만, 찰스 씨가 벨을 울렸는지 아니면…… 아니, 여기서 자살도 고려 대상에 넣고 다시 검토할 필요가 있을 것 같습니다."

곁눈질로 탐정의 안색을 살피면서 경감이 중얼거렸다.

"하지만 자살이라면 그 티아라는요? 돈을 마련하기 위해 훔치려다 후회하고 마음을 바꿨다? 설마……."

홈스는 경감의 추리에는 관심을 두지 않고 포획물을 궁지에 모는 사냥개의 눈초리로 말했다.

"헨리 파린토시 부인을 불러주시오!"

잠시 후 파린토시 부인이 앨리스 부인과 함께 나타났다. 진보라색 옷을 입고 힘없이 어머니 팔에 기댄 부인은 안색이 좋지 않았고 눈도 부풀어 올라 히스테리 발작을 일으킨다 해도 이상할 것이 없었다.

"이런 곳으로 불러내다니 몰상식하군요!"

앨리스 부인이 항의하자 파린토시 부인이 작은 소리로 제지했다. 의자를 권했으나 서있는 게 괜찮다며 두려운 눈길로 주위를 둘러보았다.

홈스는 파린토시 부인이 어머니와 함께 온 것을 보고 조금 화가 났으나 아무 말도 하지 않았다. 그리고 질문을 하기 시작했다.

"어젯밤 이 방문을 잠그고 외출하셨습니까?"

"아니요. 난 열쇠 같은 거…… 몰라요. 필시 범인이……."

"범인이 열쇠를?"

"몰라요. 난 아무것도 몰라요. 하지만 길에서 이상한 사람하고 마주쳤어요. 분명히 범인일 거예요."

"그렇군요!"

홈스는 노골적인 눈빛으로 부인을 응시했다. 그리고 질문을 바꿨다.

"여기 탁자와 침대 다리를 철사로 묶으셨던데 취향이 특이하시네요."

"그런가요?"

부인은 가시 돋친 목소리로 반문했다. 그러나 맞서듯이 대답한 것은 아니었다. 파랗게 질린 입술을 부르르 떨고 있었고 부어오른 눈도 불안해 보였다.

"그렇게 해두어야 안심할 수 있기 때문에 묶어두었어요. 홈스 씨! 4년 전에 신세를 졌으니 당신의 실력은 아주 잘 알고 있습니다. 그렇지만 가구 위치를 정하는 개인적인 취향까지 신경 쓰시는 이유는 이해하기 어렵네요.”

“그래도 물어봐야만 할 것들이 있군요. 가령 저 사이펀 커피 추출기는 왜 침실에……?”

“언니한테 선물할까 해서요. 찰스한테 빌린 겁니다. 그런데 만지작거리다 용기를 연결하는 관을 망가뜨렸어요. 탁자 얼룩은 관에 남아 있던 물이 흘러 깔아 놓은 종이를 얼룩지게 해서 생긴 걸 거예요.”

“흥미로운 얘기군요. 언니 분하고는 친하게 지내고 있습니까?”

“언니는 파리에 있습니다. 편지를 주고받고 있죠. 이것도 사건과는 관계 없잖아요!”

부인의 말투가 한층 날카로워졌다. 탐정은 아무렇지 않은 듯 다음 질문을 했다.

“여기 화장 케이스는 사용하지 않는 것 같은데……?”

“그것도!”

부인은 질문을 가로막으며 대답했다.

“언니한테 선물할 생각이었는데 필요 없다고 해서 돌려받았어요. 서운한 마음에 침대 밑에 넣어둔 거예요. 언니는 까다로운 구석이 있어서…….”

“그래요, 그래!”

앨리스 부인이 한마디 거들었다.

"빅토리아는 성격이 까다롭죠. 우리 가족은 엄청난 일을 경험했어요."

"어머니!"

파린토시 부인은 책망하듯 소리쳤다.

홈스는 계속 물었다.

"이 상자는 누구 건가요?"

"아이 겁니다. 요사이 밤에 잠을 이룰 수가 없었어요. 그래서 바보 같지만 상자를 가지고 놀면서 기분 전환을 해볼까 시도해봤어요."

"……기분 전환입니까?"

레스트레이드 경감이 신음처럼 말을 흘렸다. 숙녀들의 변덕스러움을 알고는 있지만 이해하기 힘든 모양이었다.

홈스가 물었다.

"수면제 같은 걸 복용합니까?"

"약에 의존하고 싶은 생각은 없어요. 좋지 않은 사례들을 직접 봐왔기 때문에요."

"좋지 않은 사례?"

파린토시 부인 볼에 핏기가 돌아왔다. 그녀는 짧게 대답했다.

"언니요!"

홈스가 고개를 끄덕였다. 얼굴을 아래로 숙일 때 입가에 얄

궂은 미소가 묻어났다. 명석한 탐정은 때때로 냉담하면서도 짓궂은 표정을 띠곤 했다.

레스트레이드 경감은 야릇한 눈초리로 부인과 탐정을 번갈아 보았다. 부인은 불안해하며 설명을 덧붙였다.

"언니는 수면제에 지나치게 의지해서 약 없이는 잠을 잘 수 없는 지경에까지 이르렀어요."

"아, 그래요!"

레스트레이드 경감이 고개를 끄덕였다.

"언니 말인데요……."

홈스가 물으려는데 파린토시 부인이 무엇인가를 말하려는 듯 강한 눈길로 그를 보았다. 결정적인 답이 파리해진 입술에서 튀어나올 것 같았는데…….

파린토시 부인이 눈을 감았다 뜨는 순간, 부인의 몸이 휘청하고 흔들렸다. 앨리스 부인이 짧은 비명을 지르며 옆에 있는 어깨걸이 의자에 딸을 앉혔다.

"신경안정제."

홈스가 무덤덤한 소리로 말하며 화장 케이스 안에서 병을 꺼내주었다.

앨리스 부인이 매서운 눈초리로 노려보며 탐정에게 쏘아붙였다.

"딸아이한테 이 이상의 심문은 무리예요. 자기 침실에서 살인 사건이 벌어져서 엄청나게 충격을 받았어요. 어젯밤에도 잠 한숨 이루지 못했을 텐데!"

앨리스 부인이 몰아붙이는 바람에 조사는 일방적으로 끝 났다. 그녀는 의식을 되찾은 파린토시 부인을 데리고 서둘러 방을 나갔다.

"경감! 화내지 말고 들어주길 바라오!"

홈스가 그답지 않게 저자세로 말문을 열었다. 경계심을 보 이는 레스트레이드 경감에게 홈스가 내놓은 것은 한 장의 카 드였다. 트럼프를 연상시키는 장방형 카드였다. 경감은 카드의 다른 한 면을 보자 바짝 긴장하고 말았다. 백지에 튜더 장미 를 연상시키는 장미 한 송이가 그려져 있었다. 바깥쪽과 안쪽 모두 검은색이었다. 이와 똑같은 흑장미단의 표식이 최근 신 문에 실린 적이 있었다.

경감의 손 언저리를 훔쳐보며 리암이 휘익 휘파람을 불었다.

"흑장미단의 카드다!"

화제의 도둑이 서명처럼 현장에 남긴 흑장미단 문양이 그 려진 카드였다.

"찰스 파린토시 씨 윗도리 주머니에 들어 있었소."

경감은 그렇게 말하는 홈스의 얼굴을 험악한 눈초리로 노 려보았다. 내가 그까짓 것에 속을 것 같은가 하는 표정이었다.

"적당히 해두세요, 홈스 씨! 주머니는 나도 이미 조사했습니다. 안주머니에는 침실 열쇠가……."

"왼쪽 주머니를 찾아봤소. 대부분 오른손잡이여서 왼쪽 주머니를 많이 사용하지. 그 때문인지 당신 부하는 오른쪽 주머니 수색은 잊었던 모양이오. 이 카드는 오른쪽 안주머니에 들어 있었소."

"찰스 씨가 왼손잡이였습니까?"

"손을 보면 그 정도는 알 수 있소. 티아라를 향해 뻗은 손도 왼손 아니오?"

홈스의 지적을 무시하고 경감이 항의했다.

"왜 일찍 그 이야기를 해주지 않았습니까! 진작 알았더라면 그런 심문에 시간을 낭비하기보다 다른 조사를 하는 편이……."

"그렇게 이야기할 거라고 생각했소만 그 사람들을 찬찬히 조사해보고 싶었소. 여기 주인은 사립탐정보다 경시청을 더 믿고 있으니 경감이 반드시 입회했으면 했소."

"인사치레는 됐습니다!"

"물론 인사치레하고 싶은 생각은 없소. 그리고 도둑을 찾아 돌아다니는 것보다 우선은 카드를 면밀히 조사해야 하오."

홈스는 침실을 나와 찰스의 방에 들렀다. 레스트레이드 경감은 안색이 좋지 않았다. 부장을 불러 카드를 맡기고 예전에 두 건의 현장에서 입수한 흑장미단의 카드와 대조해보라고 명령했다.

경감이 하인들을 불러 찰스가 왼손잡이였다는 사실을 확인하는 동안 홈스는 방 안을 수색했다. 책꽂이, 책상, 옷장 안 등을 열심히 찾는 동안 리암의 존재는 깨끗이 잊고 있었다. 욕실 장까지 조사하며 감귤 향기에 살짝 고개를 흔들었다.

홈스가 흥미를 보인 것은 책상 위의 사진첩이었다. 탐정 뒤에서 빼꼼히 얼굴을 내민 리암이 무심결에 한숨을 내쉬었다. 뛰어난 미모의 여인이 은제 사진첩 안에서 웃고 있었다. 깔끔한 채색은 여성의 아름다움을 강조하고 있었다. 여자는 로세티가 그린 그림처럼 우아한 얼굴에 약간 뒤로 몸을 젖히고 몸을 난간에 기대고 있었다.

옷깃에 레이스를 풍성하게 달아놓은 미려한 다갈색 옷을 입고 있었다. 그 옷깃을 장식한 것은 오팔 브로치였다.

"아이린 애들러!"

경감이 옆에서 말했다.

"찰스 씨는 최근 이 미녀 가수한테 푹 빠져 있었던 모양이군요!"

홈스가 사진을 경감에게 건넸다.

"그 여자를 조사해볼 필요가 있소!"

"네?"

"특히 그 오팔 브로치. 사진을 보시오. 그녀가 몸에 치장하고 있잖소!"

"오팔은 많은 사람들이 좋아하니까. 하하하…… 그렇군요. 찰스 씨가 이 여인한테 선물하기 위해 티아라를 훔치려고 했다는……."

경감의 말을 뒤로하고 홈스가 손에 든 것은 옷장 안 깊숙이 넣어둔 지팡이였다. 검은 빛이 도는 참나무로 만든 지팡이였다.

만족스러운 듯 가늘게 눈을 뜬 홈스를 경감이 못마땅한 눈길로 쳐다보았다.

"지팡이가 어때서요?"

"손잡이가 없소!"

"떨어져 나갔겠죠?"

"아니오, 일부러 없앤 것이오……. 당신!"

홈스는 방 한쪽 구석에 조용히 서 있던 하인을 불렀다.

"이 지팡이 기억합니까?"

"네!"

하인은 한눈에 알아보았다.

"찰스 도련님 겁니다. 맞춘 지 얼마 안 된 건데, 사자 모양 손잡이가 달려 있었을 겁니다."

"소재는?"

"은입니다. 묵직하게 만들려고 안에 납을 넣었다고 말씀하셨습니다."

홈스가 고개를 끄덕였다. 그는 찰스의 방에 대한 흥미가 사라졌다는 듯 복도로 나갔다. 리암이 뒤를 따랐다. 그때…….

"놔요! 놓으란 말이에요! 무례한 인간!"

저택 어디선가 고함 소리가 나며 소란스러워졌다. 쿵쾅거리는 발소리가 들리고 젊은 경찰이 계단을 뛰어 내려갔다.

"무슨 일이야?"

레스트레이드 경감의 고함 소리에 경찰 하나가 달려와 부동자세로 서서 대답했다.

"여기 부인이 범행현장에서 발견된 티아라를 가지고 가려 해서 막은 겁니다."

경찰이 말한 '여기 부인'이란 파린토시 부인이었다. 계단을 내려오다가 몸을 빼내 도망치려는 부인을 또 다른 경찰이 저지하며 따라붙고 있었다.

그 경찰은 큼직한 손에 어울리지 않게 보석을 쥐고 있었다. 엉성하게 만들어져 장난감처럼 보이지만 월계관을 본뜬 티아라였다. 백금으로 된 관에 작은 진주가 장식되고 중앙에는 커다란 진주가 박혀 있었다.

"'비너스의 왕관'이다."

모두의 시선이 보석과 신경질적으로 '놔요!'라고 외치는 부인에게 쏠렸다. 리암의 관심은 티아라로 향했다. 앨리스 부인이 자랑스럽게 떠든 오팔을 보고 싶었다. 그러나 솔직히 실망을 금치 못했다. 커다란 돌 중앙에 하트 모양의 빨간 모양이 박혀 있었는데 전체적으로 광택이 흐릿하고 뚜렷하지 못했다.

파린토시 부인은 창백한 얼굴이 상기되어 울부짖었다.

"내 걸 가지러 갔는데 도둑 취급하다니 너무 불쾌해요!"

"적당히 해!"

시끄러운 소리에 달려온 헨리가 흥분된 목소리로 부인을 나무랐다.

"당신은 시동생이 살해됐는데 보석 따위에 정신이 팔려 그러고 있소?"

부인의 볼에 혈기가 돌아왔다.

"이 보석 때문에 비극이 일어났으니까 멀리 떨어뜨려 놔야죠. 찰스 일은 충격적이고 비극이에요! 그렇지만 아이도 생각해야 되잖아요. 만약 또다시 도둑이 보석을 노리고 침입해서 아이한테 무슨 일이라도 생긴다면 당신은 어떻게 하실 거예요?"

"쓸데없는 소리, 집어치워!"

헨리의 목소리는 위압적이었다.

"이 집의 안전은 내가 책임지겠소. 물론 필요한 조치는 취할 거요. 티아라는 은행에 맡길 거야……."

"뭐라고? 그건 곤란해!"

순간 찬물을 끼얹는 듯한 앙칼진 소리가 들려왔다. 앨리스 부인이 계단을 내려오며 가로막고 나섰다.

"'비너스의 왕관'은 조카 캐서린한테 빌려주기로 약속했어. 매리 앤, 너한텐 편지로 알렸지? 캐서린이 황태자 전하를 알현하기로 했는데 그때 꼭 치장하고 싶어한다고."

"그럼 그때 은행에서 꺼내오면 되잖습니까?"

헨리는 화를 내며 경감에게 불쾌감을 표시했다.

"경찰이 범인을 빨리 잡아주면 그럴 필요도 없을 거요."

"노력하고 있습니다."

경감은 경직된 얼굴로 대답했다.

앨리스 부인은 소중한 티아라가 경찰의 손에 들어가 있는 것을 보고 표정이 일그러졌다.

"그렇게 마구 다루지 말아요!"

부인은 일찍이 자신의 머리를 치장했던 티아라에 손을 내밀었다. 경감의 부하는 힐끔 경감을 쳐다보고 눈짓의 의미를 알아들은 듯 티아라를 넘겨주었다.

파린토시 부인은 어머니에게도, 남편에게도 눈길을 주지 않고 조용히 벽에 몸을 기댔다. 허리를 펴고 머리를 들었지만 안색은 굳어있었고 입술은 가늘게 떨렸다. 상당히 불안해 보였다.

소동이 벌어지는 와중에도 홈스는 무심한 얼굴로 검은 가죽 수첩에 무엇인가를 계속 적어나갔다. 잘못 썼는지 찢은 페이지를 수첩과 함께 주머니에 집어넣고 천천히 파린토시 부인에게 다가갔다. 아무리 무뚝뚝한 사람이라도 풀이 죽어 있는 미모의 숙녀에게 동정과 위로의 말을 건넬 것이다. 리암은 호기심 어린 눈길로 부인과 탐정을 살펴보다가 금세 시선을 다른 곳에 빼앗겼다.

"이건 아니야!"

앨리스 부인의 고함 소리가 허공을 갈랐다.

"가짜! 가짜다! 이 오팔은 가짜다!"

작은 비명 소리가 들렸다.

파린토시 부인었다. 창백해진 얼굴에 허연 동공이 열린 채 가보라고 믿었던 티아라를 응시했다. 그러다 스르르 눈이 감기더니 호리호리한 몸이 휘청 흔들리며 옆에 서있던 홈스의 어깨에 쓰러졌다.

자기도 모르게 달려든 리암의 귀에 홈스의 외침이 들렸다.

"이번엔 정말 실신을 했어!"

5. 도시를 달리는 소년 탐정

소란을 틈타 리암은 어른들 틈을 빠져나왔다. 공명심 때문이었다. 요리사 매기에게 정보를 빼내 홈스의 일을 돕고 싶었다. 계단 뒤쪽을 골라 발소리를 죽여 내려갔다.

리암은 도중에 깜짝 놀라 발길을 멈췄다. 여자들이 비밀스럽게 소곤대는 소리가 들려왔기 때문이다. 난간 틈으로 고개를 내밀고 살펴보니 하녀 세 명이 모여 떠도는 소문에 대해 이런저런 대화를 나누고 있었다. 주인의 가족이 살해되었다는 사실에 흥분한 것 같았지만, 살해된 사람이 주인이 아니라 직업을 잃을 염려가 없기 때문인지 심각해 보이지는 않았다.

그중에는 제인 애덤스도 끼여 있었다.

"……난 봤다. 찰스 도련님이 살해된 침실에서 브라이언 씨가 침대 밑에서 뭔가 훔치는 걸……. 손 안에 꼭 쥔 걸로 봐서 아마도…… 보석 같았어!"

"진짜 보석이 없어졌잖아. 너 정말 브라이언 씨가……."

"난 그렇게 말하지 않았어. 단지 본 걸 얘기했을 뿐이야!"

"쓸데없는 소리 하지 마. 좋을 거 하나 없어. 살인사건이 해결되더라도 해고되면 안 되잖아. 릴리처럼 남 일에 덩달아 날뛰다 추천장도 못 받고 쫓겨나면 어쩔 건데!"

"알았어! 난 아무 말도 하지 않은 거야!"

애덤스는 당황해했다.

"아무 말 안 했어. 보지도 않았어!"

"그렇지만 브라이언 씨의 낙담한 모습도 보고는 싶은데."

"왜?"

"릴리는 그 사람 때문에 죽었을지도 몰라. 봐, 오늘 아침 나절에 브라이언 부인한테 잘못 배달된 편지……. 뭔가 의미심장하잖아. 릴리는 죽기 전에 애기 양말을 짜고 있었어. 희망에 부풀어 있는 것 같던 애가 자살이라니……. 그 소식을 들었을 때 얼마나 놀랐는지 몰라. 하지만 남자한테 버림받았다면 이상할 것도 없지."

"그 편지는 공갈용이야! 나도 봤어. 봉투에 '브라운'이라고 쓰여 있었어. 편지 내용이 '릴리 맥라우드의 임신과 죽음에 대하여 책임을 묻는다.'라고 쓰여 있었고. 나중에 '당신은 집사니까 급료도 많잖아요. 이 불쌍한 여자의 죽음에 대한 대가를 지불해주세요'라고."

"근데 누군데? 그것까지 알고 있다면 혹시 이 집 안에 누군
가가……? 그래도 브라이언과 브라운을 혼동하다니 주의력이
부족해."

"발송한 사람은 휴잇 부인이었어. 연락처는 스트랜드 호텔
이고."

홈스에게 보고해야 한다고 생각한 순간 고함 소리가 들려
왔다.

"야, 너! 뭐하는 거야?"

리암은 벌떡 일어났다. 고개를 돌려보니 세 사람이 일제히
그를 쳐다보고 있었다. 어찌할 바를 모르고 망설이는 사이 붙
잡혀버렸다. 계단 아래까지 끌려와 세 여자에게 둘러싸였다.
리암은 변명을 늘어놓았다.

"매기를 만나러 왔어요. 요리사 매기 브라운 씨와 약속한
걸 가져왔는데……."

약속한 물건은 다니엘라 사인이 들어간 손수건이었지만, 리
암에게는 손수건이 없었다. 매기를 만난다면 적당히 거짓말로
달래고 일전의 이야기를 조금 더 들어볼 생각이었다. 또한 방
금 전에 들은 의문의 편지 사건도 파헤칠 생각이었다.

"아, 맞다. 홈스 씨를 불러줘요. 난 그분의 조수라고요."

'이레귤러스'에 대해 설명하기가 귀찮아 조수라고 말해버렸

지만 홈스가 올 동안 은근히 통쾌함을 느꼈다. 언젠가 진짜 탐정이 될 때까지 진짜 명탐정의 최고 조수가 되는 것도 멋진 일이었다.

잠시 후 홈스가 내려왔다. 무심한 표정으로 리암을 내려다 보았다.

"리암! 멋대로 행동하면 곤란하다."

"그래도 엄청난 정보를 들었어요. 집사가 살인 현장에서 뭔가 가져갔대요. 그리고 여자한테서 협박까지 받고 있었대요."

홈스가 눈썹을 치켜세웠다.

매기가 불려왔다. 요리사는 양손을 허리에 대고 유유히 걸어오다가 리암을 가리키면서 눈살을 찌푸렸다.

"이런 거짓말쟁이 녀석. 너 탐정 심부름꾼이었어? 다니엘라 여동생 일자리를 찾는다는 건 새빨간 거짓말이었잖아!"

리암은 배시시 웃었다.

"아, 이런! 그래요, 그건 거짓말이었어요. 하지만 사건을 조사해야만 하는 명확한 이유가 있었다고요."

"사건이 일어나기 전부터 왔었잖아."

"사건의 징조가 있었으니까. 근데 다니엘라하고 아는 사이라는 건 거짓말이 아니에요. 다음번에 손수건 가져다줄게요. 알고 있는 게 있으면 알려줘요. 홈스 씨도 이야기를 듣고 싶어 하시니까!"

매기는 힐끔 탐정을 노려보며 관심 없다는 듯 한 마디 툭 던졌다.

"바빠요!"

"다니엘라 사인은 나도 없지만 대가를 지불해줄 수는 있소."

대가라는 소리를 듣고 매기의 표정이 달라졌다. 이쪽으로 오라는 손짓을 하며 주방으로 갔다. 커다란 가스레인지와 솥이 나란히 걸려있는 주방은 더웠다.

매기는 오븐 안을 확인하고 나서 양파와 소고기 덩어리 그리고 얇게 썬 버섯 등을 늘어놓은 널찍한 탁자로 가 밀방망이로 파이를 밀기 시작했다.

"그런데 질문은요? 누가 할 거죠? 이 아이? 아니면 당신?"

"일전에 이야기했던 부분 다음부터 시작했으면 좋겠소. 리암이 묻는 게 빠르겠지!"

홈스의 말에 리암의 눈이 반짝였다. 매기에게 몸을 내밀고 흥분을 가라앉히며 말문을 열었다.

"저기, 그 이야기를 들려줘봐요! 보석 도둑이 들었다고 했죠!"

"그건 반 년 전 이야기인데……."

"반 년 전?"

"듣고 싶지 않으면 말아요."

"일단 들어볼까! 말해봐요."

리암이 재촉하자 홈스도 거들었다.

"꼭 들었으면 하오!"

홈스의 손 안에서 금색으로 빛나는 동전을 발견하는 순간 매기의 입에서 술술 이야기가 나왔다.

"부인의 보석을 도둑맞은 적이 있어요. 반지라든가 하트 핀 등 작은 것들이긴 해도 나름대로 돈이 될 만한 것들이었어요. 저택에서 일하는 사람들 짓이라는 말이 있었는데 곧 릴리라는 젊은 하녀가 도둑질하는 현장을 들켜 쫓겨났어요. 그런데 그 여자는 며칠 후 한숨의 다리에서 투신자살했어요. 네, 그래요. 워털루 다리!"

"릴리라면 협박 편지를 쓴……?"

"소식 빠르네!"

매기는 질렸다는 듯 어깨를 문질렀다.

"그건 살인하고 관계없소."

"집사한테 온 편지였어요!"

"브라이언을 브라운이라고 잘못 쓴 거죠. 아니면 처음부터 이름을 잘못 알아들은 것일 수도 있고요. 글자가 번져 있어서……."

"봉투와 편지는 어떻게 했소?"

"버릴 생각이었는데 수다쟁이 하녀가 브라이언 씨한테 말해서 두 개 다 뺏겼어요. 난 아무것도 하지 않았는데 미움만 사고…… 더 이상 얽히는 건 귀찮아요."

"하나만 더 물어보겠소. 하녀가 도둑질하는 장면을 목격한 사람은?"

"찰스 도련님이요. 그래서 브라이언 씨가 도련님 방을 뒤져서 증거를 잡아냈어요."

"그렇군!"

홈스는 탁자 끝자락에 손을 얹어 놓았다. 손을 치우자 5소블린짜리 금화가 나타났다. 요리사가 밀가루가 잔뜩 묻은 손을 뺐을 때 탐정은 이미 주방을 나간 후였다. 리암은 서둘러 홈스의 뒤를 따랐다. 계단을 올라 현관홀로 향하는데 계단 아래쪽에 집사가 기다리고 있었다. 그는 홈스에게 모자와 지팡이를 내밀었다.

"브라이언 씨! 사람들이 말하는 편지는 어떻게 했습니까?"

홈스는 날씨 얘기하듯 가볍게 말을 건넸다. 집사는 여전히 무표정하게 홈스의 얼굴을 보며 대답했다.

"무슨 편지를 말하는지요?"

"실수로 브라운이라는 이름으로 온 편지요?"

"전 전혀 모르는 편지입니다. 장난이라 생각하고 불태워 버렸습니다."

"장난이 계속되면 알려주시오."

"알겠습니다."

집사는 잠깐 머뭇거리다 부자연스럽게 대답했다.

"그리고 또 한 가지, 애덤스가 당신이 현장에서 뭔가 주웠다고 하던데?"

"그럴 리가요?"

순간 집사의 표정이 일그러졌다.

"애덤스가 잘못 본 거겠지요. 찰스 도련님의 죽음이 너무 충격적이어서 옷에 손을 댄 걸 착각한 걸 겁니다."

"그렇군요. 제정신이 아니었을 테니까."

홈스는 자연스럽게 미소를 지어 보이고 발길을 돌렸다. 리암은 잰걸음으로 걷는 홈스의 뒤를 뛰어서 따라갔다.

집사의 무표정을 능가하는 탐정의 포커페이스는 옆에서 봐도 속마음을 전혀 읽을 수가 없었다. 한 가지 확실한 것은 그의 머릿속에서 많은 생각이 떠오르고 그 생각들을 바탕으로 한 분석, 계산, 추리가 이어지고 있을 거라는 점이었다.

리암은 단호하게 홈스에게 말했다.

"홈스 씨! 조사할 게 있으면 말씀해주세요. 전 '이레귤러스'의 전령이잖아요."

홈스는 리암을 슬쩍 보더니 고개를 흔들었다.

"아니, 지금은 아니다. 아직 너희 힘이 필요하진 않다."

"자, 그럼……."

리암은 피식 웃으며 자신의 얼굴을 가리켰다.

"제가 할 수 있는 일은요?"

"그렇군!"

홈스는 무표정하게 말했다.

"집에 돌아가서 쉬어라!"

"아니, 어떻게…… 전 목격자라 도둑을 잡기 위해서 꼭 필요한 사람일 텐데요."

리암이 불만 섞인 투로 대꾸하자 홈스는 더 이상 말하지 않았다.

"심부름 값이다!"

홈스는 주머니에서 1실링짜리 은화를 꺼내 건네주고 집 앞길을 조사하기 시작했다. 리암은 머릿속에서 이미 지운 듯 말 걸 틈도 주지 않았다.

리암은 혀를 찼다. 은화를 받은 건 좋았지만 그것보다 수사에 동참하고 싶은 마음이 더 컸다.

리암은 스트랜드 호텔에 가보기로 했다. 집사인 존 브라이언에게 의문의 편지를 전한 휴잇 부인을 만나 보고 싶었다. 그러나 주위를 어슬렁거리다 안내인에게 쫓겨나고 말았다.

"신경질 나!"

리암은 호텔에서 조금 떨어진 곳에서 안내인을 향해 투덜댔다. 어떻게 해서든 호텔 안으로 들어갈 궁리를 하다가 좋은 방법을 떠올렸다.

"카트라이트다!"

알렉스 카트라이트는 리암과 같은 또래의 소꿉친구로 '이레귤러스' 멤버이기도 했다. 3개월 전쯤 홈스가 해결한 사건에서 활약을 펼쳐 런던 배송 회사에서 일하게 되었다.

리젠트가에 있는 사무실로 가 끈질기게 기다리자 정오를 알리는 종이 울리고 얼마 지나지 않아 카트라이트가 일을 마치고 나왔다. 총명하게 생긴 금발의 소년으로 리암보다 머리 하나쯤 더 크고 배송 회사의 제복을 입고 있는 탓에 나이가 더 들어 보였다. 지배인의 실수로 회사 측에는 실제 나이보다 더 많은 열네 살로 등록되어 있지만 이를 의심할 사람은 없었다.

카트라이트는 리암을 보자 반가운 얼굴로 달려왔다.

"리암! 오랜만이다. 어떻게 지내니?"

"똑같지. 너는?"

"열심히 일하고 있지."

카트라이트는 자신에 찬 몸짓을 했다.

"실은 부탁이 있어!"

리암은 본론부터 말했다. 찰스의 죽음에 대해 간단히 설명한 후 휴잇 부인의 일을 마치 사건과 관계있는 것처럼 과장해서 떠들었다.

"스트랜드 호텔에 잠입해 들어가기 위해서는 안내인의 눈을 속여야 되거든. 그래서 네 제복을 빌려줬으면 해.”

“안 돼!”

“왜? 잠깐이면 돼!”

카트라이트는 단호하게 고개를 가로저었다.

“안 돼, 리암! 이 제복은 신뢰 그 자체를 의미해. 고객들의 신뢰를 배신할 순 없어.”

“안 들키면 되잖아. 잘할 수 있어.”

“들키면 어떡해?”

“실수 안 한다니까!”

리암은 끈질기게 물고 늘어졌다.

“안 빌려주면 네 실제 나이 말해버릴 거다. 나하고 똑같잖아! 승진에 지장 있을걸!”

카트라이트의 안색이 굳어졌다.

“정말, 치사하다!”

“누가 할 소리!”

리암이 소리쳤다. 카트라이트를 설득하기 위해 홈스 이름까지 들먹였다.

“홈스 씨 수사를 위해서야. 네가 이 일을 할 수 있는 것도 홈스 씨 덕분이잖아.”

“홈스 씨를 위해서라고…….”

카트라이트는 순진한 얼굴로 망설이는 표정을 지었다. 잠시 후 투덜거리며 말했다.

"30분이다!"

"그래, 딴 데 가서 옷 갈아입자!"

둘은 나란히 스트랜드 호텔을 향해 걸어갔다.

카트라이트는 입을 꾹 다문 채 성큼성큼 앞으로 걸어갔다. 어색한 침묵은 리암의 수다마저 잠재웠다. 친구의 뒤를 따라 걷는 사이 리암은 머릿속이 맑아졌다.

휴잇 부인이 머무는 객실에 대한 조사는 홈스에게 지시 받은 일이 아니었다. 찰스의 죽음과 전혀 상관없을 수도 있었다. 스트랜드 호텔에 들어가는 일은 리암의 호기심과 안내인에 대한 반감 때문이었다. 리암은 사사로운 일 때문에 열심히 일하는 친구를 방해하려고 하고 있었다.

한심하기보다는 비겁했다. 우스운 짓이었다. 리암은 아버지의 얼굴을 떠올렸다. 아버지가 안다면 화를 낼 것이다. 맞을지도 모른다. 좀처럼 손찌검을 하지 않지만 심한 잘못을 했을 때는 때리기도 했다. 가령 자신을 지키기 위해 거짓말을 할 경우 또는 여자 아이를 놀려서 울게 할 경우, 동네 어른을 속였을 때가 그랬다. 아마 친구를 배신했을 때도 그럴 것이다.

내리막길을 가는데도 발걸음은 점점 무거워졌다. 결국 리암은 발걸음을 멈추고 말았다.

"역시 안 되겠다."

리암은 괜히 땅바닥을 걷어차며 기어들어가는 소리로 입을
열었다.

"미안해! 협박해서."

"뭐야, 갑자기?"

카트라이트는 인상을 찡그리며 양손을 허리에 댔다.

"홈스 씨를 위해서 해야 한다며?"

"하지만…… 홈스 씨한테 지시 받은 일은 아니야. 그 여자
가 사건에 관계 있는지도 정확하지 않아. 단지 조사해보고 싶
은 생각이 들었을 뿐이야. 다른 방법을 연구해볼게. 네 나이는
고자질 안 할 거야."

리암이 진지하게 말했지만 카트라이트는 화를 냈다.

"지금 뭐하는 거야. 리암 너……. 울지 마!"

"울기는!"

"어렸을 땐 울보였잖아!"

"지금은 아니야!"

"그리고 넌 생각하기 전에 말부터 꺼내는 습관이 있어. 제
발 그것 좀 고쳐!"

"걱정 마!"

크게 소리 내어 웃는 카트라이트의 눈가에 따스한 정감이
돌았다.

"근데, 무슨 사건이야? 아까 이야기는 너무 대충대충이어서

잘 못 알아들었어. 자세하게 말해봐."

"그럼, 내가 흑장미단과 마주친 시점부터 얘기할까?"

"흑장미단? 진짜야?"

"진짠지 아닌지는 아직 모르지만."

어제 파린토시 저택에 들어갔을 때부터 시작해서 얼마 전 홈스와 헤어지기까지 사건의 전말을 카트라이트에게 들려주었다.

"의문투성이네. 밀실의 벨, 사라진 오팔, 그리고 네가 길에서 본 단검에 대한 얘기도……."

카트라이트는 똘망똘망한 두 눈을 깜빡였다.

"아니, 상식적으로 밀실에서 어떻게 살인사건이 일어날 수 있냐? 그건 자살이야. 빌린 돈이 있다며…… 분명히 시체를 빨리 찾게 하려고 찰스가 스스로 벨을 누른 거야."

"부서진 금고에서 꺼낸 티아라는 어떻게 된 거야? 오팔도 가짜하고 바꿔치기가 되어 있었어. 그건 어떻게 된 거고?"

"가짜를 가져다 둔 거지. 자살이 들통 나지 않도록."

"그게 사실이라면 위장 공작이잖아."

"너라는 놈은 멍한 데가 있으면서도 별말을 다 안다."

"넌 똑똑한 척하면서 말귀도 제대로 못 알아들을 때가 많아."

두 사람은 동시에 얼굴을 맞대고 웃었다. 방금 전의 어색한 분위기는 씻은 듯이 사라지고 없었다.

"재미있겠네. 너 직접 수사를 해보고 싶은 거지?"

리암의 꿈을 알고 있는 친구는 잠시 생각하다 눈을 찡긋하며 웃었다.

"좋은 생각이 있어. 잠깐만 기다려!"

카트라이트는 사무실에 들어가 자신의 윗도리와 새 셔츠를 들고 나왔다.

"휴식 시간을 받았어. 윌슨 지배인이 홈스 씨한테 신세를 진 적이 있거든. 그래서 홈스 씨 일이라고 하면 어느 정도는 봐줘."

카트라이트는 리암에게 계략을 일러주었다.

"내가 회사 일이라 하고 안내인의 주의를 빼앗으면서 휴잇 부인 일도 물어볼게. 넌 그 틈을 타서 안으로 들어가. 10분쯤 지나서 내가 호텔 안으로 들어갈게. 난 일전에 일 때문에 들어가 봐서 아는데 호텔 안에 작은 손수레가 있어. 그걸 방 앞으로 가져갈 테니까 넌 시트를 덮어쓰고 거기에 타. 내가 그걸 밖으로 밀고 나오면 되니까. 누군가가 물으면 손님한테 부탁받았다고 할게. 우선 깨끗한 셔츠를 입어. 작업용 셔츠도 갖고 왔으니까. 이 정도면 호텔 안에서도 이상하게 볼 사람 없을 거야. 얼굴은 좀 닦는 게 좋겠다."

의기투합한 두 사람은 승합마차를 타고 스트랜드 호텔로 향했다.

'이레귤러스'의 멤버가 되기 전부터 둘은 콤비를 이루어 장난을 치곤했다. 그래서인지 호흡이 척척 맞았다.

카트라이트는 안내인에게서 휴잇 부인이 방을 비웠다는 이야기를 듣고 리암에게 신호를 보냈다. 6호실이라는 방 번호도 손가락으로 알려주었다. 카트라이트가 안내인과 그럴듯한 표정으로 이야기하고 있는 사이 리암은 호텔 안으로 들어갔다.

이제부터는 리암의 순발력과 임기응변에 달렸다. 휴잇 부인의 방을 찾아 방문을 핀으로 열고 재빨리 안으로 들어갔다. 거실과 침실로 이어진 방 안은 밝은 벽지, 중후한 가구와 깔끔한 분위기가 돋보였다.

꾸물대고 있을 시간이 없었다. 리암은 먼저 책상 쪽으로 갔다. 잘 정돈된 책상 위에는 이렇다 할 증거가 보이지 않았다. 텅 빈 서랍 안에 작은 사진이 남아 있었다. 아직 스무 살이 채 안 된 젊은 하녀의 사진이었다. 검은 옷에 하얀 앞치마와 모자를 쓰고 있었다. 그녀만의 독사진이 아니라 여럿이 찍은 사진을 잘라낸 것으로 직사각형 모양이었다. 뒤를 보니 이름과 글귀가 남아 있었다.

"존에게 릴리로부터, 사랑을 담아서."

리암은 옷장을 조사했다. 잘 정돈해 놓은 서랍 안쪽에 지갑과 봉투가 숨겨져 있었다.

"와!"

지갑 안을 들여다본 순간, 리암은 자신도 모르게 소리를 질렀다.

들여다보니 안에는 금화가 가득 들어 있었다. 봉투에는 고액 지폐 다발이 들어 있었다.

"공갈이라는 건 이렇게나 돈 벌이가 좋군."

묵직한 지갑의 감촉이 기분 좋아 좀처럼 손에서 놓을 수가 없었다. 이대로 주머니에 넣고 싶었다. 끓어오르는 욕구를 억누르고 지갑을 제자리에 넣고 서랍을 닫았다.

"왓슨 선생님하고 약속했으니까!"

스스로에게 다짐하며 리암은 허리를 쭉 폈다. 긴 의자에 아무렇게나 놓여 있는 나무상자에 시선이 갔다.

뚜껑을 열어보고 리암은 눈이 휘둥그레졌다. 안에는 어디선가 본 물건들이 들어 있었다. 사이펀 커피 추출기와 상자. 둘 다 파린토시 부인 침실에서 본 것들이었다.

천칭식 사이펀은 관이 떨어져 있었고 상자의 색과 형태도 똑같았다. 산호가 박힌 화장 케이스는 뚜껑에 은으로 만든 사자 머리가 달려 있었다. 옆으로 돌리자 케이스가 열리는가 싶더니 다시 달라붙었다. 자석이 쇠붙이를 끌어당기는 느낌이었다. 화장 케이스 뚜껑을 열자 갈색의 유리병이 눈에 들어왔다. 파린토시 부인의 화장 케이스에 들어 있었던 병과 달리 라벨이 붙어 있어 약품 병처럼 보였다. 손에 집어 들고 라벨을 확인하려는 순간 복도 쪽 문이 움직였다.

방 주인이 돌아온 것이다.

'카트라이트 녀석, 휴잇 부인이 돌아오면 알려주기로 했는데…….' 리암은 속으로 중얼거리며 옆 방 침실로 재빨리 들어갔다. 문 닫을 틈이 없었다. 순식간에 팔걸이의자 뒤로 몸을 숨겼지만, 휴잇 부인이 침실에 들어온다면 대충 둘러봐도 금방 들킬 것 같았다.

두근두근하는 긴장감이 온몸을 훑고 지나갔다. 고동 소리가 너무 커서 목구멍으로 소리가 새어나올 지경이었다. 그래도 리암은 눈을 크게 뜨고 의자 뒤에서 얼굴을 내밀고 브라운 부인의 얼굴을 확인하려고 했다.

방에 들어 온 사람은 하나가 아니었다. 베일로 얼굴을 가린 상복 입은 여자와 노동자처럼 체격이 좋은 중키의 남자가 보였다. 두 사람 모두 리암에게 등을 돌리고 있어서 얼굴을 알아볼 수 없는 것이 안타까웠다. 물론 얼굴을 돌리면 곧바로 발각될 것이다.

리암은 네 발로 기어서 살살 뒤로 물러나 엉덩이부터 침대 밑으로 숨어 들어갔다. 머리까지 다 들어갔을 때는 온몸이 땀으로 흠뻑 젖어 있었다. 몸을 감추고 숨을 죽이며 눈만 크게 뜬 채 주위를 살폈다. 그러나 별다른 것을 발견할 수 없었다. 잠시 뒤 두 사람이 침실로 들어왔다. 검은 치맛자락과 그다지 비싸 보이지 않는 남자 바지 그리고 가죽구두가 침대 앞을 천천히 지나갔다.

리암은 상복 입은 여자가 휴잇 부인이라고 생각하다 목소리를 듣는 순간 깜짝 놀랐다. 파린토시 부인이었다.

"대체 무슨 일을 꾸미고 있는 거야?"

불안해하며 부인이 물었다.

"설마 살인과 관련되어 있는 건 아니겠지?"

남자가 웃는 듯했다. 헛기침하는 소리가 들려왔다.

파린토시 부인이 애원하듯 말을 이었다.

"나도 좀 생각해줘. 그 위험한 일을 지금껏 열심히 했잖아. 남편이 알게 되면 어쩌지? 어머니조차도 용서하지 않을 거야! 이렇게 빠져 나오는 일이 얼마나 힘든지나 알아?"

남자는 천천히 침대를 돌아 옷장 문을 열었다. 안에서 외투를 꺼내는 듯했다. 그러고는 침실에서 볼일을 마쳤는지 다시 옆방으로 갔다. 파린토시 부인도 뒤를 따랐다.

문이 닫히자 말소리가 잘 들리지 않아서 리암은 침대에서 기어 나왔다. 문에 귀를 가까이 댔다.

"매리 앤!"

여자의 교태 섞인 목소리가 들려왔다.

이건 휴잇 부인의 목소리일까? 그렇다면 방에 세 명이 있단 말이야? 리암의 양미간에 주름이 잡혔다.

“난 걱정하지 마. 내가 맡은 일은 잘 처리할 테니.”

“하지만 이렇게 무서울 줄 몰랐어. 그만 손을 떼고 싶어. 부탁이야. 그 편지를 돌려줘. 이제 나를 자유롭게 해줘!”

“안 돼. 이번 일이 수습될 때까지는 안 돼.”

“아아, 그래도…… 어머니가 아시면 뭐라고 말씀하실지…….”

“적당히 둘러대면 그뿐이야. 그 여자는 가난한 귀족 가정에 태어나 마찬가지로 가난한 하디가에 시집 와서 명문가라는 환상에 사로잡혀 살아왔어. 그리고 그 환상의 유일한 증거가 공작부인의 티아라지.”

여자는 앙칼지게 웃더니 말을 이어갔다.

“시끄럽게 해봤자 아무것도 해결되지 않아. 너는 할 일을 제대로 한 거야. 제대로 된 주인한테 오팔을 넘겨준 거라고. 안 그래?”

리암은 어리둥절했다.

‘오팔을 넘겨줬다고? 그게 사실이라면 흑장미단은 이 사건과 어떻게 연관되어 있을까?’

“지금 티아라를 보석 가게에 가져가 진위 여부를 감별하는 중이니까 더는 속일 수가 없어.”

“들통 나도 괜찮아. 그보다 그거 가져왔어?”

“여기. 그런데 어쩔 셈이야? 이거…….”

"불쌍한 매리 앤. 너는 모르는 게 좋아. 나한테 맡겨."

여자는 달콤하게 속삭였다. 파린토시 부인도 불평을 늘어놓긴 했지만 남편에게 했던 것보다는 행동이 한결 부드러웠다. 상대가 남자라면 연인 사이로 착각할 정도였다.

"아무튼 아무 말도 하면 안 돼. 이번 일이 탄로 나면 너도 끝장이야. 알았지?"

"난 살인 같은 건 몰랐어. 빅토리아."

리암은 빅토리아라는 이름을 뇌리에 새겼다. 최근에 같은 이름을 들은 적이 있었다. 파린토시 부인의 언니 이름이었다. 흔히 있을 법한 이름이지만 어쩌면⋯⋯.

"그런 건 안 통해."

빅토리아는 단호하게 말하며 파린토시 부인의 입을 다물게 하고 다시 부드럽게 타일렀다.

"이제 돌아가. 집사의 동향을 잘 살펴. 그리고 걱정은 마. 내가 적당히 처리할 테니."

다행히도 파린토시 부인과 일행은 리암이 있다는 걸 알아차리지 못하고 방에서 나갔다. 안타깝게도 그들은 화장 케이스와 상자가 든 나무상자를 가지고 갔다. 그것들을 보다 철저히 조사했더라면 사건의 실마리를 찾아낼 수 있었을지도 모를 일이었다. 큰 수확이 아닐 수 없었다.

호텔에서 빠져 나온 후, 둘은 스트랜드 거리를 총총 걸음으로 걸으며 서로의 정보를 교환했다.

리암이 물었다.

"복도에서 봤지? 나온 사람들은 누구였니?"

"상복을 입은 귀부인 같은 여자와 허름한 복장의 남자였어. 남자는 여자의 마부거나 하인 같아 보이던데."

"또 한 사람 있었지?"

"아니, 방에 들어간 사람도, 나온 사람도 둘 뿐이었어."

"그럴 리가 없어. 방에는 세 명이 있었어. 남자 하나에 여자 둘."

"아니야, 둘이었어."

카트라이트는 손가락 둘을 들어 보였다.

"휴잇 부인은 옷차림이 화려한 중년 여인이라고 안내인한테 들었는데, 상복 입은 젊은 여자는 옷차림이 화려하지 않더라. 그래서 너한테 못 알려줬어."

"그 여자는 파린토시 부인이야. 그런데 놀라지 마라. 오팔을 가짜와 바꿔치기 한 사람은 부인이었어. 찰스 씨의 죽음에 대해서도 뭔가 알고 있는 듯했고."

"협박을 받았단 말이야?"

"그런 것 같기도 하고, 그렇지 않은 것 같기도 하고……. 의문의 여자한테는 부드럽게 대하더라. 남자는 아무 말도 안 해서 잘 모르겠지만."

"의문의 여자는 처음부터 방에 있었고 네가 나온 후에도 방에 남아있다는 얘기가 되네."

둘은 얼굴을 맞대고 생각에 잠겼다. 하지만 의문의 여자에 대해 논리적으로 설명할 수가 없었다.

"홈스 씨한테 보고해야겠다."

"그래!"

리암은 일을 하러가는 카트라이트와 헤어져 베이커가로 향했다. 하지만 탐정은 외출 중이었고 아무리 기다려도 돌아올 기미가 보이지 않았다.

연방 하품을 하던 리암은 선 채로 잠이 들었다. 어젯밤에도 잠을 자지 못해서 지쳐 있었다. 한숨 자고 나서 다시 움직이기로 하고 리암은 일단 화이트채플로 돌아가기로 했다. 방에 돌아오자마자 침대에 쓰러졌다. 하품이 나오며 눈꺼풀이 스르르 감겼다. 리암은 깊은 잠에 빠져들었다.

"일어나라, 개구장이!"

리암은 잠이 덜 깨 눈을 비비며 몸을 일으켰다. 벌써 해가 져서 어두운 방 안에는 촛불이 켜져 있었다.

아버지가 돌아와 있었다. 침대 위에 낡은 가방을 올려놓고 옷과 소지품들을 옆에 아무렇게나 던져놓았다. 무슨 일이 있었나 하며 고개를 갸웃거리면서도 깊이 생각하지는 않았다. 리암의 머릿속은 사건에 대한 생각으로 가득 차 있었다. 스트랜드 호텔에서의 일을 한시라도 빨리 홈스에게 보고하고 싶었다.

침대에서 기어 나와 추위에 몸을 부르르 떠는 순간, 불현듯 탐정이 아버지 일로 무슨 말인가 하려던 게 생각이 났다.

"아버지! 홈스 씨하고 아는 사이야? 홈스 씨가 아버지에 대해 이야기해서……"

"홈스가 나를?"

마이클이 힐끗 고개를 돌렸다. 험악한 눈초리로 리암을 보며 날카롭게 물었다.

"무슨 말을 했는데?"

"중간에 무슨 일이 있어서 듣지는 못했는데……"

아버지의 표정이 굳어지는 걸 보고 리암은 제멋대로 해석했다.

"소매치기로 잡힐까봐 그래? 그런 일로 아버지를 잡아넣을 사람은 아니야. 걱정 마!"

"네 멋대로 지껄이지 마라."

마이클은 아들을 노려보다가 이내 안색을 바꾸어 큰 소리로 웃었다.

"그것보다 리암! 신천지 얘기를 하자!"

"신천지?"

어젯밤에 했던 미국행에 대한 이야기가 어렴풋이 떠오르기 시작했다. 그 때는 미국에 가자는 게 아버지의 본심은 아닐 거라고 생각했었다.

"무슨 말이야? 그건 농담이라며……."

"네가 떠들어댈까봐 그랬지. 거짓말도 때로는 필요해. 그렇게라도 말하지 않으면 밤사이 우리가 런던을 떠날 거라고 주위에 모두 알려버렸을 거 아니니!"

리암은 허풍 떠는 아버지를 흘겨보았다.

"빌린 돈 때문에 그러는 거야?"

"글쎄!"

"미국까지 갈 필요는 없잖아. 돈 같은 거 아버지가 제대로 손기술 한번 쓰면 도망가지 않고도 얼마든지 갚을 수 있잖아. 지금까지 그렇게……."

"들어봐."

이 한 마디는 무쇠처럼 묵직하게 리암의 말을 가로막았다. 술에 취해 헝클어진 모습은 사라지고 자세를 바로 한 마이클의 눈길이 깊은 웅덩이처럼 어두웠다.

"세상에는 갚을 수 없는 돈도 있단다. 잘 기억해 둬라. 그리고 그런 빚은 지는 게 아니야."

"……도대체 얼마나 빌렸길래?"

"얼마를 빌린 지는 그다지 중요하지 않아. 문제는 누구한테 빌렸는가지."

마이클의 목소리는 음울하게 떨렸다.

"이런 나라에 있어봐야 좋을 게 없어. 미국이야말로 진정으로 자유로운 나라야. 외국이라고 해도 같은 영어를 쓰고, 그곳에는 네 친척들도 있어. 지금보다 훨씬 편안한 생활을 하게 해주마. 나도 인생을 바꿀 거란다. 술도 끊고 열심히 일할 거야. 그러니……."

"난 안 가!"

리암은 소리쳤다.

마이클의 표정이 굳어졌다.

"뭐가 불만이니? 말해봐. 아니, 말하지 않아도 좋다. 넌 나와 함께 간다. 넌 내 아들이니까."

"뭐야, 항상 술에 취해 일도 제대로 안 하면서. 아버지 행세만 하고!"

마이클은 깊은 숨을 들이마시며 침묵에 잠겼다. 혼날 거라 생각하고 바싹 긴장했는데 아버지가 아무런 반응을 보이지 않으니 맥이 풀렸다. 리암은 쓰디쓴 약을 마신 듯 인상을 찌푸리는 아버지를 무섭게 노려보았다.

"난 런던에서 홈스 씨한테 탐정 일을 배워서 훌륭한 탐정이 될 거야."

"탐정이라고? 바보 같은 소리 마라! 이 멍청아!"

마이클은 갑자기 화를 냈다.

"그깟 셜록 홈스가 뭔데! 나라의 개! 경찰의 앞잡이가 내 아들을 망치고 있어!"

"홈스 씨를 헐뜯지 마!"

리암 역시 이마에 핏대를 세웠다. 그 누구보다도 아버지가 셜록 홈스를 욕하는 게 듣기 싫었다.

"알겠니? 넌 나하고 같이 가는 거야."

마이클은 무서운 얼굴로 되뇌며 리암의 어깨를 꽉 잡고 놓지 않았다.

"이거 놔!"

흥분한 리암은 잡은 어깨를 놓지 않는 아버지의 손을 물어 버렸다.

"무슨 짓이야!"

마이클은 온 힘을 다해 리암을 밀어냈다. 리암은 벽까지 날아가 툭 소리를 내며 바닥에 떨어졌다. 리암은 눈을 부라리고 마이클을 노려보았다. 그리고는 몸을 일으켜 멍하니 서 있는 아버지 앞을 지나 삐걱거리는 문을 발로 차 열고 복도로 뛰어나갔다.

"리암!"

리암은 계단 난간에서 다시 어깨를 붙잡혔다.

"리암! 기다려. 널 위해서야."

"아버지가 날 위해 한 게 뭐가 있어!"

리암이 절규했다.

'……배짱도 없는 사람!'

불현듯 어머니의 목소리가 뇌리에 스쳤다.

부부싸움 풍경일까! 지금까지 생각해본 적이 없건만 성난 어머니 목소리가 마치 어제 일처럼 떠올랐다.

'……나를 소중하게 생각하는 건 당신의 체면 때문이야. 당신은 날 진정으로 사랑하지 않아. 늘 진심으로 싸우지 않잖아.'

"아버지는 진심으로 싸우지 않았어!"

리암이 던진 한 마디에 마이클의 얼굴이 하얗게 질렸다. 마치 얻어맞은 것처럼 몸이 휘청하며 손에서 힘이 빠져나갔다. 그 틈을 타 리암은 몸을 빼내 단번에 계단을 달려 내려갔다.

"바보! 멍청이! 술주정뱅이!"

꼬불꼬불한 골목길을 달리며 리암은 아버지를 원망했다.

"뭐야! 가려거든 아버지 혼자 가면 되잖아!"

리암은 반항적으로 쏟아낸 말을 자신의 가슴에 새기려는 듯 반복했디.

"그래, 나는 홈스 씨처럼 탐정이 될 거야. 아버지처럼 아무 쓸모도 없는 술주정뱅이가 아니라……."

스스로를 격려하기 위한 외침이었지만 가슴이 아팠다. 마지막 순간에 본 아버지의 일그러진 표정이 떠올랐기 때문이다.

상처 받은 게 분명했다.

마이클 메건은 긍정적인 술주정꾼이라 어떠한 고난이 닥쳐와도 당황하지 않았다. 오히려 곤란한 문제를 즐기는 것처럼 태연하게 맞서 싸웠다.

리암 역시 낙천적인 아버지가 좋았다. 우울해하는 아버지 얼굴은 보고 싶지 않았다. 그렇다고 함께 미국에 가고 싶지도 않았다. 가난을 벗어날 수 없는 곳이긴 했지만, 익숙한 런던을 떠나고 싶지 않았다. 친구들과도 떨어지기 싫었다. 홈스를 도울 수 없게 되는 것도 견딜 수 없었다.

"나도 이제 내 앞가림은 충분히 할 수 있다고!"

리암은 자신에게 힘을 불어넣기 위해 큰 소리로 떠들어댔다.

"흑장미단을 잡아서 보석의 소재를 알아내면 천 파운드를 받을 수 있어! 찰스 씨의 죽음이라는 특종도 잡았으니 홈스 씨는 그 어느 때보다도 많은 보수를 줄 거야. 게다가 다니엘라 누나도 일을 알아봐주겠다고 했어. 극장에서 숙식하며 할 수 있는 일이 있을 수도 있다고!"

리암은 아버지의 낙천적인 성격을 물려받았다. 밝은 미래를 생각하자 침체되어 있던 기분도 한결 좋아졌다.

리암이 자신감에 차 주먹을 쥘 때 '기다려, 리암!' 하고 은방울 굴러가는 듯한 소리가 울려 퍼졌다.

리암은 흠칫 뒤를 돌아보았다. 탁한 가스등 불빛 아래로 하얀 그림자가 망령처럼 불쑥 나타났다. 이브였다. 이브는 음식점 앞에 나란히 놓아둔 나무통 위에 올라가 있었다. 작은 머리가 흔들거리고 있었지만 목소리는 흔들림 없이 계속 이어졌다.

"너 말이야! 네 아빠 말씀대로 하는 게 좋아."

리암은 눈초리를 세웠다. 겨우 마음을 추슬렀는데 순식간에 다시 분노가 치밀고 말았다. 작은 새 같은 소녀에게 분풀이라도 할 듯이 노려보았다.

"이런 데서 뭐하고 있어, 집에 가!"

"싫어."

"혼자 헤매고 다니면 위험해. 보이지도 않는 주제에."

"안 보이는 건 모두 똑같은 거 아니야? 난 네가 보는 걸 볼 수 없지만 네가 보지 못하는 걸 볼 수 있어."

소녀의 작은 얼굴은 진지했고, 보이지 않는 눈은 허공을 응시하고 있었다.

"좋지 않은 일이 다가오고 있어. 두 사람…… 그래, 너하고 너희 아빠가 위험해!"

리암은 한숨을 푹 내쉬며 초조한 듯 제자리걸음을 했다.

"점쟁이 짓은 다른 데 가서 해라!"

"그런 게 아니야. 나는 알 수 있어!"

이브는 리암에게 지지 않고 맞서며 발을 흔들어댔다. 그러다 헐렁한 구두 한 짝이 벗겨져 날아갔다. 그 순간 작은 몸뚱이가 흔들리며 바닥으로 미끄러졌다.

리암은 팔을 뻗어 이브의 몸을 받았다. 엉덩방아를 찧은 리암이 작은 비명을 지르며 일어섰다. 떨어진 모자를 집어 쓰고 이브의 손을 잡아 일으켜 세웠다.

"목뼈라도 부러지면 어쩌려고 그래?"

쫑알대는 가슴 언저리에서 심장이 요동치고 있었다. 하지만 이브는 얄미울 정도로 의젓했다. 리암의 어깨를 밀어내며 양손을 허리에 대고 안 보이는 눈을 깜빡거렸다. 신 내린 사람 같은 느낌은 여전했다.

"도망치지 않으면 안 돼. 빨리 도망치지 않으면 붙잡혀!"

리암은 어이없다는 듯 한숨을 내쉬었다.

"무슨 일인데…… 누구한테서 도망치라고?"

"몰라. 하지만 나쁜 사람이야!"

이브는 착한 아이였다. 그러나 사이좋게 지내기엔 어딘지 모르게 답답했다. 앞을 못 본다는 사실을 알기에 리암은 혓바닥을 내밀며 무시해버렸다.

"걱정할 거 없어. 나쁜 놈이 나타나면 내가 이 손으로 때려 눕힐 테니까."

리암은 자신 있게 큰 소리를 치며 으스대다가 찰싹 뺨을 맞았다. 따귀를 때린 손이 작고 가녀려서 통증은 거의 느낄 수 없었다. 그렇다고 화가 나지 않는 것은 아니었다. 얼굴이 벌

젖게 달아올라 신경질을 부렸다.

"뭐야!"

되받아치지 않은 이유는 여자를 부드럽게 대하라는 아버지의 가르침 때문이었다.

이브는 심각한 표정으로 말을 이었다.

"바보라니까! 일부러 가르쳐줬더니……"

"쓸데없는 걱정이야!"

리암은 점 같은 것에 놀아날 자신이 아니라며 화를 내고는 발길을 돌려 총총걸음으로 자리를 떴다.

남겨진 이브는 리암의 발소리가 멀어져 가는 것을 가만히 듣고 있었다.

"이길 수 없다니까!"

소리를 질러봤지만 발소리는 그치지 않고 점점 멀어져 갔다.

이브는 따라가볼까 생각하다 갑자기 추위와 주위의 소란스러움에 짓눌려 몸을 부르르 떨었다. 언제나 그랬다. 미래를 예지하는 꿈을 꾼 후 얼마 동안은 현실감각이 떨어지지만 아무런 전조도 없이 돌연 현실로 되돌아가고 만다.

"바보 같은 놈!"

이브는 주문처럼 중얼거렸다.

"악마한테 이기려고 하다니……"

6. 안개 속의 방문객들

"뭐야! 아버지는 홈스 씨를 욕하기만 하고!"

시내 한복판에서 리암은 혼자 중얼거렸다. 발길은 여전히 베이커가를 향하고 있었다.

"항상 술에 취해 일도 꾸준하게 하지 못하면서 그럴듯하게 허풍만 치고……"

입만 벌리면 아버지에 대한 원망이 쏟아졌다. 말은 그렇게 하면서도 얼굴은 점차 어두워졌다.

'……너무 지나쳤다!'

마음속으로는 후회하고 있었다.

결코 바람직한 아버지는 아니지만 마이클은 나름대로 열심히 노력하는 편이었다. 아무리 돈이 없어도 리암을 배곯게 하지 않았고 학교에도 보내려고 했다. 술에 취해도 결코 폭력을 쓰지 않았고 형편이 어려운 사람에게는 친절하게 대했다.

"그렇지만!"

리암은 입을 삐죽하며 후회의 감정을 날려버리려 했다.

"내가 잘못한 것도 아니야. 그래도 그렇지 미국에 가는 걸 마음대로 결정하는 게 어딨어! 난 런던 토박이라고. 여기서 경험을 쌓아서 탐정이 될 거야. 내가 신대륙에 갈 거 같아?"

런던에서 셜록 홈스 같은 명탐정의 활동상을 옆에서 지켜보면 탐정이 되는 데 조금이라도 도움이 될 것 같았다. '이레귤러스'라는 특권을 버려야 한다니……. 리암은 생각하기조차 싫었다.

"그래, 좋아. 홈스 씨한테 스트랜드 호텔에서 있었던 일을 보고하는 거야. 운이 좋으면 사무실 긴 의자에서 잘 수 있을지도 몰라."

실현되기 어려운 생각일지언정 추위를 이기는 데는 어느 정도 도움이 되었다.

베이커가에서 리암은 두 사람과 우연히 마주쳤다. 오늘 밤도 짙은 안개가 끼어 몇 발자국 앞에 있는 사람도 알아볼 수 없었다. 게다가 생각에 빠져 있다 보니 두 사람이 옆을 스쳐 지나가는 것도 전혀 몰랐다. 소곤거리는 소리가 들리긴 했으나 특별히 주의를 기울이지 않고 있었다. 그러나 또렷하게 귀에 들어오는 두 단어가 리암의 정신을 번쩍 들게 했다.

"비너스의 왕관!"

말소리는 이렇게 말했다.

찰스 파린토시 살해에 흑장미단이 관련되어 있을지 모른다는 것과 도둑이 오팔 티아라를 훔치려고 했을지도 모른다는 내용을 일부 신문들이 크게 부풀려서 보도한 뒤였다. 행인들의 이야깃거리가 되어도 이상하지 않았다. 그렇지만 신경을 집중해서 들어보니 목소리가 어딘지 귀에 익었다. 말한 사람이 누더기 왕자, 바로 에드워드였다.

"그럼 '비너스의 왕관'은 아직 도난당하지 않은 거네?"

대답한 사람은 밸이었다.

"그게 그렇지만도 않은가봐!"

"똑바로 설명 좀 해봐!"

왕자는 밸에게도 으스댔다. 밸은 차분하게 대답했다.

"똑바로 설명 안 하는 게 아니야! 난 단지 네가 이 사건에서 이제 손을 뗐으면 좋겠어. 셜록 홈스는 위험해. 그 사람이 너에 대해 알면 너뿐 아니라 많은 사람들이 불편하게……."

"주제 넘는 소리. 그만해!"

위압적으로 다그치는 소리가 허공을 갈랐다.

"넌 이야기해야만 해. 약속했잖아. 그 사람을 절대 동지로 생각하지 않고, 나를 배신하지 않겠다고."

"약속은 했지."

뱀이었다.

"그래도 냉정하게 생각해볼 필요가 있어. 이런 일은 너한테 별로 좋을 게 없어. 그러니까 내가 말하잖아. 파린토시 가문의 오팔을 누가 훔쳤는지 상관하지 말라고. 살인도 마찬가지야. 괜히 진흙탕에 빠지는 꼴이 될지도 모른다니까. 네가 상관할 문제가 아니야."

"신문에는 흑장미단이 범인이라고……."

"타블로이드 신문이지. 제대로 된 사람은 믿지 않아. 내버려두면 그만이야. 네가 생각할 건 위트포드 백작 가문의……."

"함부로 그 이름을 입에 올리지 마!"

에드워드가 날카롭게 제지했다. 옅은 한숨과 함께 부드러운 목소리가 이어졌다.

"너는 지나치게 고지식하고 융통성이 없어. 사람들이 너를 별난 녀석이라고 생각해도 이상한 일은 아니지. 설마 일부러 이상한 행동을 한 건 아니지?"

"아니야! 그런 건……."

"알았다. 취소하지. 네가 날 배신한 까닭이 없으니까."

그 이후로는 아무 말도 들리지 않았다.

리암은 걸으면서 구두를 벗고 발소리를 죽여 두 사람에게 접근했다. 좀 더 자세히 이야기를 듣고 싶었다. 더 가까이 접근하려고 할 때였다.

개가 짖었다. '악!' 소리가 절로 나왔다. 안개 속에서 검은 물체가 움직였다. 두 소년의 뒤를 검은 스패니얼 개가 따라붙고 있었다.

개가 호흡을 고르는 게 느껴졌다. 다음 순간 뛰는 듯한 발소리가 들리고 싸늘한 목소리가 명령을 했다.

"호레이쇼, 가자!"

'호레이쇼……?'

무슨 일이 벌어진 것인지 알 수 없었지만, 리암은 그들의 뒤를 쫓았다. 베이커가의 북쪽으로 올라가 지하철역으로 통하는 계단 옆을 빠져나가 일단 걸음을 멈췄다. 거칠게 숨을 몰아쉬며 구두를 벗어 고쳐 신고 두리번거리며 주위를 살폈다.

놓쳤다고 생각했을 때, 역으로 내려가는 계단 쪽에서 발소리가 들렸다. 절대 놓칠 수 없다고 다짐하며 리암은 안개 속에 희미하게 보이는 검은 구멍으로 뛰어들려고 했다.

"이쪽이다."

뒤쪽에서 들린 소리에 발길이 멈칫했다.

'밸이다!'

"이쪽이야!"

"밸! 움직이지 마라!"

리암이 소리 나는 쪽을 향해 외치며 몸을 돌렸다.

"이쪽이다. 리암!"

안개 속에서 추격전이 벌어졌다. 밸은 리암의 이름을 부르며 가볍게 뛰어갔다. 어느 순간인가 리암은 인기척이 드문 곳에 다다라 있었다.

밸이 길 한구석 가스등 바로 아래에 모습을 드러내고 서 있었다. 검은색 외투를 걸치고 가느다란 지팡이 같은 것을 손에 들고 있었다. 전혀 당황하지 않고 평상시처럼 부드러운 웃음을 띠고 있었다.

리암은 가슴을 진정시키고 주위를 둘러보았다. 왕자의 모습이 보이지 않았다.

"같이 있던 녀석은?"

"난 계속 혼자 있었는데!"

"거짓말! 내가 다 들었는데……."

"들었다고?"

밸은 여전히 웃음을 머금고 있었다. 가늘게 뜬 눈이 빛났다.

"무슨 이야기?"

"여러 가지!"

리암은 툭 던지듯 말하고는 제자리걸음을 했다.

"너, 파린토시 저택 사건과 무슨 관계가 있는 거야?"

"관계 같은 거 없어!"

"거짓말! 그날 밤, 거기에 있었잖아? 단검을 빼앗은 사람이 너하고 에드워드라는 갈색머리 아니야?"

“무슨 근거로 그런 말을 하지?”

“개!”

리암은 목소리에 힘을 실었다.

“그날 밤에도 개가 있었어. 아까 본 것과 똑같은 검은 개였어.”

“……호레이쇼 말인가?”

밸은 혼잣말처럼 중얼거렸다.

개의 이름인 것 같았다.

“아무튼 에드워드든 뭐든 난 몰라!”

완강히 부인하는 밸 레이를 리암은 매서운 눈으로 쏘아보았다.

“거짓말! 그 녀석 목소리였어. 건방진 말투하며 틀림없이 그 녀석이었어!”

“그렇다고 그 애하고 내가 안다고 할 수 있어?”

“녀석은 너를 알고 있다던데…….”

“거짓말일지도 모르잖아. 어쨌든 난 그런 애 몰라!”

“그럼 왜 홈스 씨 댁 일을 그만뒀는데? 게다가 홈스 씨가 말했어! 함부로 들어와서 방을 뒤진 자가 있다고. 그 녀석이었어! 너를 찾아온 그 녀석!”

“난 몰라.”

“모를 리가 없어!”

"알았어. 인정하지. 아까는 혼자가 아니었어! 하지만 그쪽에
서 말을 걸어온 것뿐이야. 그래, 말투가 건방졌어. 어느 저택의
도련님이겠지. 시중 드는 하인들과 길이 어긋난 모양이야. 파
린토시 저택 이야기도 했고, 홈스 씨 이야기도 했지만 처음 만
난 사람들끼리 할 법한 세상 돌아가는 이야기를 한 것뿐이야.
그게 지금 런던에서 제일 화제가 되는 사건이잖아!"

리암은 입술을 꼭 다물고 어둠 속에 떠오른 이국적인 얼굴
을 노려보았다.

"어쨌든 이 일은 홈스 씨한테 보고할 거야!"

"좋을 대로!"

밸은 뒤로 물러났다. 가스등 불빛을 벗어나 서서히 어둠 속
으로 스며들었다.

"슬슬 가볼까!"

"가다니, 어디로?"

"너하고 상관없는 일이잖아."

"가게 내버려둘 것 같아?"

기세 좋게 따라 나섰지만 무엇인가에 발이 걸렸다. 리암은
소리를 지르며 쓰러졌다. 재빠르게 손을 짚었으나 머리부터
땅에 곤두박질쳤다. '슈욱' 하는 소리와 함께 무엇인가가 왼쪽
발목을 감았다.

'채찍이다!' 밸의 긴 채찍이 발목을 감아 리암을 자빠뜨렸다.

“제기랄!”

곧바로 일어섰으나 한쪽 신발이 벗겨져 나뒹굴었다. 집으려고 손을 뻗었지만, 신발이 없었다. 스패니얼 개가 한 짓이었다. 리암의 신발을 물고 주변을 빙글빙글 돌고 있었다.

“이놈! 멍텅구리 같은 개새끼! 이리 내놔!”

달려들어 잡으려했지만 개가 빨랐다. 엎어진 리암의 앞에 구두를 문 개가 다가왔다.

“야, 이리 내놔! 착하지, 착하지!”

애원 반 호소 반으로 을러대는 리암의 얼굴 앞으로 개가 긴 얼굴을 들이댔다. 리암은 몸을 일으키려 했다. 그 순간 신발이 얼굴을 향해 날아왔다.

스패니얼 개가 물고 있던 신발을 입에서 세게 뱉어낸 것이었다. 신발이 정확하게 리암의 얼굴을 때렸다.

“아얏! 이 개새끼! 개고기를 만들어주마!”

리암이 아픈 코를 붙잡고 소리쳤다. 개는 이미 도망쳤으나 리암은 이대로 당하고 있을 수만은 없다는 생각에 신발을 벗고 큰길로 뛰어나갔다.

안개 속에서 발소리를 찾았다. 하지만 또각또각, 뚜벅뚜벅 하는 발소리들이 여기저기서 들려오고 차도를 달리는 마차 소리가 뒤섞여 혼란스러웠다. 할 수 없이 리암은 감에 의지해 달려갔다. 좁은 길로 들어가기도 하고 큰길가를 이리저리 왔다 갔다 하기도 했지만 밸과 누더기 왕자, 그리고 재수 없는 스패니얼 개 모두 찾을 수 없었다. 마차를 탔을 수도 있다. 파린토시 저택에서 그 도적과 대면했을 때도 그들은 마차를 사용했었다.

"채찍도 썼어. 그때 내 손에서 단검을 떨어뜨린 게 그거였어."

리암은 약이 올라 얼굴을 찡그리며 주먹을 세게 움켜쥐었다.

"도대체 뭐하는 것들이야! 저 자식들!"

두 사람의 대화를 반추해봤지만 의문만 깊어질 뿐이었다. 그러나 그들이 대등한 관계가 아니라는 건 확실히 알 수 있었다. 그 누더기 왕자는 왕자까지는 아니더라도 지체 있는 가문의 아이였다. 밸은 그 가문에서 일하는 하인일 것이다. 리암 앞에 모습을 드러낸 주인이 도망갈 수 있도록 시간을 벌어준 것이 틀림없었다. 그리고 스패니얼 개는 밸이 도망칠 시간을 벌어주었다.

"맘에 안 들지만 똘똘한 개다!"

리암은 코를 문지르며 혼잣말을 중얼거렸다.

"이름 있는 가문의 아이가 왜 탐정 사무실에서 스파이 짓을 했을까?"

도무지 이유를 알 수 없었다.

어쨌든 이 사건도 홈스에게 보고해야겠다고 생각하고 리암은 베이커가로 돌아왔다.

녹초가 되었으나 기분 전환을 위해 '런던데리의 노래'를 휘파람으로 불며 아픈 다리를 질질 끌고 걸었다.

운 좋게도 221-b, 2층에서 빛이 새어 나오고 있다. 베키의 잔소리를 각오하고 벨을 누르려고 할 때 '리암!' 하고 머리 위에서 부르는 소리가 들렸다. 올려보나마나 셜록 홈스의 목소리였다. 그러고 나서 위에서 무언가 딱딱한 물건이 떨어졌다. 집어 들고 보니 찐빵모자 안에 열쇠꾸러미가 들어 있었다.

'좋았어!'

리암은 열쇠를 갖고 현관으로 뛰어갔다. 집 안으로 들어가 단숨에 계단을 올랐다. 거실에 들어서자 탁자 위에 놓인 요리가 눈에 들어왔다. 저녁시간이 훨씬 지났는데 속이 꽉 찬 구운 치킨과 버섯 크림스프가 그대로 놓여 있었다. 인사를 하는 둥 마는 둥 하고 리암은 난로로 다가가 곱은 손을 녹였다.

불을 쬐자 얼었던 몸이 녹으며 저절로 탄식이 새어나왔다. 밸 일당에게 속고 최악의 기분이었던 마음도 괜찮아지고, 아버지와 싸워서 침체되었던 기분도 프라이팬에 달궈진 버터처럼 녹아버렸다. 뱃속이 출출했다.

리암이 난로에서 불을 쬐는 동안 홈스는 조용히 파이프 담배를 물고 있었다. 몸이 녹고 말소리도 제대로 나오게 되자 리암은 지금까지 있었던 일을 서둘러 보고했다. 휴잇 부인의 방에 몰래 들어간 일을 말했을 때 홈스는 가볍게 눈썹을 추켜세웠지만 리암의 경솔함을 꾸짖지는 않았다.

"흥미롭군!"

홈스는 파이프를 문 채 말했다.

"사실 나도 그 여자 방을 조사해봤다. 그 물건들은 이미 치우고 없었지만."

"처분했다는 말씀인가요?"

"아마도. 누군가가 그 여자한테 처분을 부탁했을지도 모르지. 그래도 네가 본 것과 똑같은 나무상자가 오전 9시쯤 그 여자 방에 배달되는 걸 호텔 종업원이 봤다고 한다. 배달 온 사람은 랭햄 호텔 종업원이었고."

랭햄 호텔은 베이커가와 같은 매러번 지구에 있는 고급 호텔이다.

"랭햄 호텔과 찰스를 연결하는 것이 오페라 가수인 아이린 애들러다. 그 여자는 랭햄 호텔에 머물고 있어. 그리고 아주 훌륭한 오팔 브로치를 갖고 있지."

홈스는 잠시 말을 멈추고 침묵에 빠졌다. 회색 눈동자는 멍하니 꿈을 꾸는 듯했으나 이 순간 탐정의 머릿속은 냉정하게 움직이고 있었다.

셜록 홈스는 접근하기 어려운 사람이 아니었다. 날마다 기분이 변하고 생각에 골똘히 잠겨 있을 때는 다른 사람을 전혀 배려하지 않는 사람이긴 했지만, 누구에게나 똑같이 그랬기 때문에 리암은 홈스를 대하는 게 힘들지 않았다. 리암은 벽에 걸려 있는 거울을 들여다보고 코에 남아 있는 신발 자국을 소매로 문질러 닦았다. 그리고 무료함을 달래기 위해 창가로 갔다. 짙은 안개가 가스등 불빛을 완전히 감싸 길거리가 전혀 보이지 않았다.

'아니!' 리암은 눈썹을 찡그리며 머리를 쓸어 넘겼다. 입이 간지러워 가만히 있을 수가 없었다.

"홈스 씨! 제가 온 걸 어떻게 알았어요?"

"휘파람 소리가 들렸지. '런던데리의 노래'. 네 십팔 번이잖아!"

"그래요! 아버지가 잘 부르는 노래지만."

아버지를 떠올린 순간 리암의 가슴 한구석에서 화가 치밀어 올랐다. 동시에 죄책감도 생겼다.

마이클의 상처 받은 듯한 표정이 눈앞에 어른거렸다. 그러나 리암은 죄책감을 떨쳐버리고 여전히 화가 가라앉지 않은 듯 입을 삐죽거렸다.

"아버지가 미워요! 홈스 씨 욕만 했어요. 술주정뱅이! 홈스 씨 성공을 시기하고 있어요!"

"난 마이클 메건이 내 성공을 시기한다고는 생각하지 않는다."

탐정은 한손에 파이프를 들고 입 끝에 미소를 머금었다.

"시기하는 감정은 부러움과 질투 때문에 생겨난다. 마이클 메건한텐 탐정이라는 직업의 성공을 부러워하거나 질투할 이유가 없다."

리암은 고개를 갸웃했다.

"홈스 씨! 아버지를 아세요? 뭔가 묻고 싶은 것이 있다고 어제……."

"사정이 달라졌다. 잊어버려라!"

"사정이라면?"

리암의 물음에 홈스는 아무 대답을 하지 않았다. 리암은 풀썩 한숨을 내쉬었다.

"아버지는 미국에 갈 생각이에요. 바보 같은 아버지가 자기 멋대로 산다니까요!"

"미국에?"

홈스는 야릇한 표정으로 리암을 바라보았다. 회색 눈동자 깊숙이 의심이 감도는가 싶더니 이내 사라졌다. 홈스의 감정 변화를 읽으려는 리암의 노력은 방문객 때문에 수포로 돌아갔다. 레스트레이드 경감이 찾아왔다.

경감은 리암이 자기를 방해꾼으로 생각하는 것과 마찬가지로 리암을 귀찮은 존재로 여겼다. 리암을 발견하고 인상을 구기던 그는 홈스가 내준 위스키소다를 마시고는 마음이 풀어져 부드럽게 질문을 던졌다.

“진전은 좀 있습니까?”

“살인 쪽은 특별히 없소. 명쾌한 사건이기에 이 이상 진전시키기 힘들어요.”

“범인을 알아냈다는 뜻입니까?”

“증거 수집은 진행되고 있소. 찰스 씨를 찌른 것과 같은 단검이 그 이외에도 두 개 더 런던에 들어왔소. 단검은 찰스 씨가 스페인에 여행 갔을 때 산 건데, 하나는 자기 걸로 샀고, 나머지 두 개는 선물용으로 산 것이오.”

“무슨 말입니까? 친구가 관계되어 있다는 말입니까?”

“그 단검이 찰스 씨 방에서 발견된 게 아니라는 사실을 잊어선 안 되오.”

“어느 쪽이든 내가 본 단검은 찰스 씨가 사 온 것들 중 하나라는 뜻이네요! 저택 내의 누군가가 밖으로 빼냈을 수도…….”

리암이 소리치자 경감이 불쾌한 듯 콧방귀를 뀌었다.

“우리는 흑장미단에 대한 수사만으로도 무척 바쁩니다. 일전의 카드가 진짜인지 여부도 잘 모르겠고……. 범행에 사용된 흉기인지 아닌지도 모를 나머지 두 개, 세 개의 단검을 찾아다닐 여유가 없습니다.”

“누가 가지고 있는지 알고 있어요.”

“그래? 누군데?”

리암은 에드워드를 이야기하려다 잠시 망설였다. 기분 나쁜 녀석이지만 경찰에 팔아넘기고 싶지는 않았다.

"잘 모르는 놈."

맥없이 대답하자 경감은 관심 없다는 듯 무시하고 남은 잔을 비워버렸다. 그리고 홈스를 쳐다보았다.

"당신은 의견보다 사실을 더 중요시하지요? 흉기가 피해자 가슴에 꽂혀 있었다는 사실을 잊지 말았으면 합니다."

"어느 쪽이든 사실을 중시하고 있소."

경감은 안도하며 이야기의 방향을 바꿨다.

"랭햄 호텔에 갔다 왔습니다. 당신이 조사해보라고 했던 오페라 가수 말인데…… 아, 대단한 미인이더군요."

"그녀가 미인이라는 데는 동감이오."

"이야기를 해봤죠. 찰스 씨와는 특별한 관계가 아니라더군요. 찰스 씨가 열렬한 팬이었다고요……. 그리고 오팔 브로치를 갖고 있다고 시인하긴 했지만 최근에 구입한 것이 아니라 4년 전 팬에게서 선물로 받았다고 합니다. 여기 사진을 줬습니다."

경감은 안주머니에서 사진을 꺼냈다.

홈스가 받은 사진을 리안도 옆에서 보았다. 중년의 신사와 아직 어린 티를 벗어나지 못한 소녀가 찍힌 사진이었다. 소녀는 아이린 애들러였다. 그 사진에서도 그녀는 가슴에 커다란 오팔 브로치를 하고 있었다. 흑백 사진이었지만 브로치 디자인만은 찰스 씨의 방에 있던 사진의 브로치와 일치했다.

"함께 찍은 사진 속의 남자가 그녀에게 오팔 브로치를 준 남자입니다. 막시밀리안 베르너, 온 유럽에 명성을 떨치고 있는 마술사입니다."

"정확히 말하면 팬이 아니라 그녀의 애인 중 하나요. 게다가 이 남잔 4년 전에 자살했소. 애들러한테 자신의 재산 전부를 주고 파산한 뒤 버림 받고…… 이 여잔 최악의 악녀죠."

"왓슨 선생에게도 그랬지만, 여자에게는 더 엄격하시군요. 그래도 여가수를 악녀 운운하는 건 너무 지나친 표현 아닐까요. 파산은 남자가 재산 관리를 잘못한 탓이고, 애들러 양은 아직도 그의 죽음을 슬퍼하고 있습니다. 대우 받는 부인들에게 흔히 있을 법한 거만함도 없이 수사에 성의껏 협력해주었습니다. 물론 천사의 얼굴을 한 악당도 많이 있습니다만, 그녀는 다릅니다."

홈스는 아무 말도 하지 않았으나 경감의 잘난 체에 질린 모습이었다.

"진짜 오팔을 보여줬소?"

"아니요. 못 봤습니다. 런던에 갖고 오지 않은 듯했습니다. 바르샤바 은행에 맡겨둔 것 같습니다. 하지만 이야기해보니 '큐피드의 눈물'과는 다른 것이었습니다. 그 오팔이 만의 하나 '큐피드의 눈물'이라 해도 그녀의 잘못은 아니지요. 잘못이라면 4년 전, 즉 당신도 아는 도난사건 때 바꿔치기해 판 사람의 잘못이죠."

"그런 일은 있을 수 없소! 되찾고 나서 전문가의 감정을 받았소."

레스트레이드 경감은 불쾌한 듯 홈스를 쳐다보았지만 홈스는 파이프를 문 채 아무런 반응도 보이지 않았다.

경감은 설교하듯 말했다.

"아무튼 애들러 양은 이 사건과 관계가 없습니다. 우리는 지금부터 수사 방향을 바꿔야 할 것 같습니다."

'우리'라는 소리를 듣고 홈스가 씁쓸한 표정을 지었지만, 경감은 아랑곳하지 않고 말을 이었다. 카트라이트와 비슷한 추리였다.

"찰스 파린토시는 자살했다고 보는 것이 옳습니다. '비너스의 왕관'을 훔치려 했지만 오팔이 가짜라는 사실을 깨달았습니다. 빌린 돈을 갚을 수 없다고 생각하고 절망에 빠져 자살을 선택한 거죠. 그는 죽기 직전 문을 닫고 벨을 울렸습니다. 다른 사람에게 폐를 끼치지 싫어서 자살이라는 걸 숨기려 했던 겁니다. 자살이라면 여러 가지로 귀찮은 문제가 생길 테니까요."

"그 의견에 찬성할 수 없군요! 그보다 아이린 애들러에게서 눈을 떼지 마시오!"

"아직도 그 이야기입니까?"

경감은 신경질적인 반응을 보였다.

"이쪽은 일손이 부족한 걸 어떻게든 메워가며 수사를 하고 있습니다. 당신처럼 사건을 자기 좋을 대로 해석하는 사람을 위해 귀한 인력을 낭비하는 건 곤란합니다."

레스트레이드 경감은 예민한 반응을 보이며 방을 나갔다. 홈스는 그를 가만히 내버려 두었다.

두 사람이 옥신각신 하는 모습을 흥미진진하게 지켜보던 리암에게 홈스가 말했다.

"넌 이제 쉬는 게 좋겠다. 탁자 위의 치킨을 부탁한다."

그러더니 침실로 가서 모포 한 장을 갖다 주었다.

그날 밤 리암은 의자에서 모포를 덮고 잤다. 로스트 치킨에 야채와 스프를 배불리 먹고 잠이 들었다. 아침까지 단 한 번도 깨지 않고 잠을 잔 까닭에 옆 방 침실에서 홈스가 외출하는 것도 몰랐다.

마이클 메건은 침대 가장자리에 걸터앉아 어깨를 떨어트리고 두 손으로 얼굴을 감쌌다. 그리고 조각상처럼 꼼짝도 하지 않았다.

얼마나 시간이 지났을까. 귀에 익은 문소리가 들리자 아들이 돌아왔다고 생각하며 안도의 한숨을 내쉬었다.

"리암?"

미소를 지으며 문 쪽을 돌아보던 마이클의 얼굴이 굳어졌다.
문 앞에 서 있는 사람은 아들이 아니라 애꾸눈의 남자였다.

"스펜서!"

마이클은 험악한 얼굴로 초대받지 않은 손님을 노려보았다.

"뭐하러 왔나?"

"일전에 한 이야기를 계속하려고."

"내 대답은 변함이 없다."

마이클이 무뚝뚝하게 대꾸했지만 스펜서는 못들은 척하며
기분 나쁜 미소를 지었다.

"지금까지 자네가 받은 보수를 생각해보라고! 이쯤에서 은
혜를 갚을 때가 되지 않았나? 안 그런가?"

"난 할 일을 했고 그 대가를 받았을 뿐이야. 그분이 내게
불만을 가지고 있을 거라 생각지 않아!"

"자네 일 솜씨를 나무라고 싶진 않아. 중요한 건 신뢰 문제
야. 마이클! 우린 동지야. 그 동지가 런던 경시청의 개와 한통
속이 되는 꼴은 볼 수 없어."

마이클은 얼굴을 찡그리며 스펜서의 말을 가로막았다.

"난 홈스와 아무런 사이도 아니야! 그자와 관계가 있다고
하더라도 난 녀석이 그분의 적이란 걸 몰랐다고!"

스펜서는 궐련에 불을 붙이고 유유히 연기를 내뿜었다.

잠시 침묵이 흐르자 마이클은 몸을 앞으로 내밀었다. 상대

의 눈을 노려보며 목소리를 깔았다.

"아들한테는 녀석을 가까이 하지 말라고 못을 박아 두었다. 런던에서 떠나라면 지금이라도 데리고 떠날 수 있어. 두 번 다시 홈스와 만나지 못하게 하지. 그것으로 되지 않았나?"

스펜서는 한 눈으로 마이클을 보았다. 불쌍하다는 듯 비릿한 미소를 베어 물었다.

"자네는 오해하고 있어. 그분은 자네를 책망하지 않네. 오히려 그 반대야. 자네를 긴요한 사람이라고 생각하고 있어. 명예로운 일이 아닌가!"

마이클은 얼굴을 돌렸다.

"뭐가 명예야!"

마이클의 입에서 거친 소리가 계속 튀어나왔지만 스펜서는 태연하게 지독한 담배 연기를 내뿜으며 지껄였다.

"새로운 임무를 내리신다는 말씀이 있었어."

"거절하겠어!"

마이클은 반사적으로 대꾸했다. 벌겋게 충혈된 눈으로 스펜서를 응시했다.

"지금까지 그분을 위해 열심히 일했네!"

"아, 그랬나! 자네는 충성심이 강한 친구지. 그분도 감탄하고 계셔. 그리고 걱정도 하시지. 자네의 충성심이 그분을 향하고 있지 않다는 걸 아시니까……"

마이클은 가슴이 답답했다. 흔들리는 감정을 억누르고 빠르게 말을 이었다.

"충성하고 있어."

"과연 그럴까?"

"어쨌든 아들과 그분을 연결 짓고 싶지 않아."

"그건 자네 생각이지."

스펜서는 코웃음을 쳤다. 아니, 웃는 흉내를 냈다. 멀쩡한 한쪽 눈은 무표정했다.

"자네 마음먹기에 달렸네."

스펜서는 재떨이를 들고 안에 쌓인 담뱃재를 마이클을 향해 훅 불었다.

"그분께는 재만큼도 못한 존재지."

마이클의 눈이 분노로 이글거렸다.

스펜서는 싸늘한 표정으로 말을 이었다.

"그분은 살짝 검증을 하려고 하시네. 우리와 자네를 연결하는 못이 녹슬지 않았는지를…… 못이라는 게 아무리 견고하게 박혀 있어도 한 군데 녹이 슬어 틈이 벌어지면 그걸로 끝장이 나지 않나. 그분은 항상 신중하시지. 어떠한 사실도 놓치지 않고 확인을 게을리하지 않지. 그러니 자네와 자네 아들도 증명해야만 하네. 그분에 대한 마음이 단단하다는 것을."

말투는 차갑고 담담했으나 뜨고 있는 왼쪽 눈은 불쾌하기

그지없었다.

"아들놈도 기술이 좋더군. 스파이가 싫으면 다른 일을 시켜 볼까? 의원의 주머니에 이걸 넣는 일은 어때?"

스펜서는 손에 들고 있던 가죽 가방을 조심스럽게 침대에 내려놓았다. 안에는 소형 다이너마이트가 들어 있었다.

마이클은 묵묵히 진 병을 집어 들었다. 얼굴에는 그 어떤 감정도 사라진 듯했다.

스펜서가 말을 이었다.

"걱정 마! 자네나 아들 녀석 모두 안전하니까. 그분을 따르는 한!"

'거스르면 안전은 없다!' 스펜서의 표정은 그렇게 말하고 있었다.

마이클은 요구를 거절했다.

"다른 일을 주게."

스펜서는 고개를 끄덕이며 발길을 돌렸다. 하지만 마지막 말에 아직 포기하지 않았다는 뜻을 남겼다.

"다시 오겠네!"

"가방을 갖고 가게."

스펜서는 어깨를 으쓱하고는 가방을 들었다.

"그럼 또 보기로 하세."

"염병할!"

마이클은 욕지거리를 했다. 목이 타 들어가는 것 같았다. 진을 마시며 초대받지 않은 손님의 발소리가 멀어져 가는 것을 듣고 있었다. 이윽고 발소리가 들리지 않자 마이클은 병을 벽에 집어 던졌다. 그러고는 또다시 욕설을 퍼부어댔다.

"이놈의 자식! 대체 어딜 간 거야. 아비 마음도 모르고……."

화가 치밀어 벌떡 일어선 마이클은 방 안을 어지럽게 서성댔다. 그러다 무엇인가 생각해 낸 듯한 표정을 짓더니 침대로 갔다. 먼지투성이임에도 아랑곳하지 않고 침대 밑으로 머리를 들이밀었다.

침대 다리 하나를 비틀며 안에서 꺼낸 것은 마닐라종이로 만든 두터운 봉투였다. 종이 뭉치가 들어 있었다. 세어보려는 순간 사진 한 장이 툭 떨어졌다.

결혼식 사진이었다. 성대하게 치장을 하고 선 사람들은 그가 잘 아는 사람들이었다. 그의 현재 인생을 결정지은 두 사람……. 그러나 사진 자체는 본 적이 없는 것이었다. 사진은 그가 찾던 물건이 아니었다. 그 말고는 아무도 돈을 숨겨 놓는 장소를 알 리 없는데 누가 이곳에 사진을 둔 걸까.

지난주에 돈을 세어볼 때도 이런 사진은 없었다.

'그의 사주다.'

모든 사정을 짐작할 수 있었다.

마이클의 얼굴에 무시무시한 공포의 그림자가 드리워졌다.

지폐를 세는 손이 떨렸다. 돈은 그대로였다.

"리암! 리암! 리암!"

아들의 이름을 되뇌며 마이클은 떨리는 손을 입가에 가져 갔다.

"난 진짜 악마한테 영혼을 팔아버렸어. 그 대가를 지금 갚고 있는 거야. 후회하고 싶진 않아. 하지만 널 지키기 위한 다른 방법은 없는 것 같구나. 성모도, 성령도 기적을 보여주지 못했으니까."

욕지거리를 내뱉으며 마이클은 허공을 노려보았다. 그리고 굳은 결심을 한 듯 중얼거렸다.

"리암! 어떻게 해서든 너를 지킬 거다. 영혼은 이미 팔았으니 이번에는 목숨을 걸고라도 지킨다."

마이클은 곧바로 외출 준비를 했다. 지폐 뭉치를 가슴속에 품고 다시 침대 밑으로 머리를 들이밀었다. 마루 한쪽 나무를 들어내고 안에서 회전식 권총을 꺼냈다. 탄환이 들어 있는 것을 확인하고 권총을 바지 주머니에 집어넣었다.

"열어줘요!"

마이클이 방을 나서려는데 옆방에서 트레이시 부인이 부르는 소리가 들렸다. 거칠게 노크를 한 뒤 쉰 목소리로 문을 열라고 떠들어댔다. 마이클은 한숨을 내쉬었다. 여자에게는 친절하게 대해야 한다고 입버릇처럼 말하는 마이클에게도 트레이시 부인은 성가신 존재였다.

부인이 딸아이를 함부로 대하는 것이 화가 났지만, 한편으로는 불쌍하다는 생각이 들기도 했다. 천사의 마음을 갖고 태어났다고 해도 여기 이스트엔드에서 살다보면 대부분 그녀처럼 변한다. 아니면 그렇게 되기 전에 병에 걸려 죽는다. 희망이 없는 삶 때문에 상처받은 마음을 안고 사는 사람들은 일시적인 쾌락을 추구하지 않고는 이 지겨운 생을 견딜 도리가 없었다. 비참한 생활을 술로 씻어버리지 않고는 버틸 수가 없었다.

그래도 지금 그녀가 일으키는 소란은 귀찮기만 했다. 마이클은 발길을 돌려 열쇠 구멍으로 안을 엿보았다. 지저분한 치맛자락이 보였다. 그 순간 그의 얼굴에서 모든 감정이 사라졌다. 주머니에 넣어둔 총을 잡으며 문을 열었다.

"어서 오세요!"

말과 동시에 문을 열었다.

마이클이 움직였다. 총을 빼서 총구를 겨눴다. 위태롭게 이어온 오랜 지하활동 때문에 몸에 밴 방어본능이었다.

"손들어!"

트레이시 부인을 가장해 방에 들어온 여자에게 마이클은 침착하게 말했다.

"넌 누구냐? 이브는 어떻게 했나?"

침입자는 얌전하게 손을 들고 총구와 마이클을 번갈아 쳐다보았다. 그리고 손톱만큼의 허점도 보이지 않으며 대답했다.

"이 집 딸아이 일이라면 걱정할 것 없소."

옆방에서 맑은 소녀의 목소리가 들려왔다.

"난 아무것도 몰라."

"영리하군!"

방에 들어온 침입자는 손을 뒤로 뻗어 문을 닫고 마이클을 보며 희미한 미소를 지었다. 얼굴이 나이 든 여자에서 젊은 남자로 변했다. 목소리도 달라졌다.

"주의해야 할 것 같아 이런 모습으로 나타나는 실례를 범했소."

마이클은 눈썹을 치켜떴다. 총구는 상대의 가슴을 정확히 겨누고 있었다.

"홈스?"

"자기소개는 생략하기로 합시다. 이야기를 빨리 마쳐야겠소. 경고도 함께……."

"경고는 내 쪽에서 하고 싶소. 내 문제에 끼어들지 마시오. 당신 때문에 내가 곤란해. 리암은 명탐정이라고 숭배하지만 당신은 사건의 불씨인 동시에 악마야!"

"악마?"

홈스의 입가에 희미한 미소가 감돌았다.

"당신은 진짜 악마의 이름을 알 텐데, 메건! 협력해주면 당신과 당신 아들을 '그'로부터 지켜주지."

"소용없소! 당신은 모르오."

"제임스 모리어티 교수의 무시무시함을 말이오?"

"그 이름을 그렇게 쉽사리 입에 올리다니 당신은 목숨 아까운 줄 모르는군!"

"언젠가 런던에서 화제가 될 것이오. 그가 저지른 수많은 범죄와 그 조직의 전모가 명백하게 밝혀지는 날!"

"그런 날은 안 와!"

"올 거요. 당신이 협력해주면 머지않아 올 거요!"

"돌아가! 당신한테 협력할 생각 없으니까."

마이클은 나지막이 말하며 권총을 장전했다.

홈스의 얼굴에 실망의 빛이 역력했다. 하지만 마이클은 스펜서에게 휘둘리지 않은 것처럼 탐정도 인정하고 싶지 않았다. 홈스는 냉정하게 마이클의 얼굴을 살피며 뒤로 물러났다.

"나도 지금은 다른 일로 바쁘니까 나중에 다시 이야기합시다. 마음이 바뀌면 언제든지 연락 주시오."

새벽에 난로에 불을 지피러 온 베키는 리암을 발견하자마자 소리를 질러댔다. 평소보다 더 거친 욕설을 퍼부었다. 탁자를 치우면서도 시종일관 투덜거렸다.

"정말로 지긋지긋해. 안식일 아침에 처음 만난 사람이 너라니!”

“이쪽도 마찬가집니다.”

리암 역시 지지 않고 되받아쳤다.

베키는 인상을 찡그리며 리암을 노려보았다. 옆방에서 자고 있을 탐정도 아랑곳 않고 떠들어댔다.

“나는 제대로 된 가정에서 정상적인 교육을 받고 컸어. 요조숙녀라고는 할 수 없지만 가난해도 부끄럽지 않게 살아왔다고. 어머니, 아버지도 그렇고. 편지를 식사용 나이프로 잘라 벽난로 위 선반에 올려놓고 페르시아슬리퍼에 담배를 넣거나 방 안에서 사격 연습을 하는 걸 눈뜨고 볼 수가 없다고! 천재적인 탐정인지 어떤지 모르겠다만 상식이 있어야지, 상식이! 일 년 내내 이상한 냄새나 풍기는 실험을 해대고 밤늦게 손님을 불러들여서 자는 사람을 깨우지 않나……. 어제만 해도 위험한 약물을 갖고 대체 뭔 짓을 하는 건지!”

베키는 실험도구가 놓인 벽 쪽의 책상을 가리켰다.

“저 책상에서 무지하게 불꽃을 피워댔으니까…….”

“음!”

리암의 무덤덤한 반응에 베키는 점점 더 화가 났다.

“청소하는 사람도 생각해줘야지. 황산인지 뭔가 하는 약품을 치우려고 했더니 도리어 화나 내고!”

“위험한 약품이니까요!”

“바보 취급한다니까! 왓슨 선생님이 떠나신 것도 무리는 아니지.”

“시끄러워요! 그럼 그만두고 다른 일자리를 찾아보면 되잖아요!”

“뭐라고?”

베키가 화가 머리끝까지 치솟아 자제력을 잃으려는 순간, 옆방 문이 열리며 회색 가운을 입은 탐정이 들어왔다. 베키는 화를 내며 대충 정리를 끝내고 방을 나갔다. 홈스에게 험담이 들렸을 리 없는데도 그는 뚱한 표정을 짓고 있었다. 파이프를 물고 삽으로 난로에 석탄을 넣어 불을 지폈다. 그리고 성큼성큼 방을 가로질러 계단과 마주한 문을 열더니 리암을 바라보며 복도 쪽으로 턱을 추켜세웠다.

리암은 이유를 금세 알아차렸다. 현관 벨이 울렸다. 손님이었다. 2층으로 올라오는 발소리가 들렸다. 묵직한 발걸음으로 보아 허드슨 부인이었다. 그리고 들릴 듯 말 듯 한 품위 있는 발소리…….

허드슨 부인이 안내한 사람은 모자를 쓰고 검은 베일로 얼굴을 가린 상복 입은 여자였다.

홈스는 난로 옆에 있는 긴 의자를 권했다.

“이리 앉으시죠!”

리암은 가슴을 쓸어내렸다.

양손으로 걷어 올린 베일 아래서 헨리 파린토시 부인의 파랗게 질린 얼굴이 모습을 드러냈다.

"홈스 씨!"

긴장된 목소리였다.

"이렇게 이른 시간에 찾아와서 죄송해요. 남편의 눈을 피해 나오는 게 쉽지 않았어요. 그렇지만……. 여러 차례 편지를 확인했습니다. 그리고 탐정님을 뵙기로 결심했어요."

"잘하셨습니다."

홈스는 무뚝뚝하게 대답하며 선반 위에 있던 파이프를 집어 들었다. 파이프를 입에 물고 그녀와 마주 보고 앉았다. 양손을 깍지 낀 자세로 냉정한 태도를 유지했다.

"편지를 무시해버릴까봐 염려했소."

"아니에요. 의식을 잃은 상태에서도 당신이 제 손에 편지를 쥐어준 걸 기억하고 있었습니다."

부인의 진솔한 태도에 마음이 움직였는지 홈스의 표정이 부드러워졌다.

슬픔에 찬 눈을 깜빡거리며 부인이 천천히 말을 이었다.

"4년 전 깔끔한 일 처리 솜씨를 지켜본 이후로 쭉 홈스 씨의 실력에 감탄하고 있었습니다."

"과찬이십니다!"

홈스는 가볍게 예를 표한 후 그녀의 이야기에 귀를 기울였다.

부인은 무릎 위에 얹은 손에 시선을 고정한 채 장갑을 만지작거리다 얼굴을 들고 말을 이었다.

"저는 당신한테 거짓말을 할 용기가 나지 않아요. 아니……찰스가 그렇게 처참한 꼴을 당하지 않았다면 마음을 좀 더 강하게 다잡았을지 모릅니다. 어느 쪽이 되었든 어리석은 용기겠지만요……."

홈스는 희미하게 미소를 지었다. 부드러움으로 약한 마음을 움직이려고 한 행동은 아니었다. 기계처럼 정밀한 두뇌가 의뢰인의 신뢰에 확신을 더해주기 위해 제 역할을 수행한 것에 지나지 않았다.

"지금 당신이 여기에 온 것은 참된 용기를 바탕으로 행동했기 때문이죠."

"네……."

부인은 지그시 눈을 감으며 작은 숨을 토해냈다.

"실은 은밀하게 부탁하고 싶은 일이 있어요."

부인은 홈스에게 애원하는 듯한 눈길을 주었다.

홈스는 리암을 힐끗 보았다. '아직도 여기에 있냐' 하는 눈초리였다. 리암은 고개를 숙이고 방을 나갔지만 그대로 돌아갈 생각은 눈곱만큼도 없었다. 씩씩하게 발소리를 내며 계단을 반쯤 내려가다가 신발을 벗고 살짝 방문 앞으로 다가갔다. 문에 바싹 귀를 대고 온 신경을 집중했다.

　이번 사건은 셜록 홈스의 사건인 동시에 리암의 사건이기도 했다. 그날 밤 피에 젖은 단검을 손에 잡는 순간부터 그랬다. '이 손으로 의문을 풀어내고 싶다'는 다짐이 깊어만 갔다.

　'일이야말로 대가다.'라고 홈스는 자주 말했다. 리암은 바로 이런 것이 대가라고 생각했다.

　스스로를 대견해하며 리암은 주먹을 꼭 쥐고 홈스와 부인의 대화에 정신을 집중했다. 그러느라 뒤쪽에 신경을 쓰지 못한 것이 불찰이었다.

　리암은 갑자기 뒤에서 나타난 두툼한 손에 귀를 붙잡혀 자기도 모르게 소리를 질렀다. 조금이라도 아픔을 덜기 위해 몸을 위로 뻗치면서 뒤를 돌아보니 허드슨 부인이 있었다. 그녀는 리암을 내려다보고 있었다.

　"아파요! 놔요! 놓으란 말이에요!"

　그러나 허드슨 부인은 손에서 조금도 힘을 빼지 않았다. 질질 끌려가던 리암은 항복을 하고 말았다.

　"알았어요! 나갈 테니까 놔줘요! 부탁이에요!"

　허드슨 부인의 손에서 풀려나자마자 리암은 쥐새끼처럼 도망쳤다. 단숨에 계단을 뛰어 내려가 문을 열고 밖으로 나오다가 움찔했다.

　길거리로 눈길을 돌렸을 때 오가는 마차 저쪽에서 나타난 낯익은 실루엣 때문이었다. 자신도 모르게 '앗!' 하는 소리가 튀어나왔다.

누더기 왕자 에드워드 콜린스였다.

'원수는 외나무다리에서 만난다더니 드디어 만났구나! 절대 안 놓친다!'

"어이, 움직이지 마!"

리암은 기세 좋게 외치며 마차 사이를 요리조리 피해가며 도로를 가로질렀다. 하지만 상황은 리암의 예상과는 다르게 전개되었다. 왕자는 전혀 도망가지 않고 리암이 자기에게 달려오는 모습을 무심히 지켜보고 있었다.

그는 숨을 헐떡이며 코앞까지 달려온 리암을 보며 침착하게 말했다.

"널 기다렸다!"

"뭐라고?"

리암은 장승처럼 서서 되묻고는 상대의 얼굴을 멍하니 보았다.

'주는 것 없이 얄미운 놈이다!'

뭔가 이상했다. 찰스 씨 살해사건의 중대한 비밀 열쇠를 갖고 있는 것 같기도 하고, 밸과의 관계도 뭔가 사연이 있어 보였다. 또한 홈스 씨 방에 무단 침입한 것도 이 녀석 같았다.

에드워드가 아무렇지도 않은 듯 한마디 던졌다.

"어젯밤 밸런타인이 체포됐다."

"체포?"

리암이 놀라 되물었다.

에드워드는 어른스러운 표정으로 깊은 한숨을 쉬었다.

"찰스 파린토시 살인 용의자로 잡힌 것 같다. 이 나라 경찰에 실망하지 않을 수가 없어!"

살인이 일어나던 날 밤, 파린토시 저택 부근에 밸이 있었던 것은 사실이다. 그런데 경찰은 어떻게 그 사실을 알아냈을까? 의문이 점점 증폭됐다. 리암은 소년을 경계의 눈길로 노려보았다.

"넌 도대체 누구냐?"

"자기소개는 끝낸 줄로 아는데…… 이름은 에드워드 콜린스다. 밸런타인을 믿고 런던에 왔지."

"밸하고는 어떤 관계냐?"

"친구다!"

"단순한 친구 사이는 아니지? 너는 사실 좋은 가문의 도련님이고, 밸은 종복 아니냐?"

"종복 따윈 필요 없어!"

에드워드는 차갑게 되받았다. 리암의 물음에 대한 대답은 아니었으나 약간 화가 난 표정으로 말을 이었다.

"나는 밸을 둘도 없는 친구라고 생각한다. 그러나 그것보다 지금은 밸런타인이 죄가 없다는 걸 증명하는 일이 먼저다."

“죄가 없다고?”

리암은 의아한 듯 되물었다.

“나는 그저께 밤, 밸과 파린토시 저택 근처에서 만났다. 목소리가 달랐기 때문에 잘 몰랐지만 어젯밤 확실히 알았지. 그날 밤에 했던 것처럼 채찍을 썼어. 너도 함께 있지 않았냐?”

“거기에 있었는데 그게 뭐 어쨌다고? 너야말로 그곳에 있었잖아!”

“우연히 간 거야! 사건과는 상관없어!”

“우리야말로 살인과는 상관 없다. 그날 밤에는 저택 안에 들어가지도 않았어! 그냥 길가에 있었을 뿐이야!”

“그럼, 그곳에 있었다고 인정하는 거냐?”

“그래, 하지만 맹세컨대 살인과는 무관하다. 나도 그렇고 밸 역시…….”

자신을 바보 취급 하던 왕자와 처음으로 대화다운 대화를 나누고 있었다. 그제야 리암은 에드워드의 가슴속에 드리워진 불안을 감지했다. 지금까지 보였던 여유는 온 데 간 데 없고, 에드워드는 밸 걱정에 안절부절 못하고 있었다.

“그 녀석, 왜 붙잡혔는데?”

“파린토시 저택에 침입했다가 붙잡혔다.”

“파린토시 저택에 침입했다고?”

“살인이 일어난 날 밤이 아니라 어젯밤 늦게. 널 부리는 탐정처럼 찰스 파린토시의 살인 사건을 해결하려고 했어. 사건 실마리를 찾으려고 그 오팔 티아라를 빌리러 갔지."

리암의 눈이 휘둥그레졌다.

"엉망진창이다. 어떻게 하지? 몰래 들어갔다가 붙잡혔으니 변명할 여지가 없잖아."

"홈스 씨의 도움을 받고 싶다. 네가 부탁해줄 순 없나?"

"말도 안 되는 소리!"

리암은 양손을 허리춤에 댔다.

"너희가 홈스 씨 탐정 사무실을 몰래 뒤졌지? 그래놓고 곤란해지니까 도와달라고? 염치가 없군!"

에드워드는 한숨을 내쉬었다.

"실망했다. 어린아이 같은 말을 하다니!"

"뭐라고? 그러는 너는? 너야말로 꼬맹이 같은데!"

"그런가?"

에드워드는 무덤덤하게 대꾸했다.

"꼬맹이인 건 사실이니까 문제 될 건 없네."

"뭐 이런 게 다 있어!"

리암은 약이 올랐다.

"그래 넌 몇 살인데?"

"열세 살이다. 너보다 한 살 위지. 경의의 뜻을 표하고 싶다면 말리지는 않겠다."

"어떻게 내 나이를 알았냐?"

리암은 물으면서 누가 말했는지 알아차렸다. 밸이었다. 밉살스럽게도 에드워드는 리암의 심중을 읽은 듯 미소를 지었다.

'밸······.'

리암은 이국적인 느낌을 풍기는 옅은 갈색 피부의 소년을 떠올렸다. 어젯밤의 유쾌하지 못한 얼굴이 아니라 평상시의 얼굴만 떠올랐다. 마음을 터놓을 수 있는 좋은 친구가 생겼다고 믿었는데······.

"밸 혼자 파린토시 저택에 숨어들었냐?"

"응, 나를 위해서······. 이번 사건을 내 손으로 해결하려는 걸 반대했어. 위험하다고······. 내가 개입하는 걸 막으려고 자기가 나섰다가 붙잡힌 거야."

에드워드의 표정이 어두워졌다.

"나를 믿었어야 했는데······. 이런 사건 해결은 문제도 아닌데!"

"뭐?"

잘난 체하는 소리에 화가 치밀어 올라 리암은 에드워드를 노려보았다.

"그렇다면 빨리 범인을 잡아내면 되잖아. 그럼 밸은 석방될 테고."

"시간이 조금 걸릴 거야. 의문을 풀 열쇠가 뭔지는 알고 있어. 대부분의 의문은 그 열쇠만 찾으면 간단히 풀릴 거야. 그 다음엔 열쇠 사용 방법과 자물쇠 위치를 알아야 하겠지만 제대로 된 자물쇠만 찾는다면 문제를 해결하는 게 어렵지는 않겠지.”

어딘지 미심쩍은 이야기였지만 리암은 조금씩 호기심이 생겨 물었다.

“열쇠가 뭔데?”

“벨이 울렸을 때 살인 현장에 누군가 있었다는 점이다.”

“그 정도는 나도 알아!”

“사건의 열쇠는 모르잖아!”

에드워드가 뽐내며 말했다.

“좋아. 만약 찰스 씨가 벨을 울렸다면 비상사태가 벌어졌다는 이야기가 된다. 어쨌든 형수의 방이었으니까 차를 가져오라고 벨을 울렸을 리는 없지.”

“역시 침입자가 있었다는 뜻이구나!”

“그럴 경우 침입자는 찰스 씨한테 살의를 품고 있지만 티아라는 관심이 없다는 뜻이 된다. 그래서 방을 어지럽게 했겠지. 찰스 씨를 도둑으로 몰려는 의도에서든, 외부에서 도둑이 침입한 것처럼 보이게 하기 위해서든. 하지만 외부에서 도둑이 침입한 것처럼 보이게 하고 싶었다면 창문을 잠가 놓을 필요는 없지!”

"찰스 씨가 잠갔을지도 모르잖아."

"그렇다면 벨을 울린 사람은 제3의 인물이란 소린데……. 누군가 문을 잠근 찰스 씨를 죽이고 사람을 부른 후 나갔어. 나간 후엔 열쇠를 다시 잠갔고. 범인이 그랬다고 생각하기엔 상당히 위험하고 무의미한 행동이지."

"범인이 열쇠를……."

"방 열쇠를 잠그고 나간 자가 범인이라면 살인 현장이 조금이라도 늦게 발견되길 바랐을 거야. 범인은 찰스 씨가 벨을 울린 사실을 몰랐던 거야. 벨이 울리면 어디서든 사람이 달려와 무리해서라도 문을 열겠지? 아니면 벨을 울린 사람은 가해자도, 피해자도 아닌 제3의 인물 즉, 찰스 씨 사체를 발견한 사람일 수도 있어. 놀라서 사람을 부르려고 했겠지. 하지만 어느 경우든 열쇠를 잠그고 방을 나갔다는 건 이상해……."

"이제, 됐어! 머릿속이 복잡해 죽겠어!"

리암은 눈이 핑글핑글 돌 것 같아 소리를 질렀다.

에드워드가 숨을 돌렸다.

"불쌍하기는……. 넌 바보구나!"

"뭐라고?"

리암이 붙잡으려 하자 에드워드가 살짝 피했다. 헛발을 디딘 리암을 내려다보며 에드워드는 입가에 미소를 띠었다. 그리고 악의 없는 순수한 표정으로 말을 이었다.

"네가 이해할 수 없는 사건이야. 네 머리로는 할 수 있는 추리가 아니거든. 어쨌든 밸런타인은 범인이 아니야. 그러니 도와줘!"

"머리가 돌아가는 놈한테 부탁해봐!"

리암은 화가 나서 뾰로통한 얼굴로 대답하며 앞으로 움직였다. 밉살스러운 상대에게 보복을 좀 해주고 싶었다.

툭 하고 일부러 에드워드의 어깨를 쳤다. 순간 에드워드의 신경이 부딪힌 어깨로 쏠렸다. 그 틈을 이용하여 리암은 손을 에드워드의 옷속으로 살짝 찔러 넣고 손가락에 잡힌 것을 재빨리 빼냈다. 손가락의 감촉으로 빼낸 것이 지갑이 아니라는 걸 알았다. 하지만 애초부터 돈을 노린 것은 아니었기 때문에 상관없었다.

겉옷 주머니에 훔친 물건을 감추었다가 에드워드와 어느 정도 멀어지고 나서 물건을 확인했다. 그것은 사진이었다. 연지색 가죽 케이스에 들어 있는 사진은 치장한 귀부인을 찍은 것으로 정성껏 채색해 놓은 흔적이 보였다.

20대 전후의 젊은 여자로 갈색 머리에 갸름한 달걀형 얼굴이 순수한 성녀처럼 보였다. 사랑스러운 여인이었다. 에메랄드 빛 드레스는 1860년대 말부터 유행하기 시작한 허리받이 때문에 뒷부분이 불룩하게 부풀어 있었다. 추리할 필요도 없었다. 에드워드의 어머니였다.

‘미인이네. 우리 엄마도 이렇게 치장하면 어울렸을까?’

리암은 미간을 찌푸렸다.

‘녀석의 어머니 사진이라면 골치 아픈걸. 아버지가 이런 물건을 훔친 걸 알면 엄청 때릴 텐데.’

리암은 훔친 물건이 사진이라는 걸 안 순간 되돌려주려고 발길을 돌려 베이커가로 향했다. 그러나 에드워드는 그곳에 없었다. 리암은 파린토시 부인을 태우고 온 마차가 사라진 걸 확인하고 홈스의 사무실로 올라갔다.

일단 밸 이야기를 했다.

“밸 레이가 체포됐다고?”

예상했던 일이라는 듯 홈스는 고개를 끄덕거렸다. 심각하기는커녕 오히려 재미있어 하는 눈치였다. 흥미롭다는 표정으로 리암의 마음을 날카롭게 읽어내려갔다.

“그 애가 범인이 아니라고 확신하는구나!”

“그 녀석들 이상하긴 해도…… 사람을 죽일 만한 아이들은 아니잖아요.”

“왜 그렇게 생각하지?”

“밸은 사람을 죽일 만한 녀석이 못돼요.”

“그건 이유가 안 된다.”

홈스는 슬며시 미소를 감추며 말을 이었다.

“살인은 대물림되는 것이 아니고, ‘살인마’ 종족이란 것도 없다. 모든 사람은 사람을 죽일 수 있는 가능성이 있어. 성인조차도……. 물론 완전범죄를 저지를 수 있는 사람은 얼마 안 되지. 점토를 가지고 노는 아이들과 예술 작품을 만드는 조각가의 차이라고 할 수 있다. 그리고……."

홈스의 말은 방문객이 들어와서 중단되었다.

레스트레이드였다. 경감은 거드름을 피우며 홈스의 방으로 들어왔다.

"홈스 씨! 문제가 큰데요. 이 하숙집 심부름꾼이 살인범이라니!"

경감은 짐짓 인상을 찡그리며 밸 레이의 체포 소식을 알렸다. 수사 능력의 차이가 드러나고 있던 차에 상대의 기를 죽일 수 있는 기회가 생겼으니 맘껏 즐겨보자는 표정 같기도 했다.

"그 아이는 전혀 의심하지 않았는데! 사건이 한창 화제가 될 때 행방을 감춘 게 왠지 수상하긴 했지만……."

홈스는 요란하게 손사래를 쳤다.

"그 소년은 찰스 파린토시 살해사건과는 관계가 없소! 불법 침입도 관대하게 처리해서 석방시키는 게 좋을 거요."

"안 될 말입니다."

경감은 단호하게 못을 박았다.

"그 애가 파린토시 저택에 들어간 이유도 어이없고, 자신의 신원에 대해서 함구하고 있는 것도 이상합니다. 우선 홈스 씨가 알고 있는 사실이 있으면 들어볼까요?"

"없소!"

홈스는 칼같이 잘라 말하며 어깨를 으쓱했다.

"그 애를 고용한 사람은 내가 아니라 집주인이오. 허드슨 부인한테 물어보시오!"

"비협조적이군요!"

경감은 불만스럽다는 듯 중얼거렸지만 탐정의 기를 죽였다고 생각해서인지 표정은 자신만만했다.

홈스가 물었다.

"밸 레이가 범인이라는 증거가 뭐요?"

"파린토시 부인의 방에 몰래 들어간 것을 폴이라는 하인이 붙잡았습니다. 녀석은 티아라의 보관장소인 금고를 살피던 중이었어요. 그리고 찰스 씨가 살해될 때 홈통에 걸려 있었던 줄사다리를 다시 묶어 놓았습니다. 이번에는 아주 단단히 묶어 놨더군요. 이것이 증거입니다."

경감은 자신만만하게 제 생각을 떠들었다.

"밸 레이는 찰스와 함께 티아라를 훔쳐낸 계획을 꾸몄소. 그런데 막판에 찰스 씨와 몫을 나누는 일로 다툼이 있었을 겁니다. 그래서 우발적으로 죽이게 됐고…… 녀석을 보면 알겠지만 떠돌이 집시의 피가 흐르고 있습니다. 그런 인간들은 우발적으로 일을 저지르기 쉽고 살인도 도둑질도 아무렇지 않게 생각합니다."

"다시 들어간 이유는?"

"욕심이 났던 겁니다. 훔쳐내지 못한 다른 보석들을 훔치려고 했겠죠. 그래, 그렇지. 티아라 말인데요 오팔은 가짜와 바뀌어 있었지만 백금 받침대와 진주는 진짜라는 보고가 있었습니다. 그렇더라도 그런 일이 있은 후엔 보관 장소를 바꾼다는 사실을 간과한 것이 아이다운 발상이지요."

"밸 레이가 로마시민이든 집시든 그건 별개의 문제고, 실제로 일을 벌인 자들은 우리가 생각하는 것만큼 멍청하지 않소! 그들은 배타적이어서 외부인과 짜고 일을 하지 않을 뿐더러 귀찮은 일을 만들지 않소!"

경감은 못마땅하다는 듯 콧방귀를 뀌었다.

"홈스 씨! 그렇게 모든 걸 부정적으로 생각하는 자신감은 어디서 나오는 겁니까?"

홈스는 어깨를 으쓱했다. 그리고 가볍게 말했다.

"내일 밤에는 모든 진실이 밝혀질 거요. 그러니 잠시 날 방해하지 말고 내버려 두었으면 좋겠소!"

7. 한숨 어린 다리, 워털루

안개 자욱한 늦가을 저녁.

또각또각 건조한 발걸음이 거리에 메아리쳤다. 전등의 희미한 빛이 움직이고 있었다. 네빌 경관은 규칙적인 발걸음으로 앞으로 걸어갔다.

사실 이렇게 안개 낀 날 밤에 워털루 다리까지 혼자 오는 일은 가능하면 피하고 싶었다. 한숨 어린 다리라고 불릴 정도로 자살의 명소로 널리 알려져 있고, 유령이 나온다는 소문도 있었다. 그렇기 때문에 더더욱 순찰이 필요했다. 유령은 둘째치고라도 자살자들이 늘어나는 건 좋은 일이 아니었다.

경찰이 다리에 발을 내디디려고 할 즈음 '살인이다!'라는 공포에 질린 외침 소리가 들렸다.

전등을 높이 쳐들고 주위를 둘러보았다. 다리 쪽에서 발소리가 나고 낡은 외투를 입은 남자가 뛰어오는 모습이 보였다. 남자의 시선이 경관에게 멈추자 경관 역시 긴장했다.

"무슨 일입니까?"

네빌 경관은 안개 속에서 전등을 비춰 상대의 얼굴을 보았다. 옅은 갈색에 턱수염을 기른 노동자 계급의 남자였다.

"살인사건이라는 소리를 들었습니다만……."

"남자가 여자를 강물에 던졌는데……."

떨리는 목소리의 남자는 말끝을 흐렸다.

"스트랜드에서 여자를 마차에 태워서……. 아, 참! 저는 마부입니다. 이 다리까지 오자고 해서 태우고 오긴 왔는데 여자 혼자 이렇게 늦은 시간에 이곳에 오는 게 이상해서…… 안 좋은 예감이 들었어요. 그래서 다시 돌아와 보니 비명이 들렸습니다. 달려가보니 검은 외투를 입은 마흔 살 가량 된 남자가 여자를 안아서 다리에서 떨어뜨리는 게 보였습니다. 첨벙하는 소리가 나고……."

마부는 말을 멈추고 몸을 부르르 떨었다.

"아무튼 서두르세요. 경찰 나리! 얼른 범인을 쫓으세요!"

마부의 재촉에 경찰이 사건 현장으로 달려갔다. 마부도 뒤를 따랐다. 그는 숨을 헐떡이면서도 말하는 게 공포를 떨치기 위한 유일한 수단인 것처럼 연방 떠들어댔다.

"스트랜드 호텔에서 태웠는데……. 다리 위에서 다투는 소리가 들렸어요. 남자가 여자를 휴잇 부인이라고 부르는 소리를 들었습니다."

마부의 말소리가 거의 들리지 않을 즈음 경관은 다리 중간 정도까지 왔다. 안개 속에서 다리 난간에 매달려 있는 듯한 키 큰 남자 실루엣이 보였다. 중산모를 쓰고 검은 외투를 입고 있었다.

"이봐, 거기!"

경관은 바싹 긴장했다.

남자가 움찔했다. 말을 건 사람이 경찰이라는 사실을 알고 모자챙을 내린 채 천천히 뒤로 물러났다.

"꼼짝 마!"

경관은 직감적으로 이상하다는 것을 눈치챘다. 그러나 외침은 정반대의 결과를 초래했다. 남자는 재빨리 발길을 돌려 도망가기 시작했다.

"어이, 거기 서!"

경관이 따라갔다. 근처를 순찰하는 동료에게 알리기 위해 호루라기를 불었다. 하지만 남자는 안개 속으로 자취를 감추었다. 다리로 돌아온 네빌 경관은 남자가 서 있던 장소에서 장갑 한 짝을 주웠다. 남성용 장갑으로 안쪽에 수가 놓여 있었다.

"J. B."

8. 빈집에서의 모험

다음 날 눈을 뜬 리암은 기지개를 펴다 고개를 갸웃했다. 순간적으로 자신이 어디에서 잠이 들었는지 잊었기 때문이었다. 리암은 곧 어젯밤 카트라이트의 집에서 잔 사실을 기억해 냈다.

월요일이었다. 부지런한 친구는 벌써 일하러 나간 후였다. 리암은 침대에서 빠져나와 감기에 걸려 자고 있는 카트라이트 부인에게 인사를 하고 밖으로 나왔다.

어제는 반나절 동안 베이커가를 헤매며 에드워드를 찾아다녔다. 모처럼 기회를 잡았는데 밸의 체포 소식에 놀라 단검의 행방을 묻지 못했다. 리암은 그 실수를 만회하고 싶었다. 게다가 에드워드 어머니 사진을 훔친 것이 아무래도 개운치 않았다.

결국 헛수고가 되었지만 하룻밤이 지난 지금 리암은 새로운 하루를 흥분으로 맞이하고 있었다. 홈스 씨가 오늘은 반드시 사건의 전모를 밝히겠다고 선언했다. 가판과 행상을 하는 상인들이 분주하게 움직이는 모습을 보며 리암은 거리로 나섰다. 하늘엔 여전히 구름이 껴 있었지만 옅은 구름 저편에 태양이 번져 있었다. 기분 전환을 위해 기지개를 켜는데 뒤에서 부르는 소리가 들렸다.

"리암!"

위긴스였다. 잭과 앤디를 데리고 근엄한 표정을 짓고 있었다. 리암은 무슨 일이 있는가 싶어 달려갔다.

위긴스가 침울하게 말했다.

"집사한테 체포 영장이 떨어졌다!"

"뭐! 집사는 알리바이가 있잖아! 그렇다면 공범인 건가……."

"찰스 씨 살해 때문이 아니야. 워털루 다리에서 여자를 떨어뜨려 죽인 혐의야. 마부가 목격했고, 현장에 그자의 장갑이 떨어져 있었대. 그 안에 여자의 사진이 들어 있었는데, 파린토 시 저택의 하녀였던 릴리라는 여자 사진이었어. 그 여자를 임신시키고 나서 내쳐버리고 자살로 위장해서 죽인 게 아니냐며 누군가 집사를 협박했던 모양이야. 집사는 행방을 감췄는데 살해된 여자 집에서 협박 편지가 발견됐어."

"그 여자 이름이 뭔데?"

"휴잇 부인!"

"휴잇 부인이라고?"

리암은 놀라 되물었다.

"사체는 발견됐어?"

"아직! 그래서 '이레귤러스'에 임무가 떨어졌다."

위긴스는 씩씩하게 말을 이었다.

"두 그룹으로 나누는데 A그룹은 강을 수색해서 휴잇 부인의 사체와 소지품을 찾는다. B그룹은 휴잇 부인을 워털루 다리까지 태우고 온 마부를 찾는다."

"마부?"

"골치 아프게 얽히고 싶지 않았는지 경찰한테 신고한 뒤 모습을 감췄어. 너는 화이트채플 부근 친구들한테 얘기하고 B그룹과 같이 움직여!"

"알았어! 성 안나 교회에 가볼 일이 있는데 일 끝내고 곧바로 갈게."

위긴스가 의외라는 표정을 지었다.

"교회에 무슨 일로?"

"별일 아니야!"

"별일 아닌데 홈스 씨 일을 뒤로 미룰 정도야? 생각보다 중요한 일인가 보네!"

"리암!"

잭이 위긴스의 어깨를 붙잡고 기분 나쁜 표정을 지었다.

"다들 그러는데 너 요즘 혼자서 움직이는 일이 많다며? 혼자만 배워서 홈스 씨 밑으로 들어갈 생각이야?"

"시끄러워, 잭! 리암은 그렇게 치사한 인간이 아니야. 맡은 일은 충실히 해낸다고. 그렇지, 리암?"

"당연하지!"

위긴스는 피식 웃으며 리암의 어깨를 툭 쳤다.

"보고는 4시에 런던 다리에서다. 알았지?"

리암의 대답을 듣지도 않고 위긴스 일행은 가버렸다.

"성질 나!"

'위긴스 녀석, 홈스 씨와 친구들한테 잘난 체하고 싶어서 안달이 났군. 애들은 위긴스한테 알랑거리고 있고!'

리암은 동료들을 헐뜯어서라도 자신이 옳다는 확신을 갖고 싶었다. 예정대로 성 안나 교회로 향했다.

주임신부인 나이절 오라일리는 20대 중반 정도의 젊은 신부였다. 화이트채플에 부임한 지 1년 정도 되었다. 성직자 이미지에 딱 맞는 온화한 풍모에 청렴한 인격과 신앙을 지녀 사람들의 신망을 얻고 있었다.

리암은 이 신부가 약간 불편했다. 너무 선량하기 때문이었다. 하지만 리암이 교회를 찾은 까닭은 신부를 만나기 위해서가 아니라 월요일 아침에 교회에 방문하는 신사에게 볼일이 있기 때문이었다.

그 신사가 올 때까지 교회 앞에서 기다릴 생각이었는데 리암이 교회에 도착하자마자 한 청년이 리암 곁으로 다가왔다. 검고 큰 모자를 쓰고, 사제복을 입은 그는 오라일리 신부였다.

리암은 민첩하게 등을 돌리고 모르는 척하려 했으나 신부가 먼저 리암을 보았다.

"리암!"

부드럽게 부르는 소리를 모르는 척할 수 없었다. 숨을 돌린 후 모자를 벗었다.

"안녕하세요, 신부님!"

"안녕! 잘 있었니?"

너무도 맑은 얼굴을 보고 있자니 리암은 마음이 불편해졌다. 젊은 신부의 곰살궂은 태도에 감탄이 절로 났다.

전에 있었던 신부는 리암을 볼 때마다 참을 수 없는 악취를 맡은 것처럼 코를 찡그렸다. 그 사제는 편견에 가득 찬 고집쟁이 노인으로 신앙심보다는 헌금의 액수로 신도의 좋고 나쁨을 결정한다는 원성을 듣고 있었다.

그 때문에 리암은 늙은 신부를 아주 싫어했고 험담도 했다. 카트라이트와 함께 놀려준 일도 한두 번이 아니었다. 그래도 양심의 가책을 느낀 적이 없었다.

하지만 오라일리 신부는 달랐다. 그 신부에게 나쁜 짓을 하면 그것은 온전히 리암 자신의 잘못이었다. 신부는 음흉한 면이라고는 조금도 없는 좋은 사람이었다. 가난했지만 삐뚤어지지 않았고 어떠한 고난에도 굴복하지 않았으며 신앙이라는 이상을 추구했다. 리암의 생활 역시 진심으로 걱정해주었다.

그래서 리암은 소매치기 일을 관두겠다고 신부와 약속했고, 때로는 미사에도 갔다.

"파이크 씨는 왔니?"

"오늘은 아직이요."

월요일마다 이 가난한 교회를 찾아오는 신사, 랜들 파이크는 사교계의 가십 칼럼니스트였다. 사는 곳은 메이페어, 귀족들을 비롯해 돈 있는 사람들이 사는 동네다. 물론 그 지역에도 커다란 교회가 여럿 있었다.

그러나 그는 불가지론자인 척하며 동료들에게 자신의 신앙을 숨기고 있었다. 아는 사람과 마주치지 않기 위해서 이렇게 지저분한 동네의 교회에 다녔다. 신앙이 깊다고 해서 금욕생활을 하는 것은 아니었다. 그는 향락과 퇴폐를 일삼고 사교계의 추문을 좇아 다녔다. 아직 서른이 안 된 젊은 나이임에도 인생을 다 겪은 사람처럼 떠들어대곤 했다.

예전부터 교회에서 마주쳤던 이 신사의 이름을 처음 안 것은 홈스를 찾아온 파이크와 우연히 마주쳤을 때였다. 만난 즉시 파이크는 리암을 매수했다. 리암이 파이크가 교회에 다니는 것을 발설하지 않는 대가로 파이크는 리암을 정보 수집원으로 인정해주었다.

화려한 사교계 뒷이야기야말로 파이크의 관심 대상이었는데 상류계급의 어두운 부분은 때로 하층계급과 연결되어 있었다. 따라서 이스트엔드에 떠도는 소문을 듣는 일도 파이크에게는 나쁘지 않았다.

리암은 리암대로 홈스가 취급하는 상류계급 사건의 뒷이야기를 듣는 재미가 쏠쏠했다. 마이클은 남자가 아무리 잘생겨도 이 세계에서는 아무런 도움이 되지 않는다고 했지만 랜들 파이크는 워낙 내세울 것이 없었기 때문에 외모에 신경을 많이 썼다. 유행에 뒤처지지 않으려고 노력하며 멋쟁이 중의 멋쟁이, 요즘 시대의 보 브라멀인양 굴었다.

그날도 고급 프록 코트 옷깃에 핑크색 장미송이가 장식된 훌륭한 신사 복장을 하고 나타났다.

"어이, 아저씨!"

리암이 일어나 손을 흔들었다. 이름 부르는 것이 금지되어 있어서 아저씨라 불러도 그런대로 용서가 되었다.

파이크는 따뜻한 미소로 리암을 맞아주었다. 교회 안으로 들어오자마자 성수대에 오른손을 담근 후 성호를 그었다. 제단 근처에 있는 성모상에 다가가 옆에 있는 헌금 접시에 금화를 놓고 촛불에 불을 붙였다. 그리고 오라일리 신부와 마주했다.

“고백하고 싶습니다.”

조용히 고개를 끄덕이며 신부는 고해성사실로 향했다.

리암은 이 교회 건물이 싫지 않았다. 가난한 교회였지만 장미가 수놓인 스테인드글라스는 아름다웠고 성모와 그리스도가 그려진 오래된 그림 조각들 속에는 그의 마음을 움직이는 무엇인가가 있었다. 또한 그러한 모든 것들이 자아내는 신비한 분위기가 가슴을 뛰게 했다.

때문에 기다리는 시간이 지루하지 않았다. 생각보다 죄를 많이 짓고 사는지 파이크의 고해성사 시간은 항상 길었다. 한 시간 가까이 걸릴 때도 있었다.

그러나 최근에는 절제된 생활을 하는 까닭인지 파이크는 10분 만에 고해성사실에서 나왔다. 리암을 돌아보며 라벤다색 장갑을 낀 손으로 오라는 손짓을 했다.

“무슨 좋은 이야깃거리라도 있니?”

“오늘은 아저씨한테 받을 차례인데요. 돈이 아니라 정보가 필요해요.”

파이크는 미소 지으며 고개를 끄덕였다.

“그럼 갈까?”

리암은 파이크를 따라 교회를 나왔다.

문 앞으로 등이 불룩하고 마른 몸의 신사가 스쳐지나갔다. 실크모자에 프록 코트, 거기에 망토를 걸치고 있었다. 소매 부근에서 금단추가 반짝 빛났다. 모자를 눈언저리까지 덮어쓰고 망토 칼라를 세우고 있어서 얼굴은 확실히 알아볼 수 없었다. 하지만 눈초리는 뱀처럼 차가웠다. 소름이 돋을 정도로 기분 나쁜 눈매였다. 하지만 밖으로 나왔을 때 이미 그 신사의 존재는 리암의 머릿속에서 지워져버렸다. 리암은 파이크의 뒤를 따라가면서 그에게서 얼마나 많은 정보를 얻을 수 있을지 기대에 부풀었다.

두 사람이 향한 곳은 근처의 작은 음식점이었다. 신사가 발을 들여놓을 장소로는 보이지 않았는데도 파이크는 신경 쓰지 않았다. 리암은 구석 자리에 앉아 파린토시 부인의 언니인 빅토리아에 대해 물었다.

파이크는 안주머니에서 담뱃갑을 꺼내며 피식 웃더니 경이적인 정보량과 기억력을 증명해 보였다.

"빅토리아 하디 말이니? 헨리 파린토시 부인과는 열 살 정도 차이가 나지. 1860년대 중반에 스캔들을 일으켰어. 열일곱 살 때였지. 처자식 있는 남자하고 도망을 갔어. 하디 가는 그녀와 의절했어. 그 뒤 빅토리아는 남자에게 버림 받고 파리에서 고급 창녀 같은 생활을 했단다. 여배우로 무대에 선 일도 있는데, 그 여자는 협박을 잘하는 사기꾼이야. 동생인 매리 앤이 결혼해서 '비너스의 왕관'을 어머니로부터 물려받은 사실을 알고 자신이 정당한 권리를 갖고 있다고 주장했어. 동생을 협박해서 잠깐 티아라를 빼앗았지. 4년 전 일이다. 세상에는 도난 사건으로 알려져 있지만, 내막이 복잡한 사건이었다. 티아라 이외의 다른 보석도 줄기차게 요구해서 매리 앤은 홈스한테 협상을 부탁했어. 홈스는 훌륭한 중재로 ‘비너스의 왕관’까지 돌려받아줬지.”

“그 여자가 런던에 있는 것 같던데요.”

“그럴 수도 있지. 아이린 애들러가 와 있으니까.”

“오페라 가수요?”

“빅토리아 하디는 애들러의 일을 돕고 있거든.”

‘앗!’ 리암의 입이 벌어졌다. 홈스가 가끔 애들러의 이름을 언급했던 것이 기억났다.

“혹시 빅토리아 하디가 휴잇 부인인가요?”

“가명 중의 하나지!”

“음!”

리암은 생각에 잠겼다.

“자, 하나만 더 가르쳐줘요.”

“안 돼, 안 돼.”

궐련을 태우며 파이크는 눈을 크게 떴다.

“오늘은 욕심을 많이 내는군. 홈스도 이럴 때가 있나?”

“홈스 씨는 그렇지 않아요. 지금 물어보는 건 홈스 씨와는 상관없어요. 그냥 제가 궁금해서요. 아저씨가 이 사람을 아는지 모르는지 알고 싶어요."

리암은 주머니에서 에드워드에게서 훔친 사진을 꺼냈다. 아름다운 귀부인의 사진을 파이크에게 보여주었다.

랜들 파이크의 얼굴에서 순간 웃음기가 사라졌다. 그가 사진을 잡으려고 손을 내밀자 리암은 빼앗기지 않으려고 사진을 살짝 뒤로 뺐다. 파이크는 약간 눈초리를 추켜세웠지만 궐련을 입에 물고 말문을 닫았다. 담배는 아연이 들어 있어서 독특한 냄새가 났다. 파이크는 가늘게 연기를 내뿜으며 얼굴에 미소를 띠었다.

"그건 어디서 구했니?"

"어디서 구했든 무슨 상관이에요. 내가 먼저 물었잖아요. 누구인지 말해봐요."

그때 무표정한 중년 여자가 홍차와 비스킷을 가져왔다. 리암은 싱거운 홍차를 좋아하지 않았고 파이크는 이곳에서 식사를 할 생각이 없었다. 줄곧 담배를 피우며 묻고 대답했다.

"그 여자는 백작 부인이다. 장미처럼 아름다운 여인이었지."

"이었다구요?"

입을 오물거리며 리암이 반문했다.

"돌아가셨지. 13년 전에!"

"병으로요?"

"사건이 있었어!"

"사건이라면 어떤……?"

리암이 호기심을 드러내자 파이크는 고양이처럼 눈을 가늘게 떴다.

"내용을 더 알고 싶으면 먼저 이야기해봐! 어떻게 이 사진이 네 손에 들어간 거지?"

"주웠어요!"

똑바로 상대의 눈을 응시하며 진지하게 대답하자 랜들 파이크는 피식 웃었다. 들고 있던 담배를 재떨이에 비벼 끄며 부드럽게 말했다.

"리암 메건 군! 넌 아직 어려! 내가 연장자로서 특별히 한 수 지도해주지. 비즈니스 상대와 오래도록 관계를 지속하고 싶다면 거래할 때 부정한 짓을 하면 안 돼. 피치 못하게 부정한 방법을 써야 할 경우가 있다면 그럴듯하게 거짓말하는 기술을 배우도록 해라. 연기력도 필요하고……."

부드러운 말투 속에 숨은 매서운 독설을 느낀 리암은 황급히 대답을 정정했다.

"뻴이 안다는 이상한 녀석이 갖고 있었어요."

"그 소년의 이름은?"

"에드워드 콜린스."

"……에드워드 콜린스!"

파이크는 천천히 이름을 곱씹었다. 파이크의 목소리가 야

룻하게 들려서 리암은 몸을 앞으로 내밀었다.

"그 녀석을 아세요?"

"내가 알고 있는 건 연애 사건이다."

파이크는 미소를 머금으며 담배 케이스에서 새 담배 하나를 꺼내 물었다. 연기를 내뿜으며 그는 연애 사건에 대해 말했다.

"켄트에 영지를 가진 대귀족인 위트포드 백작은 작위를 계승하기 전에 신분이 다른 여자와 결혼을 했지. 상대는 아일랜드의 가난한 직공 딸이면서 가톨릭 신자였다. 양쪽 집안 어른들 모두 심하게 반대했지. 그런데도 결국 결혼 허락을 받았어. 위트포드가 육군 소위로 백작 가문의 차남이었던 게 다행이었지. 한 가지 약속을 해야 했는데, 그건 여자가 개종을 한다는 거였어. 영국국교회 사제의 주례로 결혼을 하고 축복받았지. 가십거리로는 그런 대로 재미있었어."

"그리고 어떻게 됐는데요?"

"결혼해서 3년쯤 뒤에 위트포드 경의 형과 그 아들이 전염병으로 죽었어. 그래서 결국 그가 대를 잇게 됐지. 그때 다시 백작가문 내에서 분쟁이 일어난 거야. 혈통도 모르는 아일랜드 출신 여자는 육군 장교 아내로서의 자격뿐만 아니라 유서 깊은 백작 가문의 대를 이을 아이를 낳을 자격도 없다는 거였어. 두 사람의 결혼은 무효라고 터무니없는 소리를 하는 사람도 나오면서 젊은 부부는 무척이나 고통을 받았던 모양이야.

그 후에 있었던 일은 제대로 알려지지 않았는데 위트포트 백작이 작위를 계승하고 1년 후에 부인은 영내 숲속에서 사체로 발견됐어. 생후 1개월 된 아들 하나를 남기고……."

"그게 에드워드?"

"룬 자작, 에드워드 해밀턴. 콜린스는 어머니 쪽 성이지."

"에드워드의 어머니는 살해됐나요?"

"단순히 살해된 게 아니라 사체가 토막 나 숲에 던져져 들개의 먹이가 된 모양이야."

처참한 이야기에 리암은 할 말을 잃었다. 몸서리가 쳐져 도리질을 했다. 하지만 이야기는 머릿속을 떠나지 않았다. 이런 얘기를 가십거리 삼아 스산한 표정으로 말하는 랜들 파이크가 혐오스러웠다. 리암은 고개를 돌리고 무뚝뚝하게 물었다.

"범인은 잡혔나요?"

"용의자가 체포됐지. 과거에 여러 여자를 참혹하게 살해하고 지명수배됐던 남자였는데 잡혔을 때 이미 자신의 이름도 모를 정도로 폐인이 되어 있었어. 재판이 시작되기 전에 자살을 했어."

사진을 내려다보니 사진 속의 귀부인이 무엇인가를 말하는 듯해서 리암은 가슴을 진정시킬 수 없었다.

"그 백작의 저택이 런던에도 있나요?"

"파크레인에."

파이크는 수첩에 주소를 적어 리암에게 찢어 주었다.

"리암!"

"왜요?"

고개를 들자 파이크의 장미처럼 화사한 미소가 눈에 들어왔다. 단순히 아름다운 것이 아니라 그 아름다움 속에는 가시가 있다는 점을 시사하는 듯한 미소였다.

"내가 너무 많이 알려줬구나. 이 빚은 다음에 다른 정보로 갚아라."

랜들 파이크와 헤어진 후 리암은 위트포드 백작가를 향해 이스트엔드 쪽으로 발길을 재촉했다. 백작가의 도련님을 만날 수 있다는 생각으로 길을 나서지는 않았지만, 그렇다고 이대로 있을 수만은 없었다. 그가 홈스 씨 사무실을 찾은 이유는 어머니 사건과 관계있을지도 모른다. 그렇다면 모든 것을 이야기하고 홈스에게 상담하라고 권하고 싶었다.

그렇지만 사진을 돌려줄 마음은 없었다. 돈 많은 백작가의 도련님이라면 사진 정도는 산더미처럼 갖고 있을 것이다. 한 장 정도 잃어버려도 별일 없을 거라 생각했다.

메이페어까지 오자 그 생각은 점점 더 확고해졌다. 안개에 뿌옇게 가려져 있어도 이어진 저택과 길이 너무 아름다워 입이 다물어지지 않을 지경이었다. 리암이 살고 있는 마을과는 전혀 다른 별천지였다.

커다란 건물을 보고 감탄하던 리암은 하이드 공원 강변의 파크레인에서 묘한 장면을 목격했다. 신 고전 양식의 수려한 저택 지붕 위, 셀 수 없이 많은 굴뚝 사이에 사람 그림자가 움직이고 있었다. 처음에는 굴뚝 청소부인 줄 알았다. 그런데 그 사람이 굴뚝에 빙글빙글 로프를 감는가싶더니 작은 몸뚱이를 하늘로 던졌다. 그 사람은 순식간에 길 위에 내려앉았다.

"우와!"

자신도 모르게 소리를 질렀다.

'도둑이다!'

아무리 안개가 끼어 있다고 해도 아직 해가 중천에 떠 있는데 대담하기 그지없었다. 머지않아 큰 소란이 일어날 것이라 보고 리암은 자기와는 상관없는 일인데도 두근거리는 마음으로 주위를 둘러보았다.

실크모자에 프록 코트, 손에는 지팡이를 든 신사가 유유히 지나갔다. 종복을 거느린 귀부인 둘이 근처를 지나고 있었지만 그 누구도 찰나의 괴이한 장면을 못 본 듯했다. 오히려 그들에게는 아름다운 거리에 리암처럼 초라한 아이가 있다는 게 더 놀라운 일일 듯했다.

순간 개 짖는 소리가 들렸다. 둘러보니 가로수 밑에 검은 스패니얼 개 한 마리가 앉아 있었다. 허리를 꼿꼿이 펴고 머리를 추커세우고는 지팡이를 입에 물고 있었다. 리암을 향해 개가 짖었다. 리암이 '호레이쇼!' 하고 이름을 부르자 개는 귀를 쫑긋 세우더니 짖는 것을 멈추고 몸을 벌떡 일으켰다. 짧은 꼬리를 흔들며 리암 쪽으로 총총 달려왔다. 리암은 손을 내밀었다. 개가 신발을 물어가서 고생한 기억은 사라지지 않았으나 리암은 원래 개를 좋아했다. 이름을 불러줬다고 달려오는 모습이 귀엽다고 생각하는 순간 스패니얼 개는 리암의 옆을 스쳐지나갔다.

"호레이쇼!"

뒤에서 부르는 소리가 들렸다.

뒤돌아보니 에드워드가 서 있었다. 리암을 발견하고는 잠시 놀란 표정을 짓더니 이내 환한 미소를 보였다.

"어이, 대단한데! 내가 있는 곳을 알아내다니…… 어떻게 내가 탈출했다는 걸 알았지?"

"탈출?"

리암은 되물었다.

"혹시 지붕 위에서 뛰어내린 게 너니?"

"그래. 밸이 체포되고 나서 바깥출입을 금지 당했거든. 감시가 강화돼서 할 수 없이 등산용 로프를 써서 단번에 내려왔지."

"말해두지만 난 우연히 근처를 지나가는 길이야!"

어정쩡한 표정으로 거짓말을 하자 에드워드는 실망스런 표정을 지었다. 하지만 곧 안색을 바꾸어 미소를 지었다.

"우연히라는 말은 결국 운명적인 만남이라는 뜻인가!"

"뭐?"

"도와줄 거지? 부탁이야. 너밖에 의지할 사람이 없어."

"백작가의 도련님이잖아. 아버지한테 부탁하면 무엇이든 할 수 있잖아!"

에드워드의 눈썹이 살짝 일그러졌다.

"누구한테 들었어?"

"비밀 정보원이 있어!"

"대단하네. 그렇지만 틀렸어. 백작이든 왕이든 아들을 위해 무슨 일이든 해줄 아버지가 있을 리 없지."

"…… 그래?"

아버지의 얼굴이 리암의 뇌리를 스쳤다.

마이클은 도움이 안 되더라도 리암을 위해서라면 무슨 일이든 해주는 아버지였다. 믿음직했다. 그렇더라도 미국행은 좀…….

"그래!"

에드워드의 대답에 리암은 정신을 차렸다. 에드워드의 표정이 어두워졌다.

"아버지는 나를 햄릿이라고 생각해. 삼촌도 원수가 아니고 아버지도 유령이 아니지만 말이지……."

아버지 얘기를 할 때 에드워드의 눈가에 격렬한 혐오의 빛이 감돌았다. 그것은 리암이 아버지를 한심하게 생각할 때 짓는 표정과는 전혀 다른 것이었다.

리암은 에드워드와 깊이 있는 이야기를 할 만큼 친하지 않았다. 친하다 하더라도 이 상황에서 어떤 이야기를 해야 좋을지 적당한 말을 찾을 수 없었다. 그 정도로 에드워드의 표정은 심각했다. 파이크의 비극적인 이야기를 듣고 동정심이 일어 리암은 마음에도 없는 말을 해버렸다.

"내가 뭘 했으면 하는데?"

"네가 해줄 일이 몇 가지 있어!"

이내 표정을 밝게 바꾸고 에드워드는 리암과 어깨동무를 했다. 나란히 걸어가며 에드워드가 말했다.

"제일 먼저 셜록 홈스 씨한테 밸런타인 레이의 석방을 위해 힘써 달라고 부탁하고 싶다."

리암은 미간을 찌푸렸다. 그 부탁이라면 거의 반은 이루어진 상태였다. 하지만 금방 알려주는 게 싫어서 시간을 벌기 위해 뒤를 돌아보았다. 호레이쇼가 지팡이를 물고 따라오고 있었다.

몇 걸음 걷다가 리암은 대답 대신 질문을 했다.

"왜 직접 부탁하지 않는데?"

"내 부탁을 아버지한테 알릴 게 뻔하잖아!"

"홈스 씨는 일러바치는 일 따위는 안 해!"

"해. 어른이란 다 그래. 제일 먼저 자기 이해득실을 계산하고 행동하는 게 어른이야!"

"그렇지 않아."

리암은 딱딱하게 되받았다.

"정의로운 부탁이니까 분명히 들어줄 거야."

에드워드는 한숨을 내쉬었다.

"홈스 씨의 정의감을 신뢰하지 못하는 게 아니야. 그 사람은 어른이라고. 알겠어, 리암? 이 사회는 계급사회야. 사회란 건 단순히 신분관계만 좇아서 움직이는 게 아니야. 어른이라는 계급과 아이라는 계급 사이에도 커다란 골이 있고, 같은 계급에서밖에 통하지 않는 정의도 있는 거야. 홈스 씨는 내 이야기를 이해하고 나를 동정한다 해도 나를 도와주지 않고 아버지 편에 설 거야."

"계급이 다른 거라면 나하고 너도 다르잖아."

"밸런타인에 대한 우정을 믿는 거야. 너의 정의감하고……."

"바보 취급 하지마!"

제멋대로 말하는 에드워드에게 화를 내기보다 잘해주고 싶은 마음이 앞섰다. 하지만 겸연쩍은 느낌이 들어 리암은 일부러 거칠게 대꾸했다.

"뭘 믿어! 우리 같이 천한 사람들은 명령하면 다 한다고 생각하잖아!"

에드워드는 눈을 동그랗게 떴다. 말이라도 아니라고 해줄 것이라고 생각했는데 에드워드는 잠시 숨을 돌리더니 고개를 갸웃했다.

"의식하지는 않지만 너희 같은 계급은 우리한테 복종하는 사람들이 많기 때문에 자연히 그런 태도를 취하게 되는구나. 하지만 나는 네 능력을 인정해. 행동력이나 직관력 모두. 그렇기 때문에 이렇게 부탁하는 거야. 부탁이니까 도와줘. 밸런타인을 이대로 내버려둘 수 없어. 구해주고 싶어!"

진지한 눈빛에 리암은 입속으로 우물거리다 말문을 닫았다.

별로 마음에 들지 않는 녀석이지만 악의는 없어 보였다. 게다가 밸을 구하려는 진지한 태도에 마음이 흔들렸다. 그래도 녀석에게 마음을 터놓을 정도로 친밀감을 느끼는 건 아니었다.

"밸은 나를 속였어!"

"밸런타인이 너한테 무례하게 행동했다면 그건 나를 도와주기 위해 어쩔 수 없이 한 행동이야. 그러니까 밸런타인을 용서해줘!'

"밸은 네 명령으로 홈스 씨 사무실에 몰래 들어갔던 거야?"

"음. 홈스 씨는 과거의 범죄에 대해서도 자세하게 연구하고 있어. 자료를 조사해달라고 했지. 알고 싶은 사건이 있어서……."

"그게 어머니 사건이니?"

생각 없이 불쑥 내뱉은 말에 에드워드의 안색이 싹 바뀌었다. 태생을 들켰을 때보다 심한 동요를 보였다. 날카롭게 리암을 쏘아보더니 잠긴 목소리로 물었다.

"그것도 비밀 정보원한테서 들었냐?"

"어? 응. 저기…… 그래."

리암은 대답을 얼버무렸다.

에드워드는 조용히 숨을 돌렸다.

"당시에는 신문에도 크게 다뤄져서 기억하고 있는 사람이 있다고 해도 이상할 건 없지."

"범인은 잡혔니?"

에드워드는 대답하지 않았다. 잠시 침묵을 지키며 걷다가 중얼중얼 말문을 열었다.

"난 진실을 알고 싶어. 너나 할 것 없이 모두 어머니 일을 숨기려고 해. 사진도, 초상화도…… 모두 불태워버렸어."

"멋대로?"

"그래. 아버지는 어머니를 사랑했어. 그래서 생각하면 괴로울 거야. 유모가 사진 한 장을 나한테 남겨줬는데 어제 잃어버렸어."

에드워드의 안색이 어두워졌다.

"어머니는 내가 태어나고 얼마 후에 돌아가셨어. 그래서 나는 유모의 손에 길러졌어. 어머니가 살아계셨다고 해도 유모가 나를 돌봤겠지만, 그래도 하루에 한 번 정도는 볼 수 있었을 거야. 잠자기 전에 잘 자라는 뽀뽀 정도는 해주셨을 테니까. 장미 향기를 풍기며……"

"장미?"

"어머니는 장미를 좋아했어. 영지 안에 있는 저택 정원에 아버지가 어머니를 위해 만들어준 장미밭이 있어. 아주 멋진 곳이야."

리암은 고개를 끄덕거렸다. 장미꽃 밭이 있을 정도의 정원은 상상하기 힘들었다. 공원 같은 곳을 떠올려보았지만 자신이 사는 곳과 다른 세계 같았다.

"귀족들은 모두 유모가 기르니?"

"부인들은 사교에 바빠서 아이를 돌볼 시간이 없으니까."

"헤에!"

리암은 어이없어 자신도 모르게 소리를 질렀다.

리암이 사는 동네의 아이 어머니들도 모두 바빴다. 가사에 쫓기는 것은 물론 가족의 생계를 위해 반 페니라도 더 벌려고 뼈를 깎는 노력을 하고 있었다. 유모 같은 것은 없었다. 아기를 조용하게 만들기 위해 가정이나 탁아소에서 진과 아연이 들어있는 시럽을 먹이는 일도 흔했다. 아이들은 멋대로 컸다. 게다가 돈도 벌었다. 여자아이는 다섯 살이 되면 바느질을 하고 남자아이는 무슨 일이든 닥치는 대로 했다.

"밸런타인은 내 유모의 아들이다."

"그럼, 함께 컸니?"

"설마!"

냉정하게 부정한 뒤 에드워드는 말을 이었다.

"밸런타인은 유모의 어머니한테 맡겨졌지. 때때로 성에도 오곤 했는데 유모를 만나기 위해서가 아니라 내 놀이 상대가 되어주려고 온 거였어. 자, 리암! 너는 그런 걸 어떻게 생각하니?"

"그런 거라니?"

"그러니까 만약 네 어머니가 다른 아이를 키우기 위해 일하러 가고 너는 다른 누군가한테 맡겨진다면 너는 어머니가 돌보는 아이를 어떻게 생각하겠니? 이야기한 대로 나는 철이 났을 때 이미 어머니가 돌아가시고 없었기 때문에 어머니에 대한 사랑의 감정이라는 게 어떤 건지 잘 모르겠어."

리암은 잠시 입을 다물었다가 발밑의 구덩이를 피하며 대답했다.

"안됐지만 나도 마찬가지야. 우리 어머니도 일찍 돌아가셨거든. 기억이 별로 없어!"

두 사람은 한참을 말없이 걷기만 했다.

"홈스 씨가 밸을 석방해달라고 경찰한테 말했어. 그 아이는 범인이 아니라고……."

리암이 말하자 에드워드가 안도의 한숨을 쉬었다.

"잘됐다!"

“그리고 이거 돌려줄게.”

리암은 주머니에서 연지색 가죽으로 만든 사진첩을 꺼냈다.

에드워드의 눈이 커졌다. 리암이 훔쳤으리라고는 꿈에도 생각하지 못했던 모양이었다.

“미안해!”

리암은 진심으로 사과했다.

“나는 너 같은 부자는 사진을 산더미처럼 갖고 있다고 생각하고 한 장 정도는 잃어버려도 괜찮은 줄 알았어. 다시 말해서 그 분은⋯⋯.”

사진 속의 여인이 기억 속에 있는 자신의 어머니와 닮았다는 이야기를 하려다 망설였다. 원래 가난한 집 딸이었지만 에드워드에게는 백작부인이고 어머니다. 빈민가의 여자와 닮았다고 한다면 분명히 기분이 나쁠 것이다.

“아름다우니까!”

에드워드는 발걸음을 멈추고 리암의 얼굴을 빤히 쳐다보았다. 불쾌한 소리를 할 것이라고 생각했는데 환한 표정을 지었다. 인형 같은 외모에 따뜻한 표정을 지으니 온화한 사람처럼 보였다.

어느 순간인가 마음이 통한 것 같았다.

이윽고 에드워드가 한마디 툭 던졌다.

“넌 정말 대단한 기술자다!”

“뭐?”

“소매치기 말이야. 밸런타인한테 듣긴 했어. 네가 소매치기 달인이라고……. 기술, 정말 대단하다. 아니 마술이라고 할 만해.”

솔직한 칭찬에 리암은 얼굴이 붉어졌다. 특별한 기술이라서 칭찬을 들으니 기분이 나쁘지 않았다.

그러나 부자 도련님은 또다시 엉뚱한 소리를 했다.

“장차 소매치기로 성공하고 싶니? 소매치기는 동료와 어울려서 하는 일이라고 디킨스 책에서 읽었는데.”

“말해두지만 소매치기는 범죄야!”

“알고 있어. 하지만 너희 같은 가난뱅이가 생계를 꾸리려면 범죄를 저지르지 않으면서 살기가 어렵잖아? 나는 너희만 비난할 생각은 없어.”

“아하, 그래!”

리암은 ‘이건 아니다. 이 녀석하고는 근본적으로 이야기가 통하지 않는다’고 생각하며 잠깐 느꼈던 친밀감을 깨끗이 씻어버렸다.

‘에취’ 하고 에드워드가 재채기를 했다.

“어디 조용히 이야기할 곳이 없을까? 범인을 잡을 계획이 있어서 너한테 협조를 받아야겠는데 너무 추워서 감기 들겠다.”

“이 정도가 추우면 겨울엔 어떻게 하려고?”

그렇게 말하는 리암도 춥기는 마찬가지였다.

안전하다고 할 만한 곳이 하나 있었다.

"할 수 없군! 날 따라와."

리암과 에드워드는 오후 3시가 넘어서야 화이트채플에 도착했다. 추위를 피하기 위해 찾은 곳이긴 해도 불이 없는 방은 단순히 바람을 막는 정도로 만족해야 했다.

초에 불을 붙이고 리암은 침대에 털썩 주저앉았다. 에드워드가 있어서 입 밖에 내지 않았으나 사실 배신당한 느낌이 들었다.

리암은 아버지에게 실망했다. 심하게 싸웠지만 아버지가 집에서 자신을 기다리고 있을 거라고 막연히 기대했기 때문이었다.

에드워드는 발밑에 호레이쇼를 앉히고 한손에 지팡이를 든 채 방 안을 흥미롭게 둘러보았다.

"여기가 네 침실이니?"

"내 침실이기도 하고 거실이기도 하고 식당이기도 해. 다용도지!"

리암은 자조적인 미소를 지었다.

"가스등은?"

"가스가 안 돼."

"그렇군!"

에드워드는 고개를 끄덕거렸다.

“그럼 너희 아버지는 어디서 자니?”

“여기라고!”

“침대가 하나잖아.”

“침대는 하나로도 충분해. 위긴스네 애들은 이런 침대에서 다섯 명이 잔다고.”

에드워드의 눈이 점점 커졌다.

“물고기와 빵을 나눈 그리스도의 기적 같구나!”

리암이 어깨를 축 늘어뜨렸다.

“기적이란 게 있다면 이보다 더 좋은 일이 일어났으면 좋겠다!”

“그래? 침대 하나를 가지고 서로 싸우지 않고 다섯이서 나눌 수 있다는 게 얼마나 멋진 일이니?”

“그 정도는 보통이야. 어쩔 수 없으니까.”

세상 물정 모르는 귀족들의 사고방식이 지긋지긋해서 리암은 통명스럽게 대답했다.

에드워드는 진지했다.

“난 부럽다.”

“이봐! 적당히 해두지 그래?”

“가족끼리 사랑이 없으면 안 되는 일이잖아.”

“얼어 죽을지도 모를 상황에 좋고 나쁜 게 어딨어!”

“그래도 미운 감정은 없을 거 아니야. 미움은 얼어 죽는 일도 두려워하지 않아!"

목소리에 담긴 어두운 그림자를 느끼고 리암은 새삼 에드
워드를 쳐다보았다. 그의 눈치를 살피며 물었다.

"아버지와 사이가 안 좋니?"

에드워드는 입을 다문 채 리암을 노려보았다.

"넌 눈치가 없구나! 그런 질문은 얼굴을 마주 보고 하는 게
아니야."

"눈치가 없다는 말을 너한테 듣고 싶지는 않은데. 자기는 하
고 싶은 말이라면 뭐든지 툭툭 던지면서!"

"그렇지 않아. 예를 들어 이 방이 소름이 끼칠 정도로 더러
운데 난 아무 말도 하지 않았다고."

"지금 말하고 있잖아!"

"네가 말하게 했잖아. 난 가만히 있으려고 했는데."

"미안하군! 더러운 방에 데리고 와서."

에드워드는 이상한 듯 눈을 깜빡였다.

"나쁘다고는 말하지 않았어. 날 왜 그렇게 왜곡해서 보려고
들지?"

"왜곡하기는! 대체로 이 동네 사람들은 방이 있는 것만으
로도 만족하며 살아. 형편이 이보다 더 낫다고 해서 자랑하거
나 자기보다 궁한 사람들을 비꼬거나 하지 않는다고. 백작가
의 도련님이 알겠나마는!"

"아, 미안하지만 난 가난에는 관심이 없어. 그런데 난로가
있으면서 왜 불을 피우지 않는 거야?"

"석탄이 없으니까."

"안 파니?"

"돈이 없어!"

에드워드의 눈꼬리가 올라갔다. 에드워드가 투덜거렸다.

"추워!"

리암은 한숨을 풀썩 내쉬었다.

"돈은 있니?"

에드워드는 고개를 크게 끄덕였다.

리암은 방 한가운데로 가서 에드워드에게도 똑같이 해보라
는 손짓을 하며 양발을 모으고 뛰었다. 둘이서 바닥을 쿵쿵거
리며 뛰자 찢어질 듯한 소리가 들려왔다.

리암이 창가로 가서 창문을 열고 내려다보니 아래층 창문에
서 앙상하게 마른 할머니가 얼굴을 내밀고 주먹을 흔들어댔다.

"시끄러워! 조용히 좀 해!"

"죄송해요, 할머니!"

리암이 고함을 쳤다.

"돈 줄 테니까 석탄 좀 나눠줘요."

"이 정도면 충분하니?"

리암의 어깨너머로 에드워드가 두둑한 지갑에서 소블린 금

화를 꺼냈다. 리암은 지갑을 쥔 손을 붙들고 안쪽으로 끌었다.

"그런 지갑을 꺼내면 어떡해?"

"흔한 지갑인데 왜 그래?"

"비싼 가죽 지갑이잖아. 가져가라고 떠들어대는 거하고 다를 바 없다고."

"밸런타인도 똑같은 말을 했는데."

에드워드는 지갑을 안주머니에 넣었다. 얼굴에 씁쓸한 표정이 스쳤다. 그러나 곧바로 자신감에 찬 미소를 지으며 영리해 보이는 푸른 눈으로 리암을 보았다.

"네 영역에서는 네 말에 따르기로 하지."

"당연하지. 불평하면 두들겨서 내쫓을 거야!"

리암은 다시 창문으로 얼굴을 내밀고 아래층 할머니와 협상을 했다. 에드워드가 잔돈을 갖고 있지 않았기 때문에 새끼줄에 맨 양동이에 금화 하나를 넣어 아래층으로 내려주었다. 그리고 에드워드와 함께 석탄이 가득 든 묵직한 양동이를 끌어올렸다.

난로에 불을 지피고 나란히 그 앞에 앉았다. 에드워드는 잠시 주저하다가 손수건으로 바닥을 닦고 앉았다. 호레이쇼는 에드워드 옆에서 다리를 쭉 펴고 엎드렸다.

"이제 이야기를 계속해볼까!"

벌겋게 타오르는 불꽃에 볼이 장밋빛으로 익은 에드워드가 말문을 열었다.

"나는 이번 사건의 범인이 내부 사람이라고 확신해. 단독범이 아니라 공범자가 있어. 그날 밤 핀츨리가에서 신문지에 싼 단검을 봤지?"

"내가 주운 걸 너희가 빼앗았잖아! 그게 사건하고 관계 있는 거니?"

"외부 사람이 범인이라고 믿게 하기 위한 공작이었어. 너도 처음엔 그렇게 생각했잖아? 그 단검은 도망친 범인이 떨어뜨린 거라고!"

"흉기는 사체에 남아 있었어!"

"범인 쪽에서 실수를 한 것 같아!"

"네 말대로라면 중요한 증거잖아? 그런데 왜 가지고 갔니? 수사를 방해한 거잖아!"

"나는 그렇게 생각하지 않아. 오히려 수사상의 혼란을 하나 줄일 수 있었어. 경찰 관계자가 잘못된 길을 가지 않도록 도와준 거지."

에드워드는 자신만만했다.

"그 단검은 달리는 마차에서 던져진 거야. 그리고 그 마차에 타고 있던 사람은 파린토시 부인이야. 그 여자는 찰스 파린토시 살해범이 외부로 도망친 것처럼 보이도록 단검을 거리에 버렸어. 경찰한테 발견되기를 바란 거지. 그리고 도망치는 범인을 봤다고 위증했어!"

리암은 기가 막혔다. 하지만 일리가 있었다. 그날 밤 파린토시 저택 앞에 있던 마차에서 내린 사람은 파린토시 부인이었다. 찰스의 살해 소식을 들었을 때 굉장히 흥분했지만 이상한 사람을 목격했다고 특별히 강조하며 경찰에게 길거리를 조사하라고 했다. 스트랜드 호텔에서도 이상했다.

"그래서……."

리암은 에드워드의 얼굴을 노려보며 두 번 속지 않겠다고 다짐을 하듯 냉랭하게 물었다.

"뭘 계획하고 있는 거니?"

"첼시에 내 집이 있으니까……."

"네 집이라고?"

"이모가 물려준 집인데 내 명의로 되어 있어. 비어 있는 집이니까 계획을 진행하기에는 안성맞춤이지. 저녁 차 시간에 올 수 있도록 파린토시 부인한테 편지를 보냈어. 살인사건의 전말을 알고 있으니 거래하려면 저녁 6시까지 그 집으로 오라고 했어."

리암은 미간을 모았다.

"그럼 처음부터 거기로 갔으면 좋았을 텐데."

"음."

에드워드가 고개를 끄덕였다.

"나는 너하고 친구가 되고 싶어서 여기까지 따라온 거야.
네가 사는 집도 보고 싶었고."

"저기 말이야!"

"뭐?"

"염려스러워서 그러는데 그거……."

"그거라니?"

리암은 친구가 될 수 없다고 말하고 싶었지만, 입속에서만
우물거리다 결국 이렇게 말했다.

"친구와 친구의 집은 관계없어."

리암이 에드워드의 계획에 동조한 이유는 범인을 밝혀내고
싶다는 생각 이외에 세상 물정 모르는 도련님을 혼자 두면 말
도 안 되는 문제를 일으킬지 모른다는 걱정이 들었기 때문이
었다. 돌봐줄 의무 같은 것도 없고 마음에 들지도 않는 녀석이
지만 예전처럼 나쁜 녀석이라는 생각은 들지 않았다. 아마도
녀석의 어머니 사진을 보고 어머니에 대한 이야기를 들었던
탓일 것이다.

둘이 호레이쇼를 데리고 밖으로 나오자 비가 오기 시작했
다. 에드워드가 마차를 타고 가자고 해서 큰 길까지 걸어 나오
는 사이 온몸이 비에 흠뻑 젖어버렸다.

리암은 에드워드가 들고 있는 지팡이가 거슬려 힐끗힐끗

흘겨보았다.

"그런 지팡이보다 우산을 갖고 다니는 게 편리하잖아!"

"이건 이거대로 쓸 데가 있어. 비가 안 올 때도 있고 일일이 우산 파는 사람한테 접었다 폈다 시키기도 귀찮거든."

"우산 정도는 직접 접으면 되지."

"넌 말도 안 되는 소리만 하는구나!"

상업 지구까지 걸어왔을 때 낯익은 목소리가 들려왔다. 쌍둥이 디와 댐이었다.

"아, 여기 있다."

"전령! 전령!"

쌍둥이는 웅덩이라기보다는 말똥과 먼지가 질퍽질퍽한 진창 속에서 물보라를 일으키며 달려왔다.

"와, 왕자다!"

둘은 에드워드를 보며 소리쳤다. 하지만 리암에게 눈길을 돌리더니 이내 심각한 표정을 지으며 아우성을 쳐댔다.

"위긴스가 화났어!"

"'이레귤러스' 임무를 무시했다고!"

리암은 아차 싶었다. 파이크와 이야기하고 에드워드를 데리고 다니느라 위긴스와의 약속을 까맣게 잊고 있었다.

변명거리를 생각하는 동안 쌍둥이는 의기양양해서 떠들어 댔다.

"브로치야!"

"브로치하고 숄이야!"

"찾고 있던 여자 이름이 들어 있었어."

"이름을 읽을 수는 없었지만 우리가 찾아낸 거야."

쌍둥이 이야기를 정리해보면 위긴스가 '이레귤러스'의 멤버 전원을 소집해서 두 그룹으로 나눠 일을 했는데 마부를 찾는 그룹은 지금까지 아무런 수확이 없지만 강둑을 수색한 그룹은 워털루 다리에서 떨어진 하류의 둑과 강물 위에 떠다니는 것들을 건져서 휴잇 부인의 소지품을 찾아냈다고 했다. 스트랜드 호텔의 종업원이 그녀가 몸에 걸치고 있었다고 증언했던 숄과 모자 그리고 금 브로치에 모두 이름이 쓰여 있어서 운이 좋았다고 했다.

"사체는?"

"아직. 근데 집사가 비밀 구좌를 갖고 있었대."

"돈이 많이 들어 있는 은행구좌래. 집사는 다른 곳에 하숙집을 열 목적으로 돈을 모으고 있었다고 했어. 근데 그 돈이 급료로는 모을 수 없을 만큼 어마어마하대."

"그래서……."

"그래서 지금은?"

"모두 마부를 찾고 있어. 리암, 너도 같이 찾는 게 좋을 거야."

"좋아."

쌍둥이의 말을 자르며 에드워드가 점잖게 말했다.

"이봐, 리암은 중요한 일을 해야해. 이거 줄 테니까 리암은 이번 일에서 빼줘."

에드워드는 주머니에서 금화를 꺼내 쌍둥이에게 주었다.

"금화다!"

"역시 왕자님이다."

금화의 위력 앞에 리암에 대한 염려는 온 데 간 데 없이 사라지고 쌍둥이는 싱글벙글 손을 흔들며 달려갔다.

"또 봐!"

"나도, 리암!"

쌍둥이와 헤어지고 두 사람은 마차에 올랐다. 마부는 빗물에 흠뻑 젖은 두 아이를 무시하려 했으나 에드워드가 금화를 보이자 태도를 확 바꿔버렸다. 첼시를 향해 달린 마차가 목적지에 도착한 시간은 5시 반이 다 되었을 때였다.

파린토시 부인과 만나기로 한 시간까지는 아직 30분 정도 남아 있었다. 마차에서 뛰어내린 리암은 에드워드가 차비를 지불하는 동안 가르쳐준 문으로 향했다. 비는 계속 내렸으나 이스트엔드와 비교하면 포장이 잘 되어 있었다. 하지만 곳곳에 웅덩이가 파여 물보라가 일었다.

리암은 답답한 마음에 손잡이를 돌려보았다. 그러자 생각과는 달리 문이 스르르 열렸다.

"어이, 열쇠……."

'잠가 놓지 않았네'라고 생각하며 먼저 안으로 들어갔다.

에드워드는 조심스럽게 돌계단을 올라갔다. 하얀 계단에는 리암의 발자국이 또렷이 남았다. 에드워드는 리암의 발자국이 아닌 것으로 보이는 흔적을 지팡이로 가리켰다.

"남자의 구두 자국이다. 성급한 손님이 온 것 같다."

리암은 작게 속삭였다.

가능한 한 숨을 죽이고 살짝 문을 닫았다. 발소리를 죽이며 들어가 문 옆의 방을 엿보았다. 가스등이 켜져 있고 고급 가구들로 장식된 방 안의 팔걸이의자에 상복을 입은 여자가 앉아 있었다.

파린토시 부인이었다. 피곤한 듯 눈을 감고 있었다. 모자와 검은 드레스도 비에 젖어 있었다. 팔걸이에 얹어놓은 팔이 빨갛게 물들어 있었다.

'피다!'

부인은 무릎에 올려놓은 오른손에 피로 물든 면도칼을 쥐고 있었다.

"큰일이다. 손을 그었다. 자살이다!"

리암은 방으로 뛰어 들어가 파랗게 질린 채 서 있는 에드워드를 돌아보았다.

"뭐하고 있어? 손수건이든 뭐든 갖고 와야지!"

손수건을 받아든 리암은 민첩하게 부인의 팔을 묶었다. 손수건이 이내 붉은색으로 물들었다. 서둘러 그녀의 발밑에 떨어져있던 작은 손가방에서 가장자리에 레이스가 달린 손수건을 꺼냈다.

손수건과 함께 편지가 딸려 나왔으나 신경쓸 틈이 없었다. 우선은 지혈부터 해야했다. 손수건으로 팔뚝 안쪽의 동맥을 압박하듯 단단하게 동여매었다. 동네에서 싸움이 있을 때 마이클이 다친 사람을 처치하는 방법이었다.

"파린토시 부인! 파린토시 부인!"

리암은 부인의 몸을 가볍게 흔들었다. 하지만 부인은 눈을 감은 채 의식이 없었다. 단지 가늘게 열린 입술에서 희미한 호흡이 새어 나오며 약하게 맥이 뛰고 있을 뿐이었다.

의사를 불러야한다 생각하고 일어서려다 조금 전 손가방에서 떨어진 편지를 떠올렸다. 편지를 집어 들어 펼치자 타자기로 친 글자들이 눈에 들어왔다.

"내가 쓴 편지다!"

나무토막 같은 에드워드의 목소리가 들려왔다.

찰스 파린토시 살해에 당신이 가담한 사실을 알고 있다. 이미 증거도 갖고 있다. 당신은 마차에서 단검을 떨어뜨렸다. 외부인의 소행으로 보이기 위한 속임수였다. 살인범을 돕기 위해 당신이 한 짓이다. 경찰이 당신이 한 짓을 모르게 하고 싶다면 오늘 밤 6시에 첼시의 체이니로 7번지로 와라. 열쇠를 동봉한다. 현관으로 들어가 바로 앞 거실에서 기다려라. 거래를 하자.

"그럼, 찰스 씨 살인에 관련되어 붙잡히는 것이 두려워 자살을 하려고……."

리암의 말을 에드워드가 조용히 가로챘다.

"자살이 아니라 살인미수다."

파린토시 부인에게 다가가지도 않고 피투성이 손에서 줄곧 눈을 돌리고 있었으면서도 확신에 찬 소리였다.

리암은 어리둥절해 되물었다.

"정말이야?"

"틀림없다. 열쇠는 그녀의 구두다."

"보통 구두잖아!"

버클이 달린 검은 구두였다. 얼룩 하나 없었다.

에드워드는 냉정하게 지적했다.

"옷은 상당히 젖어있는데 구두는 거의 젖지 않았어. 마차에서 내려서 혼자 걸어온 게 아니야. 다시 말해서 누군가가 그녀를 여기로 데려왔다는 말이지. 아마도 수면제를 먹이고 나서 아픈 여자를 돌보는 것처럼 방으로 옮긴 것 같다. 현관 입구에 남아 있던 발자국도 여자의 구두가 아니었어!"

"그렇지만……. 그럼, 도대체 누가?"

"찰스를 죽인 범인이지."

그렇게 말해놓고 에드워드는 고개를 들더니 커다란 소리로 엉뚱한 말을 하기 시작했다.

"이 여자는 자신의 죄를 씻기 위해 죽음을 택했어."

"뭐? 뭐야? 어느 쪽이 진짜야?"

"자살!"

에드워드는 리암을 돌아보며 큰 소리로 말하고는 검지를 입에 대며 조용히 하라는 시늉을 했다. 그의 시선을 따라가 보니 어두운 복도 쪽을 응시하는 호레이쇼가 있었다. 긴장한 듯 짧은 꼬리를 바싹 세우고 있었다. 그리고 낮게 으르렁댔다.

에드워드는 어둠 속에 숨어 있는 무엇인가를 이끌어내기 위해 일부러 엉뚱한 말을 큰 소리로 지껄였던 것이다. 그의 느낌은 정확했다.

어둠 속에서 시커먼 그림자처럼 남자가 걸어 나왔다.

"뭐하고 있나? 너희……."

파린토시가의 집사인 존 브라이언이었다. 뜻밖이라는 듯 눈을 크게 부릅뜨고 소년들을 바라보았다. 이렇게 어린 아이들과 만나게 되리라는 생각은 하지 못한 눈치였다.

"뭐하는 자냐?"

고개를 갸웃하는 에드워드의 귓가에 리암이 낮게 속삭였다.

"파린토시가의 집사다."

브라이언은 의자에 몸을 기댄 부인에게 눈길을 주었다.

"부인!"

놀란 표정으로 외치더니 부인에게 다가서려고 했다. 그러나 호레이쇼의 짖는 소리에 움찔 발걸음을 멈췄다.

"너희 개냐?"

침묵을 지키고 있는 소년들을 부드러운 시선으로 바라보며 집사가 물었다.

"나머지 일은 나한테 맡겨라. 너희는 개를 데리고 얼른 가거라. 경찰이 오면 골치 아플 테니까."

집사는 파린토시 부인을 향해 고개를 돌렸다.

"부인! 저택으로 모시겠습니다. 그리고 의사를……."

집사의 목소리가 음흉하게 들렸다. 리암은 등골이 오싹했다. 새로운 증거를 잡은 것도 아니고, 벨과 침실의 수수께끼가 풀리지도 않았다. 하지만 범인이 집사라는 확신이 들었다.

'살인자' 종족은 없다고 홈스가 말했다. 하지만 살인을 한 인간은 독특한 악취를 풍기는지도 모른다.

훌륭한 연기로 아무리 감추려해도 순간적으로 냄새가 풍겼다.

"너희 안 들리니? 아아, 그런가?"

집사는 초조한 표정으로 주머니에서 5크라운짜리 은화를 꺼내 두 사람 발밑에 던졌다.

"보상금이다. 나는 이분을 모시러 왔다. 너희는 이제 돌아가거라."

"어설픈 연극은 집어치워!"

에드워드가 날카롭게 응수하는 사이 리암은 구두 앞 끝으로 은화를 걷어 올려 주머니에 넣었다. 개를 무시하고 집사가 부인에게 다가서려 하자 에드워드는 손에 들고 있던 지팡이를 검처럼 겨누었다.

"가까이 가지마라. 이놈, 부인을 죽이려고 했지?"

브라이언은 순간적으로 표정이 굳었으나 이내 아이가 무엇을 하랴 싶었는지 앞으로 다가왔다.

리암은 온몸을 긴장시켰다. 키는 그렇다고 쳐도, 싸움은 자기가 온실 속의 도련님보다는 훨씬 익숙할 거란 생각이 들었다. 달려들어 흠씬 두들겨주겠다고 생각하며 앞으로 내달으려는 순간 에드워드가 움직였다.

앞으로 나가 지팡이 든 손을 가볍게 휘둘렀다. 그러자 지팡이 앞이 갈라지며 날카로운 검이 나타났다. 집사는 깜짝 놀라 어깨를 움찔하며 걸음을 멈췄다.

"흉한 꼴을 당하기 싫으면 시키는 대로 해라."

에드워드였다. 키 차이 때문에 집사의 얼굴을 올려다보았다. 그래도 눈초리는 분명히 상대를 내려다보고 있었다. 의연한 태도에서 왕자의 풍모가 느껴졌다.

"너는 찰스 씨 살해 공범자인 파린토시 부인을 자살로 위장해서 죽인 후 모든 걸 덮어씌우려 했지?"

집사의 얼굴이 창백해졌다. 입술이 부르르 떨렸다. 리암은 집사가 허우대도 멀쩡하고 일도 잘하지만 남자답지 못하다는 생각을 했다. 문득 아버지가 또 다시 떠올랐다. 아버지는 집사와 달랐다. 허우대도 형편없고 소매치기 일을 하지만 용기와 애정을 지닌 어엿한 남자였다.

"알았다. 알았어!"

집사가 입을 벌름거리며 뒤로 주춤주춤 물러났다. 에드워드가 만족스럽게 미소를 지었다. 그러나 에드워드는 상대를 너무 쉽게 보았다. 지팡이 칼이 닿지 않는 곳으로 물러난 집사는 주머니에 손을 찔러 넣었다. 재빨리 꺼낸 검은 쇠뭉치는 소형 회전식 권총이었다.

리암은 마른침을 꿀꺽 삼켰다.

"지팡이 내려놔!"

집사가 자신에 찬 목소리로 말했다. 에드워드가 지팡이를 바닥에 떨어뜨렸다.

"여자한테서 떨어져! 벽에 나란히 서!"

총구의 위력에 눌려 두 사람은 벽에 붙어섰다.

브라이언은 불을 켜고 두 소년을 노려보았다.

"하하, 너희구나. 그 탐정의 개들."

"무례하다! 나는 탐정의 개가 아니다."

"그래. 이 녀석은 백작의……"

리암은 에드워드가 위트포드 백작의 혈통을 이을 아이라는 사실을 밝히려고 했다.

"리암 메건!"

찢어질 듯한 소리가 허공을 가르고 에드워드의 눈이 매섭게 빛났다.

리암 역시 에드워드를 쏘아보았다. 백작의 이름을 밝히면 이 악당도 허투루 총을 쏘지는 않을 텐데…….

하지만 에드워드의 눈빛은 입을 다물라고 말하고 있었다.

'젠장!'

리암은 속으로 투덜댔다.

리암은 조금이라도 기세가 꺾인 틈을 이용해 적에게 달려들어 총을 빼앗아야겠다고 생각했다.

'맞아. 호레이쇼!'

리암을 골탕 먹인 저 개라면 도움이 될 수도 있다. 이런 때야말로 주인을 지켜낼 절호의 기회다.

리암은 재빠르게 시커먼 스패니얼 개를 찾았다. 그런데 호레이쇼는 방에 없었다. 도움이 안 되는 개라고 속으로 중얼거리는데 문 쪽에서 날카로운 소리가 들려왔다.

"브라이언, 여기까지다!"

홈스의 목소리였다. 리암은 눈이 번쩍 뜨였다. 브라이언이 반사적으로 상체를 돌리자 총구가 소년들에게서 벗어났다. 그 순간 번개처럼 무언가가 허공을 갈랐다. 권총이 허공에 떠올라 벽에 부딪히며 떨어졌다.

'채찍이다!'

채찍이 집사의 손에서 권총을 빼앗아 떨어뜨렸다. 호레이쇼가 달려들어 민첩하게 총을 물었다. 에드워드도 민첩하게 지팡이를 집어 들었다.

집사는 채찍에 맞은 손을 잡고 몸을 움츠렸다. 분노와 증오로 얼굴이 일그러졌다. 리암이 호레이쇼로부터 총을 받아 들려고 등을 돌리는 순간 거친 발소리가 들렸다. 집사가 도망을 치고 있었다.

"앗, 거기 서!"

리암은 튈 듯이 일어났다.

"도망쳐도 소용없다!"

홈스가 기다리고 있을 터였다.

탐정을 돕기 위해 방을 빠져나가려는 순간 방으로 들어온 새로운 방문객과 마주치며 헛발을 디뎠다.

"무사했나?"

어둠 속에서 모습을 드러낸 사람은 옅은 갈색머리 소년 밸이었다. 채찍을 들고 있었다. 에드워드가 밸에게 달려갔다. 둘은 손을 맞잡고 서로를 바라보며 미소를 주고받았다.

"석방됐어?"

"응. 홈스 씨가 힘을 써주셨어. 우리 일은 홈스 씨도 이미 알고 있어."

리암은 두리번거리며 주위를 둘러 보았다.

"홈스 씨는? 함께 안 왔어?"

"아니."

"그렇지만 목소리가……."

"밸의 주특기는 목소리 흉내 내기다."

에드워드가 자랑스럽게 말했다.

다른 때 같으면 대단하다며 놀랐을 텐데 리암은 실망감에 어깨가 축 처졌다.

"그런데 그자는 놓쳤어?"

"밸이 돌아왔으니까 이제 됐어. 괜히 위험을 초래할 필요는 없지."

"이다음은 런던 경시청에 맡기면 돼."

고개를 끄덕이는 둘을 보며 리암은 눈을 흘겼다.

"너희만 좋으면 다 되냐?"

"다른 사람들도 보호해야 할 때가 있어. 단지 너와 이해관계가 일치하지 않을 뿐이야."

에드워드가 당당하게 말했다.

"미안하지만 이 이상 관여하지 않겠다. 너도 네 안전을 먼저 생각해라. 그리고 이 부인의 안전을 기원해라. 빨리 의사한테 데려가는 게 좋아."

"나는 범인을 놓치고 싶지 않아!"

꾸물거릴 시간이 없었다. 두 사람을 놔두고 리암은 방을 달려 나갔다.

거리로 나오자 조금 떨어진 곳에서 집사가 이륜마차를 불러 세우고 있었다.

리암은 전력으로 질주하여 마차에 오르는 집사의 등을 향해 달려들었다. 리암의 무게에 집사의 몸이 뒤로 젖혀지며 땅바닥에 나뒹굴었다. 신음을 흘리며 집사가 일어났다. 집사는 리암을 떨쳐버리려고 애썼다.

건너편에서 이륜마차가 멈춰 섰다. 운전석에서 내려온 마부가 둘 사이에 끼어들었다. 낡은 외투를 입고 구부정한 자세를 한 남자는 그을린 얼굴에 턱수염을 기르고 있었다. 그는 리암의 소매를 붙잡고 집사에게서 떼어냈다.

비틀거리며 집사가 소리쳤다.

"이 녀석은 도둑이다. 내 지갑을 훔치려고 했어!"

"입 닥쳐! 살인자!"

리암이 같이 소리쳤다. 리암은 소매를 붙잡힌 손에서 벗어나려고 몸부림치며 마부의 배를 발로 차고 찍어 누르려는 상대의 손목을 물어뜯었다.

구부정한 사내는 소리를 지르며 리암을 붙잡은 손을 놓았다. 몸이 자유로워진 리암은 다시 집사에게 달려들었으나 주먹에 맞아 고꾸라졌다. 머리를 맞아 별이 번쩍했다.

시끄러운 소동에 사람들이 몰려들기 시작했다. 그러나 아무도 진짜 악당이 집사라고 생각하지 않았다.

"빨리 출발해. 빨리!"

브라이언이 황급히 소리치며 자신을 구한 마부의 마차에 올라탔다.

리암이 몸을 일으키려 했지만 머리를 세게 맞은 탓인지 현기증이 일어 꼼짝할 수 없었다.

"이봐, 마부! 빨리 가주게"

악당이 재촉하는 소리가 머리 위를 맴돌았다. 눈이 빙글빙글 돌아 기절할 것 같은 상황에서도 리암은 집사에게 말하는 소리를 들었다.

"네 행선지는 이미 결정되어 있어. 브라이언!"

리암의 눈이 커졌다. 놀란 집사의 얼굴이 보였다. 리암을 잡으려던 구부정한 마부가 사라졌다. 아니, 그자가 입은 것과 똑같은 낡은 외투를 걸친 남자는 있었지만 키가 훌쩍 커져 있었다.

집사가 괴성을 지르며 남자를 밀어내고 도망치려했다. 순간 몸뚱이가 공중제비를 돌며 바닥에 나뒹굴었다. 마부 흉내를 낸 남자의 손이 허공을 가르는 순간이었다.

리암은 망연자실한 채 눈만 멀뚱히 뜨고 있었다. 이렇게 엄청난 솜씨를 언젠가 본 기억이 났다. 분명히 바르티츠라는 격투기 기술이었다. 셜록 홈스의 주특기 중 하나였다.

"무슨 일이냐?"

경찰이 달려왔다.

마부 흉내를 낸 남자가 외투에서 담배 케이스를 꺼내 담배를 물고 불을 붙였다. 연기를 내뿜으며 그는 점잖게 경찰에게 말했다.

"아, 수고하오! 도와주겠소? 수배 중인 존 브라이언이오. 경찰서까지 연행해주시오. 나는 이 소년과 부인을 데려다줘야 하니까."

셜록 홈스다. 리암은 천천히 눈을 깜빡였다. 긴장이 풀리며 전신이 맥없이 축 늘어졌다. 번쩍하고 탐정의 모습이 보이는가 싶더니 의식이 서서히 가물가물해졌다.

9. 의문, 진실 ―그리고 어떤 결과

눈을 떴을 때 리암은 넓고 살풍경한 방에 있었다. 주위를 둘러보기도 전에 사람 소리가 들렸다. 힐책하는 딱딱한 남자의 목소리였다.

"홈스 씨! 도대체 이게 어찌된 일입니까? 당신이 데리고 있는 아이가 아내한테 무례한 편지를 써서 협박을 하지 않았소?"

"주제넘은 짓이었습니다."

홈스의 냉정한 목소리가 들려왔다.

"본인도 반성하고 있으니 용서해주십시오. 단 진실을 왜곡해선 안됩니다. 당신 동생을 살해한 사람은 존 브라이언이고, 당신 부인도 사건에 어느 정도 관련이 되어 있습니다."

셜록 홈스의 말소리를 듣는 사이 기억이 되살아났다. 리암은 벌떡 몸을 일으켜 옆에 서 있는 탐정을 보았다. 마부 차림은 사라지고 프록 코트로 말끔하게 갈아입은 후였다. 헨리 파린토시와 마주 앉아 심각하게 이야기를 하다가 리암이 깨어나는 것을 보고 리암에게 시선을 돌렸다.

"깨어났니? 의사가 진찰을 했는데 가벼운 뇌진탕 증세가 있다더구나. 한동안 조심하는 게 좋아."

"이제 괜찮아요!"

리암은 주위를 두리번거렸다. 찾고 있는 모습이 보이지 않았다.

"다른 아이들은?"

홈스는 고개를 가로저었다.

"하지만 그 녀석들……."

"그 애들은 찰스 파린토시 살인사건과는 관계없다. 너는 입 다물고 가만히 있어."

"그렇지만!"

"가만히 있으면 날 물어뜯은 일은 없었던 걸로 해주마."

리암은 크게 숨을 내쉬었다. 금세 얼굴이 발갛게 달아올랐다. 홈스의 손목은 소매에 가려 보이지 않았지만 이빨 자국이 남아 있을 것 같았다.

"죄, 죄송합니다. 변장하신 줄도 모르고……."

"괜찮다. 조용히 있어."

리암이 깨어난 곳은 저택의 홀이었다. 안쪽에는 하인들과 일꾼들이 서 있었다. 무표정한 매기도 보였다. 다른 사람들도 심기가 불편해 보였다.

아래쪽을 응시하며 자신에게 질문이 돌아오지 않기를 바라는 모습들이었다.

"데리고 왔습니다."

방으로 들어온 사람은 추레한 감색 옷을 입은 젊은 여자였다. 레스트레이드 경감이 같이 들어왔다. 경감은 무뚝뚝한 표정으로 벽 쪽에 섰다.

"하디 가의 하녀인 글래디스입니다."

홈스가 소개를 했다.

"흑장미단의 일원으로 보이는 자에게 협박을 당했지요. 이제부터 두세 개 정도 질문을 하겠습니다."

홈스는 손바닥을 빠르게 문지르며 웨일스 출신 하녀 앞에 섰다.

"당신은 반 년 전 무시무시한 일을 당했지요? 협박한 남자에 대해 묻겠소. 그 남자는 사투리를 쓰던가요?"

"영국 사람 말투였습니다."

하녀는 웨일스 사투리를 썼다.

"목소리는 낮고 허스키했습니다. 하얀 마스크를 하고 있었고요. 그리고 오렌지 냄새가 났어요. 뒤쪽에서 덮쳤기 때문에……"

“팔뚝은 봤소? 무슨 색 옷을 입고 있었소?”

“검은색 코트였어요. 그 사람은 ‘하디 가의 아가씨는 멋진 오팔 티아라를 갖고 있을 것이다’라고 말했습니다. 저는 아가씨는 이미 결혼했다고 말했습니다. 그러자 저를 밀어 넘어뜨리고 도망갔습니다.”

“도망치는 모습을 봤소?”

“아니요. 무서워서……. 안개도 끼어 있었고…….”

“하지만 가면은 봤겠지?”

“뒤에서 목을 졸렸을 때 올려다봤어요.”

말을 마치고 고개를 든 하녀의 코끝에 홈스는 느닷없이 손수건을 덮었다.

“이거!”

글래디스는 놀라 손수건을 보았다.

“똑같은 냄새가 났습니다. 저를 덮친 자도 이런 냄새가…….”

홈스는 미소를 지으며 고개를 끄덕거렸다.

“찰스 파린토시 씨의 욕실에서 가져온 향수입니다. 오렌지향.”

“무슨 말이 하고 싶은 거요!”

헨리가 흥분해서 목소리를 높였다.

“찰스가 이 여자를 협박했다는 말이오?”

"그렇습니다."

홈스는 차분하게 대답했다.

"불행하게도 살해된 날 밤 찰스 씨는 '비너스의 왕관'을 빼낼 생각이었습니다. 그리고 흑장미단이라는 화제의 도둑들이 훔친 것처럼 보이게 할 작정이었습니다. 그래서 글래디스를 습격했고 가족들 사이에 도둑 이야기가 돌게 만들었습니다. 일부러 하디 가의 하녀를 택한 이유는 파린토시 가의 일꾼들과 하인들에게는 목소리와 얼굴이 알려졌기 때문입니다."

"죽은 자는 변명할 수 없소. 그걸 핑계 삼아……."

헨리가 다그쳤으나 홈스는 모른 체하며 주머니 시계를 꺼냈다.

복도에서 요란한 벨 소리가 울려 퍼졌다. 탐정은 회색 눈동자를 빛내며 만족스러운 미소를 짓더니 복도로 나가 경감과 헨리에게 와보라는 손짓을 했다. 무표정하게 하인들 방을 나서는 그들을 따라 리암도 걸음을 옮겼다. 그리고 멍하니 복도 벽에 마주 선 헨리 일행의 얼굴을 보았다.

그들이 보고 있는 벨 보드에서 시끄럽게 벨이 울리고 있었다. 벨 밑의 표지판은 '침실 7', 살인사건이 벌어진 파린토시 부인의 침실에서 호출하고 있음을 알리고 있었다.

헨리의 눈썹이 올라갔다.

"이제 저 방은 아무도 사용하지 않을 텐데. 대체 누구지? 아내는 손님용 침실에서 자고 있잖아! 파란색 침실에……."

"직접 확인해 보니 어떠신지요?"

"꼭 확인하고 싶습니다!"

경감이었다.

"당신이 문제의 침실에 혼자 들어가 실험을 한 걸 알고 있습니다. 자, 이제부터 어떻게 하신 건지 설명해주십시오."

곁눈질하는 하인들을 남겨놓고 홈스와 경감 그리고 헨리 파린토시, 리암 등이 서둘러 계단을 올라갔다. 2층까지 가는 동안 그 누구도 입을 열지 않았다. 부인이 쓰던 침실 문 앞에는 정복 경찰이 서 있었다.

홈스가 뚜벅뚜벅 경찰에게 다가갔다.

"방이 비어 있다고 자네 상사한테 확실히 말할 수 있는가?"

경찰은 긴장해서 몸을 꼿꼿이 세우고 탐정과 경감의 얼굴을 번갈아 보며 대답했다.

"네. 아무도 출입하지 않았습니다."

"그럼 자네가 벨을 울렸나?"

경감의 힐책에 경찰은 놀란 눈으로 고개를 가로저었다.

"아닙니다. 그렇지 않습니다. 저는 꼼짝도 하지 않았습니다. 절대로……."

헨리는 경찰을 어깨로 밀어내고 침실로 들어갔다. 침실에는 아무도 없었다. 침대 옆 탁자 위에는 찰스의 사체가 발견될 때와 똑같이 부서진 나무상자와 사이펀 커피 추출기가 있었다. 탁자 위에는 물에 젖어 찢어진 종잇조각들이 흩어져 있고, 천칭식 사이펀을 연결하는 관이 분리되어 물방울이 뚝뚝 떨어지고 있었다.

홈스는 장식용 탁자 쪽으로 다가가 익숙한 손놀림으로 탁자 위를 깨끗이 정리했다. 물기도 대부분 닦아냈다. 그리고 침대 위에 있던 가방을 열고 누렇게 변색된 종이상자를 꺼내 탁자 위에 올려놓았다. 이어서 약병들을 꺼내 하얀 분말을 상자 속과 뚜껑에 묻혔다.

"그건 뭡니까?"

"황산알루미늄. 30년 전부터 종이를 만드는 데 사용하고 있습니다."

헨리는 '아!' 하고 신음을 흘렸다. 무엇인가 깨달은 표정이었지만 레스트레이드 경감은 미간을 찌푸리고 있었다.

홈스의 손은 탁자 위에 흩어진 나무상자를 종이상자 위에 차곡차곡 쌓아갔다. 그리고 사이펀 커피 추출기의 관을 연결하여 알코올램프 쪽 용기에 물을 부었다. 리암은 호기심에 가득 찬 표정으로 탐정의 일거수일투족을 지켜보았다.

"그런데……"

홈스는 양손을 빠르게 비볐다.

"아까 브라이언과 이야기를 했습니다. 사실대로 이야기하면

참작해주겠다는 조건으로 사건 당일 그가 이 방에서 가지고 나간 물건이 있는 곳을 알아냈습니다. 집사의 방 서랍에서 발견한 겁니다."

탐정의 주머니에서 주먹만 한 은 덩어리가 나왔다. 사자머리 지팡이 손잡이였다. 홈스는 은 덩어리를 찰스의 방 옷장에 있던 손잡이가 잘린 지팡이와 맞춰 보았다.

"보시는 바와 같이 딱 맞죠. 지난달 본드가 지팡이 가게에서 찰스 씨에게 사자머리가 장식된 지팡이를 팔았습니다. 특별 주문한 것으로 손잡이에 추가 들어가 있습니다."

레스트레이드 경감은 홈스에게 받은 지팡이를 손바닥에서 굴려보았다.

"납이 들어 있어서……."

"철입니다. 침대 밑에 있는 화장 케이스에는 자석이 들어 있소."

경감에게서 손잡이를 건네받은 홈스는 사자 입으로 실을 말아 넣었다. 그리고는 긴 실의 다른 한 쪽 끝을 벨 끈의 장식에 묶었다. 홈스는 사자머리를 나무상자 탑 위에 놓았다.

"이렇게 사건 당일과 같은 조건을 만들었습니다."

홈스는 성냥불을 켜서 사이펀 커피 추출기 알코올램프에 불을 붙였다. 밀실에서 울린 벨의 비밀을 알려주는 실험이라고 추측할 수 있었기에 모두들 입을 다물고 지켜보았다. 인내와 불신, 조급함 그리고 기대에 찬 눈길이 오갔지만 홈스는 그 누구의 눈길에도 아랑곳하지 않고 나름대로의 의견을 피력하기 시작했다.

"이번 사건이 의문투성이로 보인 까닭은 밀실에서 벨이 울렸다는 점과 범인이 외부에서 침입한 것처럼 보인다는 점이 모순적이었기 때문입니다. 밀실이었기 때문에 외부인이 범인이라고 보긴 어려웠지요. 벨 역시 범인이 누른 것이라면 밀실에서 범인이 어떻게 도망쳤을까 하는 의문이 생깁니다. 범행 과정을 논리적으로 설명할 수 없었기에 의문만 커져갔습니다. 사실 살인 계획을 세운 범인은 밀실을 만들 생각 같은 건 없었습니다. 범인은 외부에서 누군가 침입한 것처럼 꾸밀 계획이었습니다. 창문 옆에 매달아 놓은 줄사다리와 길에서 발견된 단검 같은 건 경찰의 눈을 외부로 돌리려고 만든 장치였습니다. 범인은 치밀하게 범행을 준비했습니다. 계획을 세운 자는 브라이언이 아닙니다. 브라이언이 찰스 씨를 살해한 건 정당방위였습니다."

"그럼, 설마……"

"계획을 세운 사람은 찰스 씨였습니다. 찰스 씨가 브라이언을 죽이려 했습니다."

"아니, 말도 안 되는……"

헨리는 얼굴이 달아올랐다.

"왜 찰스가 집사를 죽이려고 했소?"

"협박을 받았기 때문입니다. 이 점은 이미 집사의 자백을 받았습니다."

경감이 거들고 나섰다.

"조사에서 밝혀냈습니다. 존 브라이언은 '홀더 앤 스티븐슨' 은행에 최근 6개월 동안 500파운드라는 거액을 저금했습니다. 그리고 그 대부분은 캔터베리에 있는 하숙집 권리를 사들이는 데 썼습니다."

홈스는 만족스러운 미소를 지으며 궐련을 입에 물었다. 연기를 내뿜으며 사건의 진상을 서서히 밝히기 시작했다.

"이번 사건은 반 년 전에 벌어진 보석 도난 사건으로 거슬러 올라가 살펴봐야 합니다. 릴리 매크라우드라는 하녀가 범인으로 지목되어 해고를 당했는데, 진범은 그녀가 아니었습니다. 바로 찰스 씨였습니다."

"고인에 대한 모독을 적당히 하시오!"

헨리가 흥분해서 소리쳤지만 홈스는 무시하고 말을 이었다.

"추천장도 받지 못하고 쫓겨난 릴리는 며칠 후 템스 강에서 익사체로 발견됐습니다. 기억하시죠, 파린토시 씨?"

"이미 해고된 사람이오. 우리 집과는 관계가 없소."

"릴리 매크라우드의 검시보고서를 확인해보았습니다. 그녀는 임신 중이었습니다. 브라이언은 찰스 씨가 아버지라고 주장하고 있지만 이건 확인할 수 없습니다. 어쨌든 찰스 씨가 릴리를 희생시키기로 결심한 데 이 여인의 임신이 커다란 영향을 끼친 것만은 확실합니다."

"이보시오, 적당히 하시오! 더 이상 그런 터무니없는 소리를 하면……."

"파린토시 씨!"

홈스는 냉정하게 말을 잘랐다.

"이 건에 대해서는 증거도 수집해 놓았습니다. 도난당한 보석의 감정서도 확보해 놓았고 찰스 씨의 사진을 빌려서 동생의 활동범위 안에 있는 전당포도 찾아다녔습니다. 전당포 주인이 동생분 얼굴을 기억하고 있었습니다."

"그 하녀가 도둑질하는 걸 본 목격자가 두 사람이나 있소!"

"누굽니까?"

"찰스와 브라이언!"

대답을 하고 나서 헨리는 두 사람이 용의자와 피해자로 얽혀있다는 걸 깨닫고 난처한 표정을 지었다. 집주인은 턱수염을 쓸면서 짜증스럽게 탐정을 노려보았다.

레스트레이드 경감이 입술을 씰룩거렸다.

"이렇게도 생각할 수 있군. 브라이언은 자신이 임신시킨 하녀를 떨쳐버리기 위해 찰스 씨의 도둑질을 이용했다고. 그런 다음 돈까지 뜯어냈다면…… 정말 비열한 작자인걸."

"놀라운 일도 아닙니다. 6개월 전 보석 도난 사건 때, 찰스 씨가 부인의 보석함에서 반지를 꺼내는 걸 집사가 우연히 발견했습니다. 그리고 집사는 협박을 시작했습니다. 살인사건이 있던 날 밤 브라이언은 찰스 씨가 불러 부인 방으로 갔습니다. 돈을 줄 테니 티아라를 훔치는 일을 도와달라는 부탁을 받았지요. 브라이언은 하숙집 권리를 사기 위해 이미 착수금을 지불한 상태였습니다. 그래서 돈이 꼭 필요했습니다. 찰스 씨는 하인에게 협박 받는 일에 지쳐 있었습니다. 영원히 입을 막고 싶었습니다. 사건의 개요는 간단합니다. 티아라를 훔치는 동시에 집사를 죽이고 둘 모두 흑장미단이 벌인 일처럼 꾸민다……."

헨리는 신음을 흘리며 한 손으로 얼굴을 감쌌다. 세상을 떠난 동생을 감싸는 말은 더는 나오지 않았다.

"찰스 씨는 계획을 실행하기 위한 협력자를 구했습니다. 파린토시 부인입니다."

"아내가 살인계획을 알고 동생에게 협력했다는 말이오?"

"아닙니다. 아마도 찰스 씨는 살인계획에 대해 알려주지 않았을 겁니다. 부인은 속아서 개입됐을 겁니다."

경감이 나섰다.

"부인의 상태가 나아지면 직접 여쭤볼 생각입니다."

"부인은 티아라를 훔치려는 계획까지 알고 있었습니다. 티아라가 없어지기를 원했거든요. 그런데 최근 캐서린 하디 양에게 타아라를 빌려줬다가 오팔이 모조품이라는 사실이 들통나버렸습니다. 오팔은 4년 전에 부인이 바꿔놓았습니다."

"도대체 왜 그런 일을? 돈이 필요한 것도 아닐 텐데. 혹시 아내도 협박을 받고 있었소?"

"차례대로 말씀드리겠습니다."

홈스가 말을 이었다.

"'비너스의 왕관'은 4년 전에도 도난을 당했던 적이 있습니다. 저는 파린토시 부인의 청으로 티아라를 되찾아주었습니다. 단 사건 해결 후에 오팔은 부인의 언니 손에 들어갔습니다. 파린토시 부인의 뜻이었죠. 본래 이 보석은 장녀가 이어받아야 하는데, 장녀인 빅토리아 하디는 부도덕한 행동 때문에 의절 당한 상태였습니다. 파린토시 부인은 언니의 보석을 가로챘다는 소문에 휘말리기도 싫었고 곤궁에 처한 언니를 돕고 싶어하기도 했습니다. 그러나 그런 생각을 드러내면 앨리스 부인이 그녀를 책망할 것이고 남편도 언니의 안 좋은 품행을 알게 될 것이라고 생각했습니다. 진퇴양난의 상황이었지요. 찰스 씨는 엉뚱한 계기로 부인과 티아라의 비밀을 알고 도둑의 짓으로 가장해서 오팔 티아라를 훔쳐내자고 부인에게 제안했습니다.

찰스 씨는 몇 가지 속임수를 썼습니다. 벨과 흑장미단의 카드. 카드는 도적단이 범행 장소에 남겨놓은 것을 디아즈우드 경에게 자세히 설명을 들은 후 똑같이 만들었습니다. 그 자신이 도둑과 격투를 벌인 것으로 보이기 위해 목격자가 된 것처럼 연기를 한 것입니다. 그리고 파린토시 부인에게는 도둑이 증거물을 떨어뜨린 것처럼 하라고 말을 맞췄습니다. 안개 자욱한 밤 마차에서 던지면 아무도 모를 거라 말하고 사건의 전말을 숨긴 채 피투성이 단검을 길에 던지게 했습니다. 부인에게는 속의 내용물이 무엇인지 절대 보지 말라고 했던 것 같습니다. 본다면 경찰에게 질문을 받았을 때 감쪽같이 거짓말을 하기가 어려울 테니까요."

홈스는 말을 멈추고 옆에 있는 탁자를 힐끗 내려다보았다.

사이펀의 물이 끓기 시작했다.

"하지만 결과는 보시는 바와 같습니다. 찰스 씨는 브라이언에게 오히려 당한 꼴이 됐습니다. 아이러니하게도 브라이언은 찰스 씨가 울린 벨 덕분에 알리바이가 생겨 안도했습니다. 그러나 휴잇 부인을 살해한 용의자로 쫓기게 됐죠. 이대로 놔두면 찰스 씨 살해의 진상이 밝혀질지도 모른다고 염려했던 것입니다. 브라이언은 파린토시 부인이 찰스 씨의 계획에 가담했다는 사실을 어렴풋이 짐작하고 있었습니다. 그러던 차에 부인의 침실에서 사건이 벌어진 점을 착안해서 벨을 이용해 모두를 속이려고 했습니다. 그러기 위해서는 부인의 협력이 필요하다는 점을 알고 몰래 부인에게 연락을 해서 도망갈 자금을 만들려고 했습니다. 그렇지만 같은 시기 부인은 익명의 상대로부터 만나자는 편지를 받았습니다. 마차에서 단검을 던진 사실을 폭로하겠다는 내용이었습니다. 두 사람은 마차 안에서 만났는데 익명의 편지를 브라이언이 보낸 것이라 믿었던 부인은 편지 이야기를 물었습니다. 편지에 대해서는 금시초문이었으나 브라이언은 순간적으로 무시무시한 생각을 하게 됐습니다. 모든 죄를 부인에게 덮어씌우려는 것이었습니다. 죄를 고발하겠다는 편지를 옆에 놔두고 자살로 위장하여 죽이기로 했습니다. 부인을 속여 수면제가 든 음료를 마시게 한 후 의식을 잃은 그녀를 빈집에 옮겨 팔목을 그은 것입니다."

가까운 사람들의 배신을 연이어 들은 헨리는 아무 말도 못하고 의자에 풀썩 주저앉아 버렸다. 홈스는 그런 주인에게 동정의 눈길도 주지 않고, 브라이언을 체포하게 된 경위를 밝혔다.

"부인이 브라이언과 합류하여 첼시의 집으로 간 사실을 알려준 사람은 파린토시 저택을 감시하던 위긴스라는 소년입니다. 부인의 용태를 본 의사 말로는 조금만 처치가 늦었어도 살릴 수 없었다고 합니다. 저보다 먼저 그 집에 들어갔던 리암 메건은 부인의 목숨을 살린 은인이라고 할 수 있습니다."

갑자기 자신의 이름이 나오고 칭찬까지 듣자 리암은 어리둥절했다. 기뻐서 볼이 발갛게 물들었다.

"하지만 아내를 협박해 첼시가로 불러낸 것도 이 아이잖소?"

"그 건은 불문에 부쳤으면 합니다."

헨리가 이의를 제기하려는 순간 사이펀 커피 추출기에서 끓는 소리가 났다. 물이 끓어 다른 한쪽 용기로 흘러들어가려는 참이었다. 하지만 제대로 연결이 안 되어 관이 풀리면서 끓은 물이 탁자 위로 넘쳐흘렀다. 종이상자 밑은 물론 종이 전체가 물에 젖었다.

종이 위쪽이 부풀어 오르고 색깔까지 변했다. 상자가 약간 기울더니 찌그러졌다. 모두 숨을 죽였다. 상자에 쌓여 있던 나무상자가 무너지고 지팡이 손잡이가 굴러 떨어졌다. 그러자 벨에 연결된 끈이 당겨졌다. 사자머리는 바닥에 떨어져 탁자 다리와 침대 다리를 연결하는 철사까지 굴러갔다. 자력에 이끌려 침대 밑 화장품 케이스에 부딪히고 나서야 비로소 멈췄지만 그 순간 실이 철사에 걸려 툭 끊어졌다.

"이것은…… 다시 말해…… 이래서?"

모두가 할 말을 잊은 가운데 레스트레이드 경감이 갈팡질팡하는 물음을 던졌다.

홈스가 명쾌하게 고개를 끄덕였다.

"밀실의 벨에 대한 대답입니다."

"왜지? 물에 닿은 정도로 종이상자가……."

그러는 사이 종이가 찌그러져서 상자의 형태가 변했다.

"황산알루미늄은 물에 닿으면 산을 발생하여 종이를 열화시킵니다. 조금 전에 상자를 만들 때 고온 다습한 환경에서 산성화가 상당히 진행된 종이를 선택했습니다. 황산알루미늄이 물에 녹아 산성 수용액이 되어 그 종이를 일시에 부식시켰기 때문에 저렇게 변한 겁니다."

"허어, 참!"

경감이 어이없다는 표정을 지으며 고개를 가로저었다.

"찰스한테 그런 기지가 있다고는 생각하기 어렵군."

헨리가 회의적인 말투로 한 마디 던졌다.

담배꽁초를 난로에 던져 넣으며 홈스가 대답했다.

"황산을 떠올렸다는 건 그리 부자연스러운 일이 아닙니다. 염색공장에서 황산은 없어서는 안 될 약제니까요."

"그거야 그렇지만 동생은 가업에는 전혀 흥미를 보이지 않았소. 누군가의 머리를 빌린 게 아닌지?"

"황산알루미늄과 물의 화학반응으로 종이가 소실되는 속임수는 마술에서도 사용된 적이 있습니다. 누군가가 그 방법을 가르쳐줬을 가능성은 부정할 수 없지만, 공범으로 기소하기는 곤란하겠죠. 찰스 씨는 파린토시 부인에게 티아라를 훔칠 때 알리바이를 만들기 위해서라 말하고 이 장치의 조작에도 협력하게 했습니다. 그리고 만찬 시간에 마지막으로 장치를 준비했습니다. 만의 하나 누군가가 들어올 경우를 대비해서 방에 열쇠도 채웠습니다. 열쇠는 집사 집무실의 열쇠 뭉치에서 가져온 것으로 애당초 도둑질에 협력할 생각이었던 브라이언이 찰스 씨에게 건네준 것입니다."

홈스는 말을 멈추고 문 쪽으로 다가가 문을 열었다.

하녀가 서 있었다. 벨을 듣고 달려온 것이다. 우물쭈물 방 안의 분위기를 살폈다.

"부르셨나요?"

"조금 있으면 부인 하나가 와서 날 찾을 테니 이 방으로 안내해주시오."

하녀가 물러가자 홈스는 사건의 의문점을 다시 풀어내기 시작했다.

"살인 계획을 세우고 찰스 씨는 똑같은 단검을 두 개 준비했습니다. 하나는 살인에, 다른 하나는 위장을 하는 데 쓰기 위해서였습니다. 찰스 씨는 브라이언을 죽인 후 사체에서 단검을 빼내고 모른 체할 작정이었습니다. 파린토시 부인이 길거리에 버린 단검을 범행에 쓰인 흉기로 보이게 해서 수사진의 관심을 외부범행 쪽으로 몰아가기 위해서였죠. 헨리 씨에게 할 이야기가 있다고 한 것도 알리바이를 만들기 위해서였습니다. 벨이 울린 시점에 형과 함께 있었던 점을 명백하게 하려고 시간을 정확히 예측해서 복도로 나가 호출에 응한 하인 또는 막 집에 도착한 부인과 함께 방으로 들어갈 생각이었습니다. 그러고 나서 사이펀의 관을 원래대로 돌려놓은 후 실 같은 증거도 혼란을 틈 타 회수할 계획이었던 것 같습니다. 하지만 범행을 계획한 자신이 살해되어 진짜 흉기에 찔린 채 발견되었고, 길 위의 단검은 지나가는 사람에 의해 사라지면서 사건은 의문투성이가 되었습니다.

브라이언은 찰스 씨의 계획을 몰랐습니다. 그래서 속임수는 엉망진창이 되어 전혀 생각한 대로 진행되지 않았습니다. 집사는 외부 범행처럼 꾸미려던 장치가 방 안에 있다는 걸 모르고 줄사다리를 걸어 놓은 창문을 잠그고, 문도 잠가버렸습니다. 브라이언은 사체 발견을 늦추게 할 생각밖에는 없었습니다. 10시 반쯤 폴이 부인의 침실 앞에서 집사를 발견한 것이 그때입니다. 브라이언은 폴이 나타나자 재빨리 방에 들어가려고 했지만, 방으로 들어갈 수 없었다고 둘러댔습니다. 하지만 사실은 방을 나와 찰스 씨에게서 뺏은 열쇠로 문을 잠근 직후였습니다.

브라이언이 저택에서 도망치지 않았던 이유는 도망치면 자신이 범인으로 몰릴 염려가 있기 때문이었습니다. 게다가 자기와 찰스 씨 사이에 벌어진 일을 알고 있는 사람이 없다고 확신했기 때문입니다. 벨이 울렸을 때 브라이언은 놀랐지만 곧바로 찰스 씨가 벨이 울리도록 장치를 만들어 뒀다는 걸 눈치챘습니다. 벨이 울리고 그가 침실로 오기 전에 찰스 씨가 살해된 것처럼 보이면 자신의 알리바이가 성립되는 거죠. 그래서 하녀와 함께 방으로 들어가 찰스 씨가 죽은 사실을 하녀에게 확인시킨 후 방에서 나와 다음 공작을 취했던 것입니다. 벨이 울린 방에 늘어져 있는 실을 잘라서 치우면 탄로 나지 않을 것으로 보고 지팡이 손잡이를 주머니에 감췄습니다. 그리고 그 자신이 침실에 자유롭게 드나들 수 없다는 점을 강조하기 위해 애초에 자신이 관리하고 있던 여분의 열쇠를 찰스 씨의 윗도리 주머니에 몰래 넣어두었던 것입니다. 왼쪽 주머니에……."

경감은 작게 헛기침을 하여 주도권을 빼앗으려 했다.

"브라이언을 취조해서 휴잇 부인 건도 자백을 받겠습니다. 곧 사체가 떠오르면……"

"휴잇 부인의 사체는 떠오르지 않소, 경감!"

홈스가 말을 잘랐다.

레스트레이드 경감은 멍하니 눈살을 찌푸렸다. 이상한 예감을 느꼈을 때 짓는 표정으로 탐정을 노려보았다.

"이유를 듣고 싶습니다."

탐정은 피식 웃으며 창문 쪽으로 다가갔다. 길거리를 내려다보고 있다가 보일 듯 말 듯한 미소를 지으며 만족스러운 표정을 지었다.

잠시 후 방문을 두드리는 소리가 나고 하녀가 한 여자를 데리고 들어왔다. 날개 장식이 달린 화려한 모자에 고가품이긴 하지만 왠지 경박해 보이는 포도색 옷을 입은 30대 중반의 여자가 나타났다. 아름다우면서도 권태와 교활함이 묻어나는 인상이었다. 여자는 아무 말 없이 방에 모인 사람들을 둘러보았다.

홈스가 여자 쪽으로 다가가 손을 잡고 사람들 앞으로 이끌었다.

"휴잇 부인을 소개합니다."

"뭐라고! 설마……."

경감은 탐정과 여자의 얼굴을 번갈아 보았다.

"살아 있었소?"

여자는 살짝 미소를 지었다.

"그래요. 제가 휴잇입니다."

리암은 눈을 동그랗게 떴다. 그 목소리는 틀림없이 스트랜드 호텔에서 파린토시 부인과 이야기한 그 목소리였다. 홈스가 힐끗 돌아보며 아무 말도 하지 말라는 눈짓을 하자 여자는 입을 다물었다. 여자가 웃으며 홈스를 흘겨보았다.

"그렇게 신사 차림을 하니까 그럴싸하게 보이는데요."

홈스 역시 차가운 미소로 대답했다.

"당신을 데리러 간 그 마을에서 난 평판이 안 좋아. 쓸데없는 소란을 불러일으키지 않으려면 변장을 할 필요가 있었지."

첼시에 왔을 때 홈스의 모습을 떠올리고 리암은 그제야 사정을 알아차렸다. 휴잇 부인이라는 여자는 아마도 어떤 마을에 몸을 숨기고 있었던 것 같았다. 홈스는 자신의 정체를 드러내지 않기 위해 변장을 하고 나타났을 것이다.

헛수고를 한 경감은 속이 뒤틀렸다.

"홈스 씨! 전에도 얘기했을 텐데요. 이런 일은 먼저 우리한테 알려달라고……."

"나는 의뢰인의 이익을 바탕에 두고 움직일 뿐이오. 물론 사회적 정의를 무시할 생각은 없소. 그렇기 때문에 이 여자를 이렇게 불렀소. 가공의 살인은 차치하고라도 누명을 쓰는 사람이 생기면 안 되니까!"

홈스가 냉정하게 말한 뒤 휴잇 부인을 날카로운 눈길로 바라보았다.

"진실을 말할 준비가 됐나?"

"진실이요?"

휴잇 부인은 어깨를 으쓱했다.

"아이는 없었어요. 탐정께서 찾으러 오셔서 사실을 말하면 죄가 가벼워진다고 해서요. 저는 릴리의 친구인데 서로 같은 지인을 알게 된 인연으로 집사님께 돈을 조금 빌릴 생각이었어요. 요구를 들어주지 않아서 장난을 친 거구요."

"하지만 마부의 증언은 어떻게 된 건가?"

"그러니까 그게 저라고요."

여자는 손에 들고 있던 보자기를 경감의 손에 넘겨주었다. 보자기 안에서 더러운 남자 옷이 나왔다.

리암은 속으로 비명을 질렀다. 리암이 스트랜드 호텔에 몰래 들어갔을 때 방에 있었던 사람은 파린토시 부인과 여자 그리고 남자가 아니라 부인과 남장을 한 여자였던 것이다.

"그날 밤 입었던 옷이에요. 붙이는 수염도 있어요. 변장할 때 사용한 무대용 화장품도 있고요……. 지금 생각해보면 실제로 살인을 저지른 브라이언은 경찰이 자신을 잡으러오는 줄 알고 생각할 겨를도 없이 도망쳐버린 것 같아요."

"자세한 이야기는 경찰서에서 듣도록 하지."

레스트레이드 경감이 불쑥 앞으로 나서 매서운 표정으로 여자에게 말했다. 그리고 부하에게 명령했다.

"스트랜드 호텔 지배인한테 연락해. 얼굴을 대조해야겠다!"

홈스는 여자에게 살짝 다가가 얼굴을 내려다보며 말했다.

"모든 걸 말할 생각이 들면 연락을……."

여자는 빨갛게 바른 입술로 교활한 미소를 지으며 조롱하듯 말했다.

"진실이란 게 뭘까요! 인생을 희생시킬 만큼 가치가 있는 진실이 있을까요?"

"인생에 그렇게 가치가 있다고 믿는다면 당신은 상당히 행복한 사람이군!"

홈스는 말을 던지며 등을 돌리고는 불쾌해하는 경감과 마주했다.

"뒤를 부탁해도 되겠소? 다른 일로 약속이 있어서……."

경감의 대답도 듣지 않고 홈스는 리암에게 손짓을 했다.

"가자!"

홈스와 헤어진 후 리암은 화이트채플의 방으로 돌아왔다. 방 안에는 어둡고 휑한 침묵이만이 흐르고 있었다. 아버지는 없었다.

"쳇, 미국에 가버렸나?"

초에 불을 붙이고 침대에 벌렁 누워 칙칙한 천장을 뚫어지게 응시했다. 불안한 마음에 발을 버둥거려 보았다.

"젠장! 어디 간 거야!"

그 순간 삐걱거리는 소리가 들리며 문이 열리고 남자가 어슬렁거리며 들어왔다. 아버지였다. 리암은 벌떡 몸을 일으켰다. 한바탕 투덜거릴 생각이었으나 안도와 기쁨이 교차하면서 말문이 막혔다.

"……리암!"

아버지도 흥분된 목소리로 불렀다. 하지만 아들에게서 고개를 획 돌리더니 눈길을 피하며 침대에 걸터앉았다. 한 손으로 얼굴을 감쌌다. 커다란 어깨가 가늘게 들썩였다. '그럴 리가 없을 텐데'라고 생각하면서도 아버지가 우는 것 같아서 리암은 깜짝 놀랐다.

"아버지!"

리암은 당황해서 아버지 얼굴을 보려 했다. 순간 마이클은 튕기듯 얼굴을 들어 리암을 꼭 끌어안고 볼에 키스 세례를 퍼부으며 껄껄 웃었다.

"돌아왔구나. 그래, 돌아올 거라고 생각했다."

리암은 몸을 비틀어 팔에서 빠져 나와 아버지를 밀어버렸다. 화난 얼굴로 소리쳤다.

"뭐야, 애들처럼!"

마이클은 크게 웃으며 침대에 벌렁 드러누웠다. 리암은 침대에서 일어나 팔짱을 끼고 아버지를 보았다.

"나는 큰일을 당했다고! 살인범을 잡고……."

"네가 살인범을?"

"잡는 걸 도와줬어!"

리암이 자랑스럽게 말하자 마이클의 얼굴에서 장난기가 가셨다.

리암은 찰스 파린토시 살인사건의 개요와 사건이 어떻게 해결됐는지를 설명했다. 이야기 초점이 홈스에게 맞춰졌을 때 힐끔 아버지의 얼굴을 쳐다보았다. 아버지가 아무런 말도 하지 않아 안심했으나 기분이 상하기 전에 화제를 에드워드에 대한 이야기로 바꾸었다.

"저기…… 호레이쇼라는 이름, 어디선가 들은 기억이 있는데 아마도 아일랜드 성인이었던가 그랬는데……."

아버지가 보이는 모습과는 다르게 어느 정도 배운 사람이라는 것을 알고 있는 리암은 궁금한 것을 물었다.

마이클은 실망스런 표정으로 성호를 그었다.

"네가 아무리 신앙심이 없다고 해도 이 정도일 줄이야! 어머니는 독실한 가톨릭 신자였는데……."

"자기도 안 믿으면서!"

"그래, 믿지 않지. 네 할아버지는 누구보다도 가족에 대한 믿음이 강한 분이셨다. 하지만 신은 그분을 구하지 않았어!"

"그럼 나도 안 믿어도 되겠네!"

"안 돼."

"왜?"

"아버지에게 배우기 이전에 네 어머니의 신심을 배워라! 어머니는 착실하게 교회에 나가고 신부의 가르침에도 귀를 기울이며 죄를 고백하기도 했다."

"난 고백 같은 거 싫어! 왜 일부러 혼나러 가야 하는데?"

"혼나러 가는 게 아니야. 구원을 받는 거야!"

마이클은 믿지도 않으면서 열심히 설명했다. 리암의 불신에 찬 마음을 읽었는지 마이클은 가늘게 한숨을 내쉬며 신앙 이야기를 그만두고 질문에 대한 답을 들려주었다.

"호레이쇼는 좋은 남자다. 친구를 배신하지 않았지. 하지만 햄릿은 지독한 놈이었어."

"햄릿?"

"호레이쇼는 '햄릿'이라는 연극에 나오는 남자다."

리암은 고개를 갸웃했다.

"햄릿이 왜 지독한 사람인데?"

"친구를 속이고 여행을 가서 처형시켰다."

"호레이쇼를?"

"알고 싶으면 네가 직접 읽든지 연극을 보렴!"

마이클은 책장 위에 쌓여 있던 손때 묻어 더러워진 낡은 책을 리암에게 던졌다. 그는 리암에게서 등을 돌리고 탁자 위에 놓인 진 병을 잡았다. 병째 들이켜고는 술 냄새를 풍기면서 대사를 읊조렸다.

"죽느냐, 사느냐 그것이 문제로다!"

다시 진 한 모금을 마시고 머리를 흔들었다.

"허허, 참! 아주 중요한 문제구나!"

리암은 마이클이 흥얼거리는 소리를 한쪽으로 흘려듣다가 문득 중요한 한 마디를 듣게 됐다.

"미국행은 포기했다."

리암은 영문을 몰라 돌아보았다.

"진짜?"

"그래!"

무뚝뚝하게 말하고 마이클은 시트를 잡아당겨 덮고 침대 속으로 들어갔다.

"야호!"

리암은 쾌재를 부르며 신이 나서 침대 속으로 뛰어들었다. 만면에 미소를 지으며 발을 버둥거리다가 안색이 바뀌었다. 런던을 떠나지 않고 살게 된 건 좋았지만 미국행을 계획하고 있던 아버지가 불쌍하다는 생각이 들었다.

"인생을 바꿔보고 싶다면 런던에서도 가능해. 내가 도와줄게."

"네가 돕는다고?"

이불 속에서 어정쩡한 소리가 들려왔다.

"그거 듣던 중 반가운 소리네!"

"쳇, 난 진짜로 말한 건데. 왜 어른이 토라지고 그래!"

리암의 뾰로통한 표정을 보고 마이클이 얼굴을 쑥 내밀었다. 손을 뻗어 리암의 머리칼을 쓰다듬어 주었다.

"치워! 귀찮아!"

커다란 손을 두 손으로 붙잡아 밀어내려 했다. 그러나 목덜미를 붙잡혀 이불 속으로 끌려들어갔다. 꽉 붙잡혀 꼼짝할 수가 없었다.

"사이좋게 지내자, 아들아!"

"그럼 풀어줘!"

"안 되지. 내 소중한 보물!"

"젠장, 좀 어른답게 행동해."

투덜대면서도 리암은 저항하지 않았다. 뭐니뭐니해도 사람의 냄새를 맡았을 때 가장 기분이 좋았다.

마이클이 한 마디 툭 던졌다.

"너 소매치기 그만둬라!"

"벌써 그만뒀어! 왓슨 선생님하고 약속했어. 홈스 씨처럼 되고 싶으면 나쁜 짓은 그만 둬야 한다고 했어!"

"그러니?"

홈스라는 이름에 마이클은 더 이상 과민 반응을 보이지 않았다. 하지만 왠지 모르게 아버지에게서 쓸쓸한 기운이 느껴져 리암은 마음이 무거워졌다.

"소매치기 기술을 가르쳐준 사람은 바로 아버지잖아!"

"굶는 거보다는 나으니까. 어쩔 수 없을 때 사용할 비장의 카드지. 그래서 절도단에도 넣지 않았어."

"아주 귀찮았어. 앤디가 중간에서 잘 중재해줬지만 쓸데없이 내 몫도 뺏기고."

"그걸로 됐다. 나는 네가 강인한 삶을 배웠으면 해. 지독한 배신을 당하고 밑바닥에 떨어져도 이겨낼 수 있는 강인함을 지녔으면 좋겠다. 그러기 위해선 교활함도 불굴의 의지도 필요하다."

"그게 뭐야!"

역시 아버지가 이상하다. 미국행 계획이 좌절된 것이 생각보다 심한 충격을 준 것일까? 여전히 미국은 가지 않겠다고 다짐하면서도 리암은 마음이 아팠다. 잠시 침묵이 흐른 뒤 리암은 큰맘 먹고 한마디 했다.

"저기, 아버지 미국 가는 거……. 꼭 가야 할 이유가 있다면 나도 다시 한 번 생각해볼게."

그 말에 돌아온 대답은 마이클의 천둥 같은 코고는 소리였다. 아버지는 이미 잠에 빠져 있었다.

"뭐야, 제기랄!"

괜한 걱정을 했다는 생각에 리암은 아버지의 품에서 빠져나왔다. 침대에서 몸을 뻗쳐 손가락에 침을 묻혀 촛불을 껐다. 불빛이 사라진 어둠 속에 코고는 소리가 울려퍼졌다. 리암은 침대 한 귀퉁이에서 웅크리고 잠든 아버지 가슴에 머리를 슬며시 댔다. 규칙적으로 들리는 심장박동 소리가 자장가가 되어 이내 잠에 빠져들었다.

꿈속에서 아버지의 목소리를 들었다. 의미는 알 수 없었지만 목소리에 담긴 애잔함이 가슴을 쓰리게 했다.

"죽었다……. 나는 살아남았기 때문이……다. 아니, 너야말로……이라면 신을 숭배하고 아들을 자랑스러워해라……."

리암은 눈을 떠야 한다고 생각했다.

중요한 이야기다. 이 이야기의 뒤에는 내가 모르는 비밀이 있다. 리암은 꿈속에서 비밀이 뭔지 알아내지 않으면 안 된다고 생각하며 몸부림쳤다. 그러는 사이 아버지가 이야기하고 있는 사람은 자신이 아니라 다른 사람이라는 사실을 깨달았다.

그렇지만 보일 듯 말 듯한 꿈속에서 이번에는 분명히 자신에게 하는 소리를 들었다.

"너한테는 아무런 보탬이 되지 않는 아버지구나. 하지만 누구보다도 너를 사랑한다. 너를 위해서라면 무엇이든 한다. 너는 내 자랑이다. 리암!"

에필로그

"시간이 없어요!"

여자는 그의 방에 들어오면서 그렇게 말했다. 소매에 모피가 달린 화려한 외투로 몸을 감싸고 유행하는 모자에 연보라 베일로 얼굴을 가리고 있었다.

셜록 홈스는 조용히 여자를 방 안쪽의 난로가로 안내했다. 여자는 긴 의자에 앉아 베일을 벗었다. 런던 아니, 온 유럽의 신사·숙녀를 매혹시키는 오페라 가수가 그곳에 있었다. 기품뿐만 아니라 사랑스러움이 넘치는 여자였다. 이 두 가지가 여자의 미모와 조화를 이루어 보는 사람들을 포로로 만들었다.

"휴잇에게서 들은 대로 약속한 걸 가지고 왔어요. 단, 건네주기 전에 제 부탁을 들어주셨으면 해요. 이번 사건의 진상을 전부 알려주세요. 경찰이나 신문보다 당신이 더 잘 알고 있으니까."

"당신 자신이 알고 있는 걸 다른 사람한테서 듣는 일이 지루하지도 않소?"

"지루한 건가요?"

아이린 애들러는 아름다운 목소리에 묘한 감정을 실은 천진난만함으로 말을 잘랐다.

"셜록 홈스라는 탐정의 진가를 보고 싶어요. 저도 언젠가는 탐정이 필요한 사건에 휘말릴지 모르잖아요."

홈스는 싸늘한 미소를 지으며 사무적인 어조로 말을 이었다.

"4년 전 파린토시 부인이 '비너스의 왕관'을 언니 빅토리아 즉, 휴잇 부인에게 빼앗겼을 때 나는 그걸 돌려받기 위한 일을 했소. 휴잇의 악행을 폭로해서 티아라를 돌려받았지만 그 뒤 파린토시 부인은 언니에게 티아라의 오팔을 양보했어요."

"어머, 왜요?"

"당신은 잘 알고 있을 텐데?"

"이야기해줘요."

"동생이 젊었을 때 경솔하게 썼던 편지를 휴잇이 손에 넣은 거요."

"연애편지라는 말씀인가요?"

"파린토시 부인은 그 편지를 남편에게 들키고 싶지 않았겠지요."

"흔히 있는 부부 사이의 비밀이네요. 그리고 당신이 그 사실을 찾아냈고요. 비밀은 없군요!"

애들러는 웃으며 재촉했다.

"계속해주세요."

"휴잇은 뼛속 깊이 악마가 침입한 사기꾼이오. 나는 파린토시 부인에게 앞으로는 절대로 언니의 요구에 응하지 말라고 충고했는데도 부인은 내 충고를 무시하고 티아라의 오팔을 언니에게 양보했고, 그 이후의 일에 내가 관여하는 것을 거절했소. 의뢰 받은 건은 정리가 된 다음이었기 때문에 나도 충고하는 선에서 그쳤지요. 하지만 오팔의 행방에는 주의를 기울이고 있었소. 그런 까닭에 휴잇이 손에 넣은 오팔을 당신에게, 아니, 어느 오페라 가수라고 해둘까?"

"현명하군요, 홈스 씨!"

여자의 칭찬을 무시하고 홈스는 담담하게 이야기를 이어나갔다.

"어쨌든 휴잇은 오팔을 오페라 가수에게 높은 가격에 팔았소. 돈을 지불한 사람은 당시 그녀의 애인이었지. 저명한 마술가였소. 그런데 그때 그녀는 오팔뿐 만이 아니라 휴잇의 충성심도 같이 산 거요. 그리고 티아라를 포함하여 모든 걸 갖고 싶어졌소."

"아, 그렇군요. 그 오페라 가수는 최근에 이르러 마음에 든 오팔의 진짜 이력을 알았고요. 그래서 그 '비너스의 왕관'에 관심을 갖게 됐어요. 갖고 싶어진 거죠."

"그렇소! 정상적인 방법으로 손에 넣으려 하다가는 오팔의 소유권에까지 문제가 번질 염려가 있었소. 그래서 아주 화려한 계획을 세운 거요. 여러 사람의 마음을 조종하여 먹이를 손에 넣으려고 했던 거지. 우선은 찰스 파린토시를 눈여겨봤소. 그는 카드 빚과 집사인 브라이언의 협박으로 곤란한 상황에 처해있었지. 그를 자신의 포로로 만들어 도둑질을 부추겼소. 그 방책 또한 알려줬지. 바로 벨 속임수였소. 예전에 애인인 마술가 베르너에게서 들은 속임수를 응용한 거요. 그다음 파린토시 부인이 협력을 하도록 만들었소. 캐서린 하디 양, 그녀는 오팔 티아라를 하고 저녁무도회에 가려 했는데 그렇게 하려 한 이유는 미모의 오페라 가수에게 훌륭한 오팔 브로치 이야기를 듣게 되어 빠져든 탓이요. 이야기를 하는 사이 캐서린 양은 티아라를 생각해냈소. 당신 아니, 오페라 가수와는 하이드파크에서 아침 산책을 하다 알게 됐다던가……. 캐서린 양 때문에 파린토시 부인은 궁지에 몰렸소. 그때 언니가 연락을 해왔소. 그녀는 당연히 잠시라도 오팔을 돌려받고 싶었지. 하지만 언니는 찰스의 도둑질에 협력하라고 꾀었소.

찰스는 자신을 괴롭히는 남자를 살해할 절호의 찬스라고 생각하고 브라이언 살해에 사용할 흉기와 똑같이 생긴 단검을 파린토시 부인에게 마차에서 버리라고 시켰소. 그러면 창으로 얼굴을 내밀고 단검을 버리는 모습을 사람들에게 들킬 염려가 없다고 생각했지요. 피는 개나 고양이를 희생시켰겠지.

그다음은 공식적으로 밝힌 대로요.

완전범죄라 믿고 있던 계획이 수포로 돌아가고 살인사건까지 일어난 사실을 안 오페라 가수는 분통해했지. 그렇지만 냉정하게 사건 처리에 돌입했소. 찰스가 희생양이 된 건 틀림없었소. 사건을 빨리 종결시켜야 했소. 오래 끌면 자신도 수사 대상이 될 테니까. 벨 속임수의 연습용으로 사용했던 도구를 휴잇에게 보내 처분하라고 명령하는 한편, 한시 바삐 집사가 체포되도록 만들어야겠다고 생각했소. 릴리 매크라우드와 브라이언의 사랑이 소문이 나도록 일부러 틀린 주소로 협박 편지를 보냈소. 그리고 릴리가 몸을 던진 다리에 브라이언을 불러 협박범 휴잇 부인이 브라이언에 의해 강물에 빠진 것처럼 경찰을 속였지. 현장에 남겨진 집사의 장갑은 파린토시 부인이 저택에서부터 갖고 와서 휴잇에게 준 거요."

"증명은 어떻게 하죠?"

"증명하기는 어렵소. 오페라 가수는 신중하면서도 교활한 계획을 실행했소. 예를 들어 벨 속임수를 봐도 그렇소. 찰스가 직접 고안한 방법이 아니라는 증명은 불가능하오. 그렇다 해도 그녀와 찰스가 로열 카페에서 몰래 만났다는 증언을 하는 사람이 둘 있소. ‘그’가 간섭하지 않으면 재판에서 증언해줄 거요.”

‘그’. 있을 법한 3인칭인데 홈스가 그 단어를 입에 올리는 순간 아이린 애들러의 입가에 미소가 사라졌다. 그녀가 말했다.

“홈스 씨! 분별 있게 이야기를 해줬으면 좋겠네요. 그럼 어떻게 휴잇을 찾아냈나요?”

“파린토시 부인은 살인사건이 일어나자 자기 보호와 양심 사이에서 갈등한 나머지 나에게 찾아왔소. 그녀에게서 들은 이야기와 내 정보망을 동원했지. 휴잇은 비밀스런 집에서 최종적인 협상에 돌입했소. 당신도 잘 알고 있을 텐데. 이번 사건으로 ‘비너스의 왕관’은 런던, 아니 모든 영국인의 주목을 끌게 됐소. 그 유명한 티아라를 손에 넣으려고 한 여자의 계략이라면 결정적 증거가 부족하더라도 신문에 팔 수 있었소. 증명할 수 없다고 해도 재판장에서 이름이 나오면 추문은 피할 수가 없지. 오페라 가수는 이것이 싫었소. 불필요한 노출은 ‘그’가 가장 좋아하지 않는 실패작이기 때문이지.”

“‘그’에 대한 이야기는 필요 없습니다.”

단호하게 말을 자른 그녀는 우아하게 자리에 앉았다. 그리고 춤을 추는 듯한 움직임으로 장갑 낀 손을 탐정에게 내밀었다. 탐정이 오른손을 내밀자 그녀는 작고 하얀 상자를 그의 손에 올려놓았다.

"당신의 승리네요."

"그럴까요. 진상은 베일 속에 가려져 있는데."

탐정이 씁쓸하게 중얼거리자 여자는 가식적인 미소를 지었다.

"어둠은 아름다운 것이에요. 홈스 씨! 무수히 많은 진실보다 훨씬요!"

의뢰인이 찾아온 것은 미모의 오페라 가수가 가고 나서 채 5분도 지나지 않아서였다. 앨리스 부인은 심기가 불편해 보였다.

"의외에요, 홈스 씨! 딸아이가 사건에 관련되었다는 사실을 당신이 폭로할 줄은 몰랐어요."

조금 전 아이린 애들러가 앉았던 난로 옆 의자에 앉아 앨리스 부인이 못마땅한 표정으로 홈스를 노려보았다. 홈스는 무표정하게 고스란히 비난을 들었다.

"최대한 배려했습니다. 가령 휴잇 부인과 하디 가의 관계는 덮어두었습니다."

"휴잇 부인?"

"빅토리아 하디 양, 부인의 또 다른 따님입니다."

"……이런, 또 그 애가 나쁜 짓을 했군요. 도대체 무슨 조화 속인지……. 그렇지만 홈스 씨, 그 아이는 이미 하디가와 인연을 끊었어요. 우리 가문과는 아무 상관없는 존재라고요."

"알고 있습니다."

"그 아이 소식 말고 듣고 싶은 게 있어요. '비너스의 왕관'
에 박혀 있던 귀중한 오팔의 행방을 알아낸 것 같은데…… 물
론 더 이상 나하고는 관계없는 물건이지만 그 오팔은 유서 깊
은……."

홈스가 일어나 선반 위에 있는 작은 상자를 집어 들었다.
애들러가 그에게 건네준 상자였다. 홈스는 상자를 의뢰인에게
넘겨주었다.

앨리스 부인이 야릇한 표정을 지으며 상자를 열다가 눈을
동그랗게 떴다. 정신이 아득해졌는지 레이스 주머니에서 약을
꺼내 코끝에 대었다. 그러는 사이에도 눈은 작은 상자 안의 내
용물에서 떼지 못했다.

칠흑의 비로드 위에 검은 오팔이 찬란한 광채를 발하고 있
었다. 신비하게 반짝거리는 초록과 푸른 빛 속에서 한층 돋보
이는 빨간색은 불 속에서 요동치는 심장을 연상시켰다.

그녀는 조심스럽게 보석을 손에 들고 요리조리 살펴보며 감
탄 어린 표정으로 소리쳤다.

"큐피드의 눈물! 틀림없이 진품 큐피드의 눈물이에요, 홈스
씨! 용케도 찾으셨군요."

탐정에게 감사의 눈빛을 보내며 기쁨의 미소를 짓는 부인
은 살인사건을 해결한 것보다도 공작부인의 오팔을 되돌려 받
게 된 것이 더 좋은 듯했다.

"어떻게 손에 넣었나요?"

"그건 비밀입니다. 이 보석을 되돌려 받고 싶으시다면……"

"아무것도 안 묻겠어요."

앨리스 부인이 대답했다.

"아무 말도 하지 말아요. 이제 조카는 티아라를 하고 황태자비 계신 곳으로…… 물론 사건은 불명예스럽지만 그렇다고 티아라의 가치가 떨어지는 건 아니니까요."

"만족하셨다면 다행입니다."

홈스가 일어나 성큼성큼 문 쪽으로 갔다. 문을 활짝 열고 의뢰인에게 조용히 미소를 지었다.

앨리스 부인은 서둘러 일어났다. 쫓겨난다고 생각할 틈도 없이 방을 나갔다.

문을 닫았을 때 홈스의 얼굴에는 미소가 사라지고 없었다. 벽난로 위 선반에 놓인 파이프 집에서 파이프를 빼들어 타오르는 석탄 조각으로 불을 붙였다. 연기를 내뿜으며 홈스는 눈을 가늘게 떴다. 잠시 생각에 잠겨 있다가 책상 앞으로 갔다.

책상에는 'M'이라는 라벨이 붙은 서류 상자가 있었다. 안에서 꺼낸 노트에 그는 이번 사건의 진실을 써내려갔다. 자세한 내용을 기록한 후 그는 노트를 원래 있던 서류함에 넣고 자물쇠를 채우는 책장에 집어넣었다. 그리고 문득 친구가 애용하던 팔걸이의자를 바라보았다. 지금까지는 일이 끝날 때마다 왓슨에게 사건의 뒷이야기를 하고 그의 의견을 듣고 또 다시 대답하곤 했었다.

그러나 지금은 침묵만이 흘렀다. 어깨를 풀썩 떨어트리고 홈스는 긴 의자에 누웠다. 팔걸이에 몸을 살짝 기대고 눈을 감았다. 며칠 동안 누적된 피로가 눈꺼풀을 내리눌렀다.

잠에 떨어지려는 찰나 미모의 여인 아이린 애들러의 눈빛이 번개처럼 의식을 흩트려놓았다. 아름다운 저음이 기억의 저편에서 울려 퍼졌다.

'……오페라 가수는 최근에야 마음에 든 오팔의 진짜 이력을 알게 되었어요. 그래서 그 '비너스의 왕관'에 흥미를 갖게 되었고요. 갖고 싶어졌어요.'

그녀는 처음부터 이력을 알고 있었다. 왜 일부러 거짓말을 했을까?

진짜 목적을 감추기 위해서다.

"앙큼한 여우 같으니!"

혀를 끌끌 차며 홈스는 용수철처럼 몸을 일으켰다. 순식간에 외출 차비를 하고 방에서 뛰어나갔다. 계단을 내려오다 허드슨 부인과 마주쳤다. 주인 여자는 놀란 눈으로 물었다.

"어머, 사건이 해결된 게 아니었나요?"

"해결됐습니다."

'장님에게 주어진 사건만!'

쓸쓸하게 중얼거리며 홈스는 모자와 망토를 손에 들고 밖으로 나갔다. 검은 망토를 휘날리며 가스등이 들어온 안개 속 거리를 빠르게 걸어가며 역마차를 세우기 위해 휘파람을 불었다.

"제시간에 닿으면 좋을 텐데!"

살인 고백

성 안나 교회에 그 남자가 왔을 때 오라일리 신부는 일과
를 마치는 기도를 막 끝낸 참이었다. 제단 앞에 꿇어앉아 있다
가 옷이 바스락거리는 소리를 듣고 일어났다.

돌아보았을 때 촛불만이 켜져있는 교회 안에 검은 옷을 입
고 창백한 얼굴을 하고 앉아있는 한 신사가 시야에 들어왔다.
순간 신사가 굉장히 불길하게 보였다.

'악마!'

오라일리 신부는 께름칙한 생각을 머릿속에서 지우며 지금
까지 이러한 환각에 사로잡힌 적이 없었기 때문에 조금은 동
요하면서 마음속으로 주님에게 용서를 빌었다. 신의 집에 찾
아온 어린 양에게 해서는 안 될 생각이었다.

신사는 성수대에 손가락을 적시고 천천히 성호를 그었다.

그 모습이 우아하게 보일 정도로 아름다웠다. 보통 찾아오는 교구의 신도는 아니었지만 그가 가톨릭 신자라는 사실을 금세 알아차릴 수 있었다.

신부에게 예를 표한 남자는 인기척이 없는 교회 안을 조용히 걸어왔다. 서로의 손이 닿을 만큼 가까이 오자 얼굴이 보였다. 온화한 학자풍의 얼굴에 나이는 40대 중반 정도일까!

신부는 전에도 한두 번 정도 이 신사를 본 적이 있다는 생각을 했다. 그러나 언제 어디서 보았는지는 떠오르지 않았다.

신사가 입을 열었다.

"이제부터 저지를 죄를 용서해주시기 바랍니다."

목소리가 땅을 기듯 음울했다. 표정에서도 꽤 깊은 갈등을 하다 찾아온 흔적이 보였기에 신부는 불길한 말, 즉 '이제부터 저지를 죄'가 무엇인지에 대해 묻지 않았다.

"이리 앉으세요!"

신부는 부드러운 목소리로 자리를 권하고 기다렸다.

신사는 고개를 가로저었다.

"여기서는 이야기할 수 없습니다. 고백하고 싶습니다."

"알겠습니다. 그럼……."

"고해성사실에서 하는 이야기는 결코 다른 사람에게 말하지 않지요? 가령 살인 고백을 들었다 하더라도……."

신부는 희미하게 미간을 찌푸렸지만 온화한 표정을 유지했다. 그리고 대답했다.

"당신은 스스로의 잘못을 주님께 고백하고 주님의 용서를 구할 것입니다. 우리 사제들은 중개자에 지나지 않습니다. 그러니 당신이 한 이야기가 다른 사람에게 전해질 염려는 없습니다."

신부는 그의 얼굴을 가만히 지켜보고 있었다. 눈동자는 차가웠고 파충류처럼 싸늘했다. 조금 전에 본능적인 혐오감이 불러일으킨 불쾌하고 섬뜩한 느낌이 등을 훑고 지나는 것을 참으며 신부는 고해성사실로 들어갔다.

"어떤 남자를 죽일 작정입니다."

작은 창문 저쪽에서 불길한 고백이 들려왔다.

"20년 가까이 쫓았던 사람입니다. 동포를 배신하고 죽음으로 내몬 비겁자입니다. 신부님은 아십니까? 아일랜드 국민들이 자유를 쟁취하기 위해 얼마나 많은 피를 흘렸는지! 그리고 1867년 더블린에서의 무장봉기를……."

오라일리 신부는 가는 숨을 삼키며 몸을 움찔했다. 순간 그는 성직자에서 일개 아일랜드 국민이 되어버렸다.

1867년 3월 5일. 17년 전 봉기의 그 날, 그는 더블린에 있었다. 열한 살 때의 일이었다. 그는 아일랜드의 쓰라린 역사와 가혹한 현실을 몸소 체험했다. 그뿐만 아니라 그의 가족들도…….

신사 역시 17년 전 더블린에 있었다는 이야기다.

"앨런 맥밀런."

"앨런 맥밀런?"

자신도 모르게 되물으며 오라일리 신부는 가슴이 덜컥 내려앉는 걸 느꼈다. 그는 사제였고, 고해성사실에 있었다. 개인적인 상념에 사로잡혀서는 안 된다고 생각했다. 신부는 성호를 그었다. 그리고 미래의 살인고백에 귀를 기울였다.

"앨런 맥밀런 소위. 친구의 이름입니다. 그가 동포를 배신한 걸 용서할 수 없습니다. 하지만 이유가 있었습니다. 병약한 아내를 살리고 어린 아들들을 길러야 했으니까요. 비열한 영국인들이 약자의 곤궁한 처지를 이용하여 그를 매수했습니다. 독립운동하는 동지들의 동향을 파악하도록 시킨 것입니다. 악마나 할 짓이죠. 그리고 어느 악당이 그의 배신을 눈치 챘습니다. 그 악당은 다윗의 죄를 저질렀습니다. 앨런의 아내를 흠모하던 그는 그녀를 얻기 위해 앨런이 영국의 스파이라고 아일랜드 조직에 밀고했습니다. 조직은 배신자를 용서하지 않았습니다. 배신자를 처단하는 단체인 슈팅 서클의 일원이었던 악당은 직접 그를 처단하기 위해 나섰고 결국 살해했습니다."

신부의 몸이 떨렸다. 물어서는 안 된다고 마음속에서 경고하고 있는데도 입이 말을 듣지 않았다.

"그 남자가 앨런…… 앨런 맥밀런 씨를 죽인 증거가 있습니까?"

"있습니다."

단호한 대답이 들려왔다.

"오랜 조사 끝에 드디어 그를 찾아냈습니다. 비열한 쥐새끼 한테 알맞은 곳에 있더군요. 그자는 소매치기입니다. 나는 그를 죽일 작정입니다."

과격한 고백이었다. 당연히 충고를 해주어야 했고, 고해성 사실에 들어설 때도 그렇게 생각했다. 그렇지만 지금 신부는 할 말을 잊고 있었다. 단 한 번도 잊지 못한 이름, 아침저녁으로 반드시 되뇌던 이름을 몇 년 만에 다른 사람에게서 듣고 마음이 흔들렸다.

그가 망설이는 사이 신사는 다음 말로 신부의 신앙에 칼질을 했다.

"인정해주셨으면 합니다. 제가 이제부터 해야 할 일…… 어느 한 인간을 징벌하는 일이 신의 정의라고."

"……안 됩니다!"

신부는 간신히 제지하는 말을 토해냈다.

보이지 않는 도끼로 뇌를 맞은 것처럼 멍해졌다. 주님의 뜻을 전해야 하는 신부이기에, 속세의 회한과 고통 그리고 증오가 가공의 도끼에 맞아 깨진 상처로 넘쳐 나오는 것을 억눌러야만 했다.

무릎 위의 주먹을 꼭 쥐고 그는 사제로서 신의 마음을 전하려고 애썼다. 그럴 수 있게 해달라고 신께 기도했다.

남자의 목소리가 들렸다.

"저를 위해 기도해주세요!"

"기도합시다. 당신의 마음이 복수라는 독에서 해방될 수 있도록! 당신이 그 사람을 용서할 수 있도록!"

잠시 침묵이 흘렀다. 드디어 남자가 일어나는 기척이 느껴졌다.

오라일리 신부의 몸이 굳었다. 생각이 멈추고 귀 속에서 시끄러운 고동 소리가 울려 퍼졌다.

"기억해주세요!"

남자의 목소리가 고동의 리듬을 깼다.

"악당의 이름은 마이클 메건입니다. 화이트채플에 사는 소매치기입니다. 내일이라도 그자가 죽었다는 소식이 들리면 저를 위해 기도해주십시오……." (*)